英美女性文学理论及作品赏析

王 慧 著

北京工业大学出版社

图书在版编目（CIP）数据

英美女性文学理论及作品赏析／王慧著．—北京：北京工业大学出版社，2025.7重印
　ISBN 978-7-5639-5711-8

　Ⅰ．①英…　Ⅱ．①王…　Ⅲ．①妇女文学—文学研究—英国②妇女文学—文学研究—美国　Ⅳ．①I561.06②I712.06

中国版本图书馆 CIP 数据核字（2018）第 148833 号

英美女性文学理论及作品赏析

著　　者：王　慧
责任编辑：刘卫珍
封面设计：王　斌
出版发行：北京工业大学出版社
　　　　　（北京市朝阳区平乐园 100 号　邮编：100124）
　　　　　010-67391722（传真）　　bgdcbs@sina.com
经销单位：全国各地新华书店
承印单位：三河市元兴印务有限公司
开　　本：787 毫米×960 毫米　1/16
印　　张：12.75
字　　数：226 千字
版　　次：2021 年 10 月第 1 版
印　　次：2025 年 7 月第 4 次印刷
标准书号：ISBN 978-7-5639-5711-8
定　　价：52.00 元

版权所有　翻印必究

（如发现印装质量问题，请寄本社发行部调换 010-67391106）

前　言

  自 19 世纪开始，西方的女权主义运动经历了百余年的发展历史。在男性主导的社会体系中，西方妇女通过女权运动逐步获得了自己应有的社会权利与尊重，而在文学领域也随之展开了对女性作品的重视和研究，女性主义文学随之兴起和发展起来。玛丽·雅各布斯（Mary Jacobus）曾说，女性书写的历史伴随整个人类的文明史，女性主义及女性文学在世界文学发展历史上可谓源远流长，流派纷呈。

  自 20 世纪 90 年代，随着我国改革开放的深入，在中西方的思想文化交流过程中，女性主义及女性文学理论进入我国文学研究者的视野，而随着中西方思想文化交流的不断加深和拓宽，越来越多的读者和文学理论研究者将目光聚焦于女性文学。与其他西方思潮不同的是，女性主义理论以性别差异为基础，从某种角度来看这既是一种社会理念的代表，又是一系列包含着不同声音、具有更多社会实践意味的多元化组合。

  本书主要对英美女性文学理论发展历史上重要的理论流派及其观点进行梳理和深入研究，并单设一章从女性主义角度对英美文学史上重要的女性文学作品进行赏析和讨论。具体内容包括：第一章为英美女性文学概述，主要对女性主义与女性主义文学、英美女性主义的文学史观进行了深入讨论；第二章和第三章主要就英美女性书写理论和女性主义叙事学展开深入研究和讨论；第四章介绍英美女性主义文学批评方法论，主要对后现代女性主义与后殖民女性主义的文学批评、生态女性主义文学批评及酷儿理论进行了深入分析和讨论；第五章对 20 世纪英美女性文学作品进行了赏析。

本书在撰写过程中，参考了大量的国外相关文献资料并结合作者多年的教学与研究经验，在对女性主义文学发展的脉络进行梳理的基础上展开深入研究，参考国外相关研究者的理论观点提出自己的见解。在此，对在本书撰写过程中给予过无私帮助的相关专家学者表示真诚的感谢。同时，限于本人水平，虽经多次细心修改，书中难免会有疏漏与不足，恳请广大读者批评指正。

目 录

第一章　英美女性文学概述 ··· 1
　第一节　女性主义与女性主义文学 ································· 1
　第二节　英美女性主义的文学史观 ································· 18

第二章　英美女性书写理论 ·· 24
　第一节　英美女性书写理论的目的与作用 ······················ 24
　第二节　英美女性书写理论的主要观点 ·························· 32
　第三节　英美女性书写的发展历程 ································ 37
　第四节　英美女性书写中的"女性内在性"研究 ··············· 52

第三章　英美女性主义叙事学 ·· 61
　第一节　英美女性主义叙事学概述 ································ 61
　第二节　英美女性叙述声音的目标、意义及类型 ············· 67
　第三节　英美女性叙述声音的历史文化语境 ··················· 79

第四章　英美女性主义文学批评方法论 ·························· 86
　第一节　后现代女性主义与后殖民女性主义的文学批评 ··· 86
　第二节　生态女性主义文学批评 ·································· 105
　第三节　酷儿理论与文学批评 ····································· 111

第五章　20世纪英美女性文学作品赏析 ························· 118
　第一节　20世纪英国女性文学作品赏析 ························ 118
　第二节　20世纪美国女性文学作品赏析 ························ 144

参考文献 ·· 178

第一章 英美女性文学概述

在文学发展的历史长河中，女性主义文学是何时出现的？女性主义有着怎样的文化内涵和诉求？女性文学与女性主义文学是怎样的关系？英美女性主义的文学史观是怎样的？本章将对这些研究女性文学最初的问题展开讨论。

第一节 女性主义与女性主义文学

一、"女性主义"一词的起源与发展

"女性主义"一词最早源于英语单词"Feminism"，在我国也有译者将其翻译为"女权主义"的。"女性主义"一词泛指欧美发达国家中强调女性权利、主张男女平等的各种思潮。作为一种从西方传来的思潮，与之对应着同一个单词——Feminism，为何会有两种不同的翻译？二者到底有何不同呢？

深究其发展演变的历程不难发现，首先国内对这一术语的翻译时间和使用时间完全不同，存在较大的间隔。"女权主义"在20世纪80年代的翻译著作中较为常见，而进入90年代以后，则出现了"女性主义"的翻译方法。

在2000年版的《韦氏第3版新国际英语足本词典》(Webster's Third New International Dictionary) 里，对于"Feminism"的定义如下：

Feminism: the theory of the political, economical and social equality of the sexes organized activity on behalf of women's rights and interests; specifically, the 19th and 20th century movement seeking to remove restrictions that discriminate against women. (E837)

细细研读这个英文定义会发现，词典的编撰者对权利 (right) 方面的

要求有所侧重，也可以说"Feminism"是西方女性在男女不平等的男性主导社会中发起的一种维护自身权利的运动，这是一种对占据社会统治地位的男权中心主义的一种挑战，是父权制下的女性对平等权利的一种追求和呼吁。由此看来，"女权主义"更清晰地表达出了女性的这种诉求，因而更加贴近原词"Feminism"的意思。

纽马克曾指出，在对一个文本翻译的过程中，译者必须对指称性符号在上下文中的所指进行明确。简单来说，就是译者在文本翻译过程中必须首先大致弄清现实世界中所发生的事情，弄明白原文中的语言符号与外部世界事物的紧密联系，而不应只是埋头于语言学。由此出发，我们在对"Feminism"一词进行翻译时，应首先对西方社会妇女解放运动有所了解，了解其发展历史，从而把握这一词语产生的历史和语用背景。

对百余年的西方妇女运动史，大致可以根据其运动成果分为三个阶段去了解。

（1）第一阶段。这一时期从19世纪中叶开始，西方妇女运动在这一阶段的目标是获得社会权利。这一运动持续到20世纪20年代，以胜利告终，成果是美国国会通过了关于妇女的财产权和选举权等法案。

（2）第二阶段。20世纪30~60年代，这一阶段的妇女运动拉开帷幕，并与其他的社会运动形成紧密联系，如这一时期的学生运动、美国黑人解放运动等。女性意识的觉醒及对男权中心主义的批判成为这一阶段妇女运动的主旋律，并出现了专著作为理论指导，如1970年凯特·米利特（Kate Millett）的《性的政治》一书。

（3）第三阶段。20世纪70~80年代，这一时期的妇女运动呈现出与各种思潮和流派更为紧密的联系，如后现代女性主义、生态女性主义以及第三世界女性主义等。

以20世纪60年代为分界点，我们发现这一界限之前的西方妇女运动以争取平等的社会权利（如财产权、选举权等）为旗帜，以非暴力抵抗为主要方式来争取妇女所应有的权利，并且这时一期的斗争基本都取得了胜利。既然这一时期"Feminism"以追求"权利"为核心，因此翻译为"女权主义"是与当时的语用意义相符的。而女性性别意识的觉醒是60年代以后女性运动的显著特征。因此，60年代以后的"Feminism"翻译为"女性主义"是与当时的社会现实相贴近的。

"Feminism"一词的翻译及其使用发展轨迹，是一个因差异而不断斗争的过程。"女性主义"相较于"女权主义"而言，其所突出强调的也正是其差异性：除了女性和男性的差异，在女性之中还有阶级的差异、种族的差异、个人的差异等，这个名称本身就包含着对差异的承认。因此，

"女性主义"的译法，其意义并不在于淡化历史存在于"Feminism"中的暴虐色彩，以便让人容易接受，而是在于，它真实地涵括了女性自身解放内容的演进，同时包含着对女性主体的反思的意愿和能力。鉴于此，本书编者更倾向于"女性主义"的名称。

二、女性主义的多元化诉求与内涵

在不同时代、不同地区，人们对"女性主义"有着不同的理解。对其的一般理解为：由于妇女运动的发展而兴起的一种为妇女争取在各方面与男性权利平等的社会、文化理论。区别于其他西方思潮，女性主义理论建立在性别差异的基础之上，在某种程度上代表了一种理念，是一系列包含着不同声音、具有更多社会实践意味的多元化组合。就历史发展的总体而言，女性主义有多个理论分支，自由主义、女性主义、马克思主义和社会主义女性主义、激进主义女性主义是其中的三大主要分支。除此以外，后现代女性主义、精神分析女性主义和后殖民女性主义三大新女性主义理论也是当今女性主义思潮中的重要组成部分。

（一）自由主义女性主义

在各种流派的女权主义运动中，以争取妇女选举权为标志的自由女性主义可谓是女权主义运动的先驱。从某种意义上来说，没有它就不会有接下来的其他各派的女性主义运动。

妇女选举权是这一女性主义运动的标志，如其名称所指，这场运动以实现男女平等以及所有人的个体自由为最终目标。

运动初期的自由女性主义受到启蒙运动的启发，以启蒙运动的口号"理性""天赋人权""自由""平等"为切入点来思考现实中造成男女不平等的因素，并论证了男女的同一性，得出两性的差异主要是社会环境和教育的结果。沃斯通克拉夫特坚信女性的教育及批判思维训练对女性解放来说是极其关键的，因为通过教育和批判思维，女性的心智能够得以迅速成长，进而能够明智地认识和思考她们自己的生存境况。

此外，启蒙运动中的个人主义信条也为沃斯通克拉夫特所推崇。她认为工作对妇女有着重要的意义，可以将妇女从家庭的小院子里解放出来，获得尊严和精神的独立，并且女性和男性一样可以从事各种职业。

19世纪的英国哲学家约翰·斯图尔特·穆勒进一步号召人们理性地分析传统习俗，以帮助妇女超越社会给她们的狭隘领域。约翰·斯图尔特·穆勒将批判的矛头直指家庭，他认为正是家庭使得妇女屈从于男性而没有自由和人权，同时对妇女长期的奴性教育使得妇女没有独立的精神和能力，妇女因受困于家庭而没有思想空间去从事社会生产和创造活动。整个社会也因妇女对婚姻的屈从和依赖而将其拒绝于很多职业如政治和公共领域之外。

自由主义女性主义的理论在20世纪的女性主义浪潮中获得进一步发展。在思想领域，贝蒂·弗里丹的《女性的奥秘》掀起了第二波女权运动。她认为女性的家庭角色使其处于第二性的地位，进而鼓励女性像男性那样从事公共领域的工作。但她还没有激进到提倡女性放弃家庭生活，而认为女性应当学会平衡事业和家庭，并通过男女共同承担家务劳动和家务劳动社会化来减轻妇女的负担。

同一时期的另一位自由主义女性主义者苏珊·奥金认为，一个社会的正义性体现在它在性别上是没有差别化的，同时对约翰·罗尔斯的正义论展开分析，并将其正义论延伸至家庭和私人领域，如男女应当共同分担照料、抚养孩子一类的劳动。而为了确保建立"平等主义家庭"，她还主张双性一体，进行相应的社会变革，在这样的家庭中，男女共同分担家务重担、建立弹性工作时间制和学前儿童日托站等。

总之，在自由主义女性主义看来，男女气质的对立与划分导致了性别的不平等，因而平等就是女性应当有与男性同样的行为选择权利和个体自由。而社会长久形成的性别习俗则应当变革，如通过文化和教育环境的变革使得女性同样具备男性具有的才能、地位和成就。自由主义女性主义主张女性应当进入社会公共领域，走出家庭，获得精神和经济的独立。

（二）马克思主义和社会主义女性主义

马克思主义女性主义与社会主义女性主义虽然有所区别，但都源于马克思主义学说，因此人们常常将它们并置。

马克思主义女性主义者吸收了马克思、恩格斯关于阶级和异化的理论，认为妇女受压迫源于私有制经济结构，一般以恩格斯的《家庭、私有制和国家的起源》一书作为理论起点，代表人物有凯琳·萨克斯等。她们在分析男权制社会机制的运作规律时，刻意模仿马克思主义对资本主义社会机制的分析方法，不同之处是：以女性的生殖概念代替马克思主义分析中的生产概念；用性别阶级代替社会阶级；用对女性身体的所有权代替控制权；目标是消灭男性的阶级特权与性别特权。马克思主义女性主义关注的问题包括：对自然的剥削和家务劳动的重要性；女性有酬工作与家务劳动之间的关系。她们认为，资本主义决定了男女的不平等，主要原因在于女性提供无报酬的家务劳动。她们的主要观点是，只要阶级和私有制还存在，任何人特别是妇女就不可能获得解放。于是，她们志在对资本主义的政治经济体制以及意识形态的方方面面进行广泛深刻的批判。

社会主义女性主义的思想显然受到马克思主义的巨大影响。

在社会主义女性主义者看来，妇女是一个因为复杂的社会关系网而被剥削和压迫的阶级，而究其根源，则是私有财产制度这一经济秩序的压迫。社会主义女性主义主张女性与阶级斗争相结合，而经济上的不平等是男女不平等的直接原因，因而要改变导致男女经济地位不平等的整个社会结构，要消灭男女阶级划分。由此看来，社会主义女性主义从根本上来说是反对强调男女两性区别的。它主张不应当有一个独立于全体政治之外的女性主义政治，并认为独立的女性主义政治必定是一种错误的普遍概括（false universalising）。它更反对女同性恋的分离主义（lesbian separationism），认为这种分离主义的基础是男女两性的生理区别。其主要代表人物有朱丽特·米切尔、M.本斯通、P.莫顿等，其中米切尔的《妇女，最漫长的革命》（1966）一书成为妇女运动的纲领性著作。相比较而言，社会主义女性主义更多地受到路易斯·阿尔都塞和于尔根·哈贝马斯的影响。

（三）激进主义女性主义

激进主义女性主义否定了自由主义女性主义关于妇女受压迫的根源在于缺少政治权利或公民权利的观点；同样，它也不赞成传统马克思主义和社会主义女性主义关于妇女受压迫的最根本原因在于她们生活在阶级社会的观点。激进主义女性主义者认为，妇女受压迫的根源是生物性的。她们认为，妇女处于从属地位来源于这样一个事实：由于生育造成的身体虚弱使女人为了生存不得不依赖于男人。

激进主义女性主义最主要的理论是男权制理论。该理论认为，女性的地位放到任何一种经济制度中都是低于男性的，不管是社会主义制度还是资本主义制度。她们不仅关注女性的社会地位，还关注男权制的深层结构，并主张应彻底消灭男权制来实现男女平等，因为无论如何是无法在男权制的社会结构中提高女性的地位的。

在《性的政治》一书中，米利特最先提及男权制（父权制）这一概念。然而，这一概念最早是指父亲作为家长的机制，而米利特则为其添加了新的含义，使其具备了男性对女性统治的含义，并被逐渐定义为男尊女卑的系统化机制。

20世纪70年代，激进女性主义开始对男性的生理状态进行抨击，翻转了女性的生理状态导致其地位低下这一观点，并走向极端，鼓吹排斥男性，将其当做敌人。

激进主义女性主义者强调两性间的生理差异,宣扬女性优越论。尽管她们对于妇女受压迫的境遇进行过深刻的理解和揭露,但她们的理论出发点源于生理差异的女性本质主义,对两性之间关系的认识过于偏激。例如她们没有能够解释生理性别是如何变成社会性别的。如果将男性压迫女性的原因归结为生理上的问题,是生理原因使他们变得残忍,那么就很难认为这种压迫关系是能够改变的。此外,激进女性主义被批评为具有种族中心主义的缺点。

上述传统的女性主义流派有一个共同的理论前提,那就是假设一种整体的性别压迫模式,即认为妇女受到结构上的不平等待遇。这种理论假设与女性主义的政治目标相连,同时也成为传统女性主义理论的基点。随着社会的发展变化,20世纪80年代以来,后现代主义、第三世界、黑人等有色人种妇女对传统的女性主义展开批评。面对迅速变化的世界,传统的女性主义显得过于狭隘,与新兴的社会思潮存在多个维度上的差异,其内部的盲点也随之暴露了出来。

于是,新的女性主义三大流派开始逐渐取代传统女性主义三大流派的核心地位,它们分别是后现代女性主义、精神分析女性主义和后殖民女性主义。我们发现,与旧的三大流派不同,新的女性主义三大流派都以男性主流思潮的名称来命名,这也体现了女性主义第二次浪潮中的一个明显变化——女性主义批评由拒斥理论、批判男性理论,转为将男性理论作为潜在的理论资源和方法论,以此为基础来建构自身的理论。此外,当代女性主义理论框架中还包括存在主义女性主义、黑人和第三世界女性主义、生态女性主义、同性恋女性主义等多个理论分支,形成了女性主义内部的多元化诉求。我们将在本书的第二章择取对文学批评影响较大的理论分支进行详尽阐释。

综观女性主义的理论,有的激烈如火,有的平静如水,有的主张做决死抗争,有的认可退让妥协。但是所有的女性主义理论都有一个基本的前提,那就是:女性在全世界范围内是一个受压迫、受歧视的群体,即女性主义思想泰斗波伏娃所说的"第二性"。

女性的第二性地位是如此普遍,如此持久。在这样一个跨历史跨文化普遍存在的社会结构当中,女性在政治、经济、文化、思想、认知、观念、伦理等各个领域都处于与男性不平等的地位。即使在家庭这样的私人领域中,女性也处于与男性不平等的地位。男权制思想认为,这种男尊女卑的性别秩序不仅是普遍存在的,而且是不会改变的,因为它是自然形成的;而女性主义却认为,这一性别秩序既不是普遍存在的,也不是永不改变的,因为它并不是"自然形成"的,而是由社会和文化,人为建构起来的。

克里斯蒂娃在"代际"说中提到，两代女性主义在时间上并不是截然分开的，而且第三代女性主义正在形成中。"代"与其说是时间，不如说是"一个意指空间，一个肉体的、欲望的心理空间"，它们并不彼此排斥，反而可能共存，甚至相互交织。这种多元纷呈的理论格局并不能改变女性主义的终极内涵诉求：在全人类实现男女平等，使女性获得并享有生而为"人"应得的完整权利。正如著名社会学家玛丽·埃·萨万（Mary A. Savane）在《与妇女的另一种发展》一文中对女性主义的评价："女性主义是世界性的。其目的旨在把妇女从一切形式的压迫中解放出来，并促使各国妇女之间的团结。女性主义又是民族性的，旨在结合各个国家具体的文化和经济条件考虑妇女解放的重点和策略。"

三、女性文学与女性主义文学

世界范围的女性解放运动不仅在受教育权、选举权、财产权、同工同酬等诸多领域力求保证女性同男性享有同样的权利，而且更重要的是，让越来越多的女性对自己的生存状况有清醒的认识，并发现造成性别不平等状况的体制原因。她们认识到，父权文化并没有公正地再现历史，女性对人类文明所做的贡献在很大程度上被抹去，而没有在历史中得到恰当记录，女性文化也没有得到有效传承。因此，应重新书写女性文化的历史。正是在这样的文化背景下，女性文学大量涌现。然而，关于"女性文学"这一术语的讨论却一直没有停息。

在国内，学者吴黛英首次使用"女性文学"这一概念（《新时期"女性文学"漫谈》，《当代文艺思潮》，1983年第4期）。其后王福湘首先做出回应，对吴黛英总结的女性文学的美学特征提出质疑（《"女性文学论"质疑》，《当代文艺思潮》，1984年第2期），由此拉开了对"女性文学"概念讨论的序幕。综观讨论"女性文学"的文章，对"女性文学"的认定基本上没有超出创作主体、题材、形式和观念四个范畴，由此引出了三类有代表性的观点。

第一种看法认为，创作的主体必须是女作家，但题材可以是女性，也可以是女性之外的一切生活，即女作家的一切创作，或女性创作的一切作品。它既包括作家以女性的眼光观察社会生活，以表现妇女意识、妇女世界为主要艺术追求的"内在世界"，也包括作家以辩证的眼光观照社会生活，在艺术表现上超越妇女意识、妇女世界的"外在世界"。代表性的文章有王绯的《张辛欣小说的内心视镜与外在视界——兼论当代女性文学的两个世界》(《文学评论》,1986年第3期),该文首次提出女性文学"第一世界"和"第二世界"的概念:"女性文学第一世界与第二世界的划分,是从女性文学的创作主体必须是女性这一根本基点出发,在对创作客体的现状和未来发展趋向的总体把握中,按照创作主体观察世界的不同眼光,及创作客体的特定内容做出的大致归类。"后来王春荣在《女性生存与女性文化诗学》(辽宁大学出版社,2002年版)一书中重申了此看法:"强调女作家作品这一基本要素,而又不绝对限制文学所反映的内容必须是女性生活、女性问题、女性形象。只要作品出自女作家之手,而不论题材范围、文学形象的性别如何,一律视之为女性文学。"此外,马婀如《对"两个世界"观照中的新时期女性文学》(《当代文艺思潮》,1987年第5期)和禹燕《女性文学的历史与现状——兼论什么是女性文学》(《当代文艺思潮》,1985年第5期)也阐述了相同的观点。

第二种看法认为,创作的主体必须是女性,题材也必须反映女性生活,即女作家创作的、描写女性生活,并能体现出鲜明的女性意识的作品。这种看法出现在20世纪末,以刘思谦的《中国女性文学的现代性》(《文艺研究》,1998年第1期)为标志。刘思谦从人文主义的价值立场梳理、界定女性文学概念的内涵以及妇女文学、女性主义文学这两种形态,认为女性文学是在一定历史条件下产生的具有现代人文价值内涵的女性的新文学,并由此引出了女性文学和现代性的问题。女性的现代性体现在女人基于人的觉醒而改变、超越封建传统文化对自己的强制性命名和塑造,表现在由他者、次性的身份到作为人的主体性要求,表现在女人由依附性到独立性这一精神的艰难蜕变。

第三种看法认为,创作主体男女皆可,但必须是描写女性生活的,即一切描写女性生活的文学作品,包括男作家的此类作品。吕文幸、王巧凤的《悲剧性别:女人——论男性作家所塑造的女性形象》被放置在《批评家》杂志的"女性文学批评小辑"栏目中(该杂志1989年第4期"作家与作品"是专门的"女性文学批评小辑")。刘慧英在《走出男权传统的樊篱:文学中男权意识的批判》(生活·读书·新知三联书店,1995)一书中说:"我所划定和描述的女性文学批评的区域相对约定俗成的女性文学概念既更严密(排除了女作家非妇女问题的写作),又更具松散性(接纳了男性作家或其他主题和题材的作品中有关女性问题的思考以及与此有关的故事情节和艺术形象)。"陈顺馨在《中国当代文学的叙事与性别》(北京大学出版社,1995)中,对曹禺戏剧中的女性和赵树理笔下的农村妇女进行了分析。

这几种观点都对"女性文学"概念有所探究,其中争论的一个焦点是关于创作主体的性别问题。纵观世界各国文学史会发现，作者的性别同作品的性别并不是一一对应的关系，男作家创作的作品并不一定就带有性别歧视，女作家的作品也不一定就带有女性主义倾向。理论上讲，男女作家都有可能创作出超越自己性别的文学作品。所以，研究者不能把作者的性别等同于作品的性别，而要根据具体情况加以甄别判断。正如法国理论家西克苏所说："署上女性的名字并不一定保证这部作品就是具有女性特征的，这部作品完全有可能是男性写作的。相反，一部署名男性的作品也并不一定排除女性特征。这种可能性很小，但有时确实会在男性作品中发现女性特征，这种情况确实会发生。"诚然，由于女性作家对女性生活有更多直接的体会，对女性所处生存状况有更为深刻的洞见，对性别偏见也更为敏感，所以女作家的作品相比男作家的作品而言更容易带有女性主义倾向。英国女作家伍尔夫就曾宣称，"女人写的东西总是女性的；它不能不是女性的；它的佳作亦是最为女性的；难只难在给我们所说的女性下定义"。显然，伍尔夫已经注意到"女性"概念的多元内涵，极富创见。但在很多情况下，女作家的创作绝不等同于女性主义的创作。而男作家的作品则很有可能有意或者无意将有关性别的观念渗透在作者叙述人物行为、再现人物对话、安排人物命运的过程中。挪威剧作家亨利·易卜生是较早关注女性生活状况以及两性关系的作家之一，他的许多作品，如《玩偶之家》（1879）、《群鬼》（1881）、《海上夫人》（1888）、《海达·高布乐》（1890）等剧作的主人公都是女性，剧作表现妻子、母亲等社会角色对女性生活的束缚，表现了女性在经济尚未独立时如何处理同男性的关系，以及她们在寻求自主性的过程中遭遇的挫折。易卜生对女性的同情以及两性关系的关注几乎贯穿他的创作始终，他的《玩偶之家》在20世纪初被翻译介绍到中国后，激发了无数女性走出家门寻找独立自主的生活道路，"新女性"从此成为独立女性的代名词。身为男性作家，易卜生对女性问题格外关注，他为《玩偶之家》设计的娜拉出走的结局非常具有女性主义意味，它在19世纪下半叶产生的超越时代的意义也使这部剧作在世界范围内长演不衰。这个例子也说明，作者的性别同作品的性别并非对应关系。

我们看到，关于"女性文学"术语的讨论恰恰源于理论资源的多维性框架，正是西方女性主义理论的多元性导致了中国本土对于女性文学界定的开放性和模糊性。鉴于此，相较于对"女性文学"概念中创作主体的争议，我们更愿意用"女性主义文学"这一术语来指称，因为"女性主义文学"不是以作家自身的生理性别来区分的，而是以作家的性别意识和性别立场来规范的。这是一种伦理价值取向而非生理的划分，其反对男性中心主义的题旨十分明显。也就是说，真正的女性主义文学不仅仅是站在女性的立场，自觉地以女性主义原则和方法作为指导而书写的文学，也可能是出于站在女性立场的理由而书写的文学。例如，通常所谓的边缘文学或底层文学、少数民族文学等，也经常归于女性主义名下，这时的"女性文学"具有女性主义的意识和方法论上的自觉性。

四、女性主义文学写作的使命

培育和促成女性文学书写的自觉性，使女性文学实现女性自由解放、促进性别平等、社会和谐是女性主义文学理论的根本目的。纵观女性主义文学理论的发展历程可知，其一直围绕如下主题：寻觅和建构属于女性的文学传统；为女性作者提供思想方法和目标使命；确立新的批评标准、探索新的批评方法。

（一）反映女性的真实状况

女性作家从提笔进行书写开始，几乎就无法避开以前的男性作家笔下对女性的侮蔑和误解，除了因时代的局限而表现出来的麻木外，大家表达的无非是质疑和愤怒，直到伍尔夫，才对此进行了深入和系统的讨论。她从历史文化传统、社会体制和心理的角度，对传统文化和男性言说中的女性如何、为何被扭曲、被湮没进行了深入分析。

伍尔夫在她的《一间自己的屋子》中谈到，在简·奥斯丁之前，"所有小说、戏剧里的伟大的女人不仅仅因男人而写出来，而且还因为她们和男人的关系写出来。那是女人生活里多么小的一部分，而且再由女人给他戴上的粉红色或是黑色的眼镜看出去，一个男人连对这一小部分都了解得那么少。因此，也许小说、戏剧里的女人的性质都是特别的，不是美到极点，就是丑得要命；不是好到无以复加，就是堕落不堪"，以至"到了现代，一个男人对女人的认识还是非常错乱而偏颇的，就像一个女人对于男人的认识一样"。

伍尔夫在这里注意到的不仅是男性误解女性的问题，还包括性别的隔阂。当然，女性因被剥夺了正确认识自己的机会而对男性充满偏见，这恰恰是男性中心传统的罪过之一。对应该如何写出女性真实状态这一问题，伍尔夫认为女性作为人类的一半，其中的大多数女人不是娼妓、交际花，更不是无所事事的贵妇——在夏天整个下午都无聊地和自己的哈巴狗玩耍，"她每天都做饭、洗盘子和杯子，送孩子上学，然后送他们走向世界。这一切什么也没有留下，一切都消失了。没有一本传记和史书对此赞过一词。而小说，则又是毫无例外地说了谎，虽然其本意并非如此"。真实的女人就是这些默默无闻的生命，她们的真实生存状态仍有待于记载。

为了写出女性的真实状态，伍尔夫设想了一个初写小说的女人玛丽·卡迈克尔。她在自己以"人生的冒险"为主题的第一本书中，用自己特有的形象化的论述方法对女性写作不断扩大的领域、不断增多的选择以及更加自由的现实情形进行了说明。

一个需要自觉写作的女人，虽然因为她有太多的东西需要写出来，而她的技艺还没有赶上她的思想和诗情而不能很快就超越前人，但她已经可以对前人写作中的虚假东西进行改变。她不仅可能写出女性的真实，也可能创造更高层次的艺术形式——这也是一种"真"，也就是有了向更高的艺术、向完美体现诗情的境界迈进的可能。她所设想的玛丽·卡迈克尔的写作不同于前人的地方包括以下几点：

①把女人放在和女人的关系中去写；
②写女人也需要独立的、公共的空间；
③女人写女人；
④写女人和写男人一样，在家庭生活和琐碎事物之外，她们也有丰富的兴趣和精神追求；
⑤女人的表达方式既像男人又不像男人——与男人对等但是不同。

虽然这个新兴的女作家是虚构的，但却是符合女性的现实处境的。她在真实的生活中学习，包括学习文学写作，又在文学写作中学习成长，使自己的人生更加成熟、自觉。通过对这个形象的描绘，伍尔夫写出了女性文学书写的理想状态。伍尔夫认为对女性真实状态的书写，要写出女性应有但还没有的状态，以此实现对现实中的女性的激励。因此她也将如何描写女性之间的关系作为一个重点：在现实中"女人对女人是不客气的。女人不喜欢女人"。一个写作的、自觉的女人应该明白这种"真相"："我经常是喜欢女人的不从习俗；喜欢她们的完整；喜欢她们的默默无闻。我喜欢……"她的这种"喜欢"从某种程度上来说是一种呼唤，她期待着女性之间能够培养一种积极的正常的关系。这种在男性的生活中司空见惯的关系，对于女性而言不仅很新异，而且建立起来也很困难。

"克洛伊喜欢奥莉维亚"

如果克洛伊喜欢奥莉维亚而且她们又合用一个实验室，这自身就将使她们的友谊更具有了变化而且也更持久，因为这个友谊不那么涉及隐私；如果玛丽·卡迈克尔知道如何去写而且我又开始欣赏她的风格中的某些性质；如果她有一间自己的屋子，对此我并不太清楚；如果她一年有自己的五百英镑收入——不过这还有待于证明，如果是这样的话，那么我就认为某个非常重要的事情将要发生了。

须知如果克洛伊喜欢奥莉维亚而且玛丽·卡迈克尔又知道如何把它表达出来,那么她就会在那间尚未有任何人住过的大屋子里燃起一支火炬。那儿全是柔和昏暗的光线,以及像那些蜿蜒的洞穴似的很深的黑影。人们点着蜡烛走进那些洞穴,上上下下地窥探,不知道自己是走到了哪里。我又开始再次读那本书,读到克洛伊注视着奥莉维亚把一个罐子放在架子上,并且说,她该回家看她的孩子了。我惊叫道,这是一个自开天辟地以来从未有人看见过的景象。而且我也很好奇地注视着。因为我想看一看,玛丽·卡迈克尔是怎样着手抓住那些未被记录下来的姿态、那些未被说出或者未被完全说出的话语。当女人单独呆在一处,没有受到男人变化无常的带有偏见的光芒照耀的时候,那些姿态和话语也就形成了,也许就像天花板上飞蛾的影子一样难以察觉。我往下读着,说道,如果她要这样的话,她就须屏息静气,因为对凡是在其背后没有明显动机的兴趣,妇女都要怀疑。而且妇女又极其习惯于掩盖和抑制,因而在目光敏锐地朝她们的方向一闪之时,她们就立即离开了。我对玛丽·卡迈克尔说,好像她就在我面前一般,我想,你所要做的唯一的事情,就是谈点别的事情,同时从容地看着窗外,并且这样记下来。并不是用铅笔记在笔记本里,而是用最迅速的速记,用几乎未用音节表示的词语,去记下来。当奥莉维亚——这个有机体这一百万年以来一直呆在那块大石头的阴影下面——感到光阴落在那块大石头的下面,并且看到有一块奇怪的食品给她送了过来,那食品就是知识、冒险、艺术。这时又发生了什么事情?我的目光再次从那一页上抬了起来,我想,她伸出手来去拿那食物,并且须设计出她的才智的某种完全新的结合,以便把这新的东西吸收到旧的东西中去,而又并不打乱整体的极为错综复杂而又精巧细致的平衡,须知她的才智已为别的目的而得到了高度的发展。

(节选自弗吉尼亚·伍尔夫《一间自己的屋子》,见《伍尔夫随笔全集》Ⅱ,王义国等译,中国社会科学出版社,2001年版,第565~566页)

在这段文字中,伍尔夫简洁而明了地对女性的写作、生存方式以及文学和生活的关系进行了讨论,她依然是以形象化手段描述文学女性朝着目标迈进的必经之路。女性作者要透过虚伪的修饰去发现,要排除偏见和陈规去表现,要自信负责地去唤醒,使女性文学和女性处境一起进步和改善。

(二) 文学活动中女性意识的觉醒

自由主义进认为女性从未像男性那样拥有独立的经济支配能力和独立

的活动空间，以保障女性物质和精神的自由。伍尔夫认为女性的文学书写要达到理想之境，得有最基本的客观条件：拥有一间自己的屋子。在伍尔夫看来，文学是心灵或者智力自由的产物，而心智的自由则受制于客观处境，千百年来的男性特权体制所造成的女人的贫乏和困窘是她们从神创世以来的根本障碍。

女人要写作，一定要有钱，还要有一间自己的屋子。这种断言似乎偏颇而狭隘，实际上它包含着"女人为什么要写作？已经写作过的女性是怎么完成她们的写作的？女性的性格和小说的特性是什么？这二者之间有什么关系"等极为重要的问题，而所有这些问题都隐藏在《一间自己的屋子》中。有些问题前面已讨论过，其中最重要的问题——一间自己的屋子与女性的自我意识之间的关系，还未曾涉及。

伍尔夫在《一间自己的屋子》第六章中，对女人应该如何去写作这一问题进行了专门的讨论。她先对"文学是独立的也是'无用'的事业"这一共识进行了申明，并激起读者心中的疑问：为什么如此强调五百英镑的收入和一间屋子？女人为什么一定要著书立说？这个意义就在于，给写作创造条件，给文学提供更深厚的内容，给人生赋予完全不同的价值。

女人冒很大的风险、历尽艰辛地写作，是出于我们前面已经讨论过的诸多理由。在这里，伍尔夫提出是要给历史、文化和文学灌注生气："历史书里战争太多，传记过于着重写大人物，我以为诗歌已展现出了一种贫瘠的倾向。"这就是说，女性能够如其所愿地进行文学创作活动，不仅是女性追求解放和自由的需要，也是对社会文化和艺术本身的拯救。

她引用男性作者的话，说"英国穷孩子就像雅典奴隶的儿子一样没有机会得到智力上的自由，而只有那种自由才能产生出伟大的作品"，借以强调女人的智力上的自由比雅典奴隶的儿子还要少。而写作的自由是女性自由的表征和方式，思想和表达的自由要借助写作的自由来实现，如果没有写作的自由，其他的自由也就无从谈起。但是，也并非只要拥有了自由的空间和物质条件，就一定能写作，能写出理想的作品。女性在开始写作之前，还得进行一场战斗：杀死屋里的天使。如果说女性写作的客观条件是一间自己的屋子，那么"房中的天使"则成为女性书写的自我束缚，是千百年以来控制女性、已经内化为女性自我需要的思想包袱。

在《女人的职业》中，伍尔夫说女性从事文学写作要克服的两个重要问题，一是女性的真实经历，一是"房中的天使"。"房中的天使"从来没有自己的想法和愿望，而却以牺牲自己为乐，劝谕、教导、诱使甚至胁迫女性优雅、驯顺、温柔、可爱。伍尔夫说，遭遇"房中的天使"是个真实的经历，是"那个时代所有女作家都注定要遭遇的体验"，杀死"房中的天使"是女作家职业的一部分。

在《女人的职业》中，伍尔夫写道："只要一落笔，我就不可能用自己的头脑对小说加以回顾，表达自己认为正确的人际关系、道德、性别的观点。所有这些，在'房中的天使'看来，都是女人不能自由而公开涉及的；她们必须迷住别人，博得他人欢心，必须直截了当地说，要想成功，就得说谎。因而，只要我感到她翅膀的影子或者她圣洁的光辉落在我的书卷上，就会抄起墨水瓶朝她砸去。她死得相当不容易，她的本质是虚幻的，这一点帮了她的大忙。杀死幽灵比杀死实实在在的人要难得多。当我自认为已经打发掉她的时候，她总是悄悄卷土重来。虽然我自认为最终消灭了她，斗争也相当艰巨。"讲述女人的经历，则是一个同样困难甚至是更困难的问题，遇到的障碍、要与之抗争的幽灵会更多。所以，文学书写对于女性来说不仅是一项最自由的职业，也是谋求自由的方式，当然也是终其一生与自我、与偏见斗争的职业。

（三）构建女性文学传统

在伍尔夫、波伏娃以及上面提到的当代西方女性主义理论批评家之外，对女性文学书写的历史有着各种各样的看法：

（1）女性小说家既然不是一个两个地偶然出现，她们也不只是她们时代的代言人，应该有一个属于自己的传统，至少是属于"一个历史悠久、持续发展的一部分"。

（2）女性一直处于男权社会的控制之下，被迫沉默着，历史上没有她们的身影，她们也就不可能有自己的文学文化传统。

（3）里奇等人从女性的写作中发现了一个更广泛更有想象力的联盟关系。

（4）埃伦·莫尔斯把妇女文学视为一个肇始于18世纪的多民族的国际性运动，不是主流也不从属于主流，是迅猛而强大的暗流。

肖瓦尔特对这种种观点进行了审视和整合，她说："妇女们自己已经在一个更大的社会圈子内建构了一个亚文化群，以价值、常规、经历及与每个人紧密接触时的行为准则组成了一个统一体"，但这不足以构成"传统"。女性作家们对彼此的行为感兴趣，在生活和写作的相互借鉴和趋同方面，倒确乎有个"传统"。但作为文学写作的传统，却没有其应有的承续性、完整性、发展性，也就是说，女性文学书写的传统布满漏洞和裂隙，是不完整的。她在著作《她们自己的文学》中说："每一代女作家都在某种意义上发现自己没有历史，不得不重新发现过去，一次又一次地唤醒她们的女性意识。如果有这种不断的破坏存在，如果有使女作家从整体中孤立开来的那种自恨（self-hatred）存在，谈论一个'运动'似乎不大可能。"

　　无论有多少分歧，女性主义者普遍认为，自18世纪以来，女性的文学书写活动在世界范围内没有间断过；女性形成自己的文学传统是必需的，如果没有，女性主义理论批评就要着力建立这个传统，并从形成这个传统的需求着眼来观照文学史和女性文学书写的历史。为此，众多理论批评家描述了历代女性作家的心路历程，对女性文学书写的内容和意义进行了梳理和分析。

　　此外，女性作者之间的团结还得到了女性主义文学理论的特别关注，主张女性文学要对女性关系进行积极的表达。

　　（1）在《一间自己的屋子》中，伍尔夫对女作家之间存在着的一种精神上的关联进行了描绘："她们对彼此的写作和作品感兴趣，一个作家的创作方法可能为另一个作家打下基础，一个成功的作者要感谢她的众多前辈，或者众多的现代女性作者需要感谢一个共同的、默默无闻但奉献巨大的祖母。她也揭示了所有女作家在建构自己的文学传统时遇到过或仍旧面临的问题。"

　　（2）埃伦·莫尔斯对伍尔夫的观点进行了发挥，认为女性作家之间的互相关注、交流和学习，是朝着形成女性传统的目标努力，她在著作《文学妇女》中说："对于女作家来说，那种通过简单从男性文学成就中吸取营养的做法已被阅读相互的作品取代，已被一种密切的交混回响的阅读所代替。"

　　（3）艾德里安娜·里奇借助西蒙·德·波伏娃所阐述的"女性散居性"观念，对女性同性恋和"姐妹情谊"范畴在理论层面和现实生活中的局限进行了考察，她倡导一种更有包容性、更切合实际和建设性的女性关系，提出以"女性同性恋连续统一体"来代替女同性恋主义。而女性关系的理想图景和实际情形之间的反差及其成因，也被贝尔·胡克思、肖瓦尔特、里奇等人所重视。

　　（4）肖瓦尔特在《她们自己的文学》中谈到，"简·奥斯丁在小说上取得了辉煌的成就是由于有一大批优秀的和不足道的女作家写的小说供她借鉴"，她们是她的"隐形合作者"。妇女亚文化群的形成，"姐妹情谊"的基础，是基于"一种共同的、不断变得羞答答的和仪式化了的身体经验"。共通的心理经验导致强烈的一致感，"女作家们正是靠她们扮演过女儿、妻子、母亲这样的角色统一起来，靠对福音教派的客观信仰、对其想象力和重点职责的怀疑统一起来，正是因为法律和经济对其变动性的限制使之统一。有时，她们围绕一个政治原因用更直接的方式统一起来。总的说来，这是一些文化上的彼此默契，而不是意识上的积极统一"。

换句话说，妇女们缺乏真正统一的意识；缺乏统一意识的统一只能是短暂的，并且，形成统一的理由也可能导致分裂。作为女性之中的觉悟者，女性作家可能更早地超越了这些无意识的统一。正因为她们有了某种自我意识，希望摆脱那种分裂状态，"女小说家之间及她们与其女性读者之间的意识就表现出一种潜藏的团结"，女性作家作为女性团结的领导者，她们要构筑的传统远远超越了文学的范围。

从这里，我们可以理解女性主义理论赋予"姐妹情谊"或女性同性恋的含义。批评家们为了唤醒女性的一致性和社会意识，为了把女性的注意力从男性中心的价值观念转向女性群落而提出女性同性恋这一概念。但也由此产生新的歧义，如许多批评家对历史上的女性作家作品进行某种刻意的重新解读而导致，对时人眼中的"老处女"奥斯丁、勃朗特姐妹、狄金森等人，对那些被视为怪异、乖僻或放荡的女性如玛丽·沃斯通克拉夫特、乔治·艾略特、乔治·桑、弗吉尼亚·伍尔夫等人，当代女性主义批评家为建立起女同性恋传统，而热衷于在她们的作品中寻找女性同性恋的因素。批评家把这些作家同其他女性的关系、其笔下女性人物之间的关系解读成女同性恋，还特别强调作者的性取向和情感倾向对文学作品的影响。

这种做法引起了另一些批评家的不满。里奇在其著作《强迫的异性爱和女同性恋的存在》中说："仅仅有具体的女同性恋文本的存在是不够的。只要把女同性恋的存在看成是勉强够格的或不那么'自然的'现象，抑或视为异性恋或男同性恋关系的镜像，那么这种理论或文化政治创造都会黯然失色，不管它们在其他方面的贡献如何卓著。女权主义理论不能继续只呼吁将'女同性恋主义'当作一种'生活方式的选择'，或只是象征性地提到女同性恋者。早就应该对强迫妇女接受异性爱提出女权主义的批评。"那么，她说的这种"女权主义的批评"有何作为呢？我们来看里奇在《强迫的异性爱和女同性恋的存在》中的相关阐述。

过去有许多文学作品也讨论过女性作为母亲的问题，涉及性角色、性关系以及女人的世界观、价值观等方面。但是，绝大多数只是表现了女性如何选择异性恋的结合或婚姻，几乎没有一部作品谈到过"强迫的异性恋"问题，没有一个作者怀疑过所谓的"选择"，"没有一本书把强迫性的异性爱看作是一种极大地影响所有这些问题的制度"。为此，里奇认为不能简单、习惯性地使用"女性同性恋主义"一词，以免那些潜藏的问题继续被掩盖。她用两个新的概念"女性同性恋生存"和"女性同性恋连续统一体"来表达她对女性关系及其历史的理解。

"女性同性恋生存"是一种普遍而独特的女性生存方式,包括反对陈规、打破禁忌,反对男人侵占女人的权利,反对被迫的异性恋关系。认为不应该把女性之间的爱情和行为浪漫化,也不应该仅仅是一种单纯的如玩性游戏、自暴自弃、酗酒等叛逆的具体行为,而是应该承担责任和风险,以女性同性恋生存为契机去寻找一个传统,形成一种社会基础,构筑一个广泛而深刻的女性同盟。以此来反抗那种有史以来一直强迫妇女接受异性爱为唯一正当生存方式的社会机制,也以此去追求由团结、和谐带来的欢乐和勇气。

"女性同性恋连续统一体"不是简单地指一名妇女与另一名妇女有性的体验或自觉地希望跟她有性往来这样一个事实,而是指一个贯穿每个妇女生活、贯穿整个历史的女性生活范畴,它"包括更多形式的妇女和妇女之间的强烈感情,如分享丰富的内心生活,结合起来反抗男性和接受物质支持和政治援助"。可见,里奇所说的"女性同性恋连续统一体"不如说是女性的政治经济、文化及生活的联盟。

总之,里奇的"女性同性恋生存"和"女性同性恋连续统一体"是指女性反对社会控制和性别奴役的联盟或者这个联盟的构成部分,绝不是社会成见所认为的"同性恋",也不应把它视为"男性同性恋"的对应之物。把女同性恋当作与男同性恋相类的情形,实际上也是男性统治及其强迫异性爱的社会逻辑对女性的抹杀。

女性因散居性而难以形成一致的女性团体,女性同性恋者的社会生活和事业与男性同性恋者有着深刻的差异。比如女性关系与男性关系有本质的不同,女性没有经济和文化上的特权,女同性恋有深切的女性经历,有特殊的苦恼、意义和可能性。如果简单地把它和其他受蔑视的性关系混为一谈,就无法认识这些特殊性。"同性恋"作为一个含糊的称谓,它遮蔽了对女性主义和妇女极其重要的关键性的因素;"女同性恋"一词也容易令人产生表面上客观中立、实际上简单化和模式化的误解。所以,里奇要深化和拓展女性同性恋的定义,借助描述"女性同性恋连续统一体",让女性之间的友谊、同志关系及欢爱都得到真实的表现,促使其积极作用得以发挥。

里奇通过对"女性同性恋生存"和"女性同性恋连续统一体"的描述,表明"女同性恋"涵盖的对象包括从女婴到老妇的所有女性。不管她们是否自认为同性恋者,其含义是指在女性之间维系的物质和精神生活,这种女性关系具有追求自由、反对奴役的政治意义。因此,我们完全可以说这种"女同性恋"是一直存在着的,是自然而然、理所当然的男性之间的那种"公共"关系的对应物。而女性之间是应该有这种社会性的深刻的、积极的关系的，女性的文学书写正应该担负这种责任，女性作家和女性主义者正是体验和表达这种关系的人。

第二节　英美女性主义的文学史观

一、女性为何写作

女性文学的历史可以说是女性意识逐渐觉醒的历史，而这段觉醒的历史离不开文学和历史对女性的书写。从某种角度来说，女性文学的历史就是女性用自己的书写对自己被书写命运进行抵制的历史。对女性成为作家的直接原因的讨论，可见于埃莱娜·西苏的《美杜莎的笑声》、苏珊·格巴的《"空白之页"与女性创造力问题》、桑德拉·M.吉尔伯特和苏珊·格巴的《阁楼里的疯女人》等文章。当然伍尔夫的《一间自己的屋子》则是对此讨论最早、也最详尽深入的，也许后来的这些文论有着更为深远的影响力，但细细看来，其所涉及的都是伍尔夫曾经关注的问题或问题的某个方面。

女性的创作离不开妇女的创造力和写作冲动。在文学创作方面，男性和女性在天赋上并无太大的差异，女性也需要通过写作来实现自我，也有着不亚于男性的天赋。然而在漫长的父权制社会中，各种客观条件和社会环境制约了女性文学天赋的挖掘、文学才能的培养和发挥。父权制的历史中隐含着这样的专横逻辑：先扼制住女性的才能，然后以她们无能为理由对其创作进行贬抑。

事实上和男性一样，女性之中也有这种天才，必须通过写作来实现自我。如果说女性的文学创作未能达到男性作家的水准，那是由于客观条件和社会环境不允许或者不足以使女性发挥自己的才能，而不是因为女性缺乏文学才能。伍尔夫在《一间自己的屋子》中说："妇女之中必定也有某种天才，正如她必定存在于工人阶级当中一样。时而有一位艾米莉·勃朗特或者一位罗伯特·彭斯一时闪耀夺目，证明了天才的存在，但这种天才肯定从未诉诸笔墨。然而每当读到一名女巫被人们所回避，或者某女被魔鬼附身，或者一个聪明的女人在卖草药，或者甚至某位杰出的男人有位母亲时，我就想到，我们是找到了一位迷途的小说家的踪迹，一位被压抑的诗人的踪迹，某个沉默而又湮没无闻的简·奥斯丁或者艾米莉·勃朗特的踪迹。她在荒野里把自己的头撞破，或者在大路旁做鬼脸怪相，因为她的天赋折磨着她，使她发狂。确实，我倒乐意猜测，那写了许多诗歌却又不署名的古代无名氏，多半是妇女。我以为这令人想到女性的爱德华·菲茨杰拉德，她创作了民谣和民歌，向她的孩子们低声吟唱，用这些民谣和民歌帮助她度过纺线的时光，或者消磨漫长冬夜。"

可见，女性即使有着很好的创造力或很强的本能激情，却很难为它们找到正常的出路，无法从事正常的创作，于是从历史材料中很难找到证明妇女的文学或者其他方面成就的证据。许多男性认为他们优于女性，却不曾想到这种优越是通过剥夺妇女的机会、压抑其精神才得以实现的。接下来看看伍尔夫对女性创造力的论述。

"妇女的创造力"

因而，当我说妇女"高度发展"和"极为错综复杂"的时候，不论是在惠特克的名鉴、德布雷特的名鉴，还是在高等学校情况一览中，我都无法证实我的话。在这种困境之中我能做什么呢？于是我再一次看着书架，书架上有传记：有约翰生、歌德、卡莱尔、斯特恩、柯珀、雪莱、伏尔泰、勃朗宁以及许多别的人的传记。我开始想到所有这些伟人，他们曾由于某种原因而倾慕过女人、找过女人、与女人共同生活过、向女人吐露过秘密、向女人求过爱、写过女人、信任过女人，并且表现出只能被描述为对异性的某个人的某种需要和依赖的关系。我不敢肯定所有这些关系都纯粹是柏拉图恋爱式的，而且威廉·乔因森·希克斯爵士大概也会否认。但是如果我们坚持说这些杰出的人们从这些联系中除了安慰、恭维和肉体上的快乐之外别无所获的话，那就是大大地冤枉了他们。显然，他们所获得的是他们自己的性别所不能提供的某种东西，而且用不着征引诗人的毫无疑问狂热的话语，便可进一步把它看作只有异性的天赋才能给予的某种刺激、创造力的某种更生，这样来予以界定也许并不太鲁莽。我想，他只要打开客厅或者儿童室的门，就会发现她也许正和她的孩子们呆在一起，或者是膝上放着一块刺绣品——无论如何，那是生活的某种不同的秩序或者系统的中心，他本人的那个世界可能会是法庭或者下议院，而这个世界和他本人的那个世界之间的对照，就会立即使他精神振作，生气勃勃；然后，甚至在最简单的谈话中，就会有令他头脑中干枯的思想再次获得肥料的一种自然不同的见解；而且看见她以一种与他本人不同的方法来进行创作，也就会极大地活跃他的创造力，使他贫瘠的头脑再次开始构思，而且他就会找到当他戴上帽子访问她时尚付阙如的那个短语或者场景。每一位约翰生都有他的斯雷尔，并且由于某些像这样的原因而忠实于她，而当斯雷尔嫁给她的意大利音乐教师时，约翰生由于狂怒和厌恶而几乎发疯。这不仅是因为他将不再会有在斯特里特汉姆时的愉快夜晚了，而且也是因为他的生命之光将会"如同熄灭一般"。

而且用不着是约翰生博士,或者歌德,或者卡莱尔,或者伏尔泰,人也能感觉到在女人当中的这种错综复杂的性质和这种高度发展的创造才能的力量,虽然他的感觉和这些大人物大为不同。人走进房间——但是英语语言的资源须得到很大的滥用,而且词语的整个奔泻需要不合法地飞行着产生出来,然后一个女人才能说得出,当她走进房间时发生了什么事情。这些房间是这样迥然不同,它们或者是安静,或者是如雷鸣一般;或者是面对大海,或者是相反,是通往监狱的院子;或者是挂着洗好的衣服,或者因其乳白玻璃和丝织品而富有活力;或者像马鬃一样坚硬,或者像羽毛一样柔软——人只需走进任何街道里的任何一个房间,便可感到女性的那种极为复杂的力量整个地扑面而来。它怎么会是别的样子呢?须知这几百万年以来妇女一直是坐在屋子里的,因而到此刻连墙壁都渗透着她们的创造力,而这种创造力又使得砖瓦砂浆大为负载过重,因而它必须用写作、绘画、商业、政治把自己约束起来。但是这种创造力与男人的创造力又大不相同。而且人们必须得出如下结论,即倘若这种创造力受到了阻碍或者是被浪费了的话,那就会是遗憾之至。因为这种创造力是经过几个世纪的最为严酷的磨难才赢得的,而且没有什么东西能取而代之。倘若女人写作像男人、生活像男人、长得像男人的话,那会是遗憾之至。因为如果两种性别都不太够格,那么考虑到世界的巨大和多样性,我们要是只有一种性别又怎能应付得了?难道教育不是应该带来并且增强区别而并非相似之处吗?因为实际上我们有着太多的相似之处,而且如果有一位探险家回来,带来消息说,有别的性别的人从别的树的树枝当中看着别的天空,那么他就是对人类做出了最大的贡献。而且我们还拥有了那种巨大的欢乐,注视着 X 教授冲过去找他的码尺,以证明他本人是"优越的"。

(节选自弗吉尼亚·伍尔夫《一间自己的屋子》,见《伍尔夫随笔全集》Ⅱ,王义国等译,中国社会科学出版社,2001 年版,第 567~569 页)

妇女文学创造的直接动因在于对女性处境的表达,为女性争取权利、鸣不平。在弗吉尼亚·伍尔夫之前,自由主义的女性主义者就表达过这一观点,之后也一再被重申。而从萨福到皮桑再到伍尔夫的妇女写作的历史,也证明了这一观点的正确性。

二、女性文学的主要形式及其成因

纵观文学史可知,关于女性的写作体裁多是小说这种叙述体,即使是在以诗歌和戏剧为主要文学形态的古代,出现了极为杰出的女性诗人,但仅仅是个别现象,大多数的女性还是在进行着默默无闻的叙述体的创作。

这一现象不禁让我们思考难道女性的才能只限于小说体裁的创作吗？或者小说这一体裁天然有哪些特征适合女性吗？对这些问题，伍尔夫认为要解答就离不开对女性处境的考察，女性的生存环境、角色地位、责任义务决定了女性只能写小说。所以不难得出这样的结论：女性的社会地位和处境导致其诗歌天赋受到压抑，诗歌和戏剧作为男权社会的主要文学形式，是高于女性的，而随着女性的自觉和社会进步，伟大的女性诗人在孕育和成长中。

伍尔夫在《一间自己的屋子》中对这种现象及其成因进行了描述，即在有妇女写作、妇女可以写作、盛产妇女作品的年代，生存状态、性情禀赋各不相同的女人为什么都选择"小说"这种文体。伍尔夫说即使在现代，女人仍然在封闭地生活着，外力也时常割裂她的思考。此外，女性的天才也因为对自身处境的不平而产生的不自觉的愤怒而受到损伤。

安静的不受打扰的环境是写作最起码的前提，但在家庭里生活的女性的干扰总是时刻存在着的。伍尔夫以简·奥斯丁为例，她写出了可以媲美最杰出男性作家的优秀小说，但她的小说都是在经常被打搅的情况下写的，因为她没有单独的房间，又怕被佣人、客人发现自己在搞创作，故而总是遮遮掩掩。可见女性在文学创作过程中经常受到干扰，而小说创作不像戏剧和诗歌那样必须集中精力。于是，那些也许有诗人气质、诗歌天赋的女性，即使忍不住创作的冲动，也会由于过大的压力和过多的障碍，无法任由激情澎湃而出，只能一点一滴悄悄释放，零敲碎打地写小说。

伍尔夫列举出性情才能各异的一群作者：乔治·艾略特、艾米莉·勃朗特、夏洛蒂·勃朗特、简·奥斯丁。这些女性，"除了她们都没有孩子这个可能相关的事实之外，在一个房间里相聚的任何四个人简直不可能比她们更不相同了"。但是当她们写作的时候，她们都不得不写小说。在伍尔夫看来，就性格气质而言，乔治·艾略特应该长于历史和传记，艾米莉·勃朗特应该写诗歌和戏剧，而夏洛蒂·勃朗特尽管适合写小说，但是她心中的不平和愤怒妨碍了她写出优秀成熟的伟大小说。而她们之中，奥斯丁的小说是最优美圆熟的，她也的确在历史上赢得了自己的荣誉和地位。正因为如此，更让人好奇：如果她在写作过程中不经常被打断，《傲慢与偏见》是否能够更加精彩？虽然简·奥斯丁能在那个年代如莎士比亚一样保持着一种理性平和的心态，"没有辛酸、没有抗议、没有仇恨、没有恐惧、没有说教"地写作，但身为女人，她的行为、阅历、视野毕竟受到了局限。此外，奥斯丁是一个特例，可以说几乎没有谁能像她这样，让自己的天赋、境域和随遇而安的性情达到完全的和谐。

在伍尔夫的描述和分析中我们看到，她所提出的并不是女性擅长或适合什么体裁的问题，而是无论写什么体裁，妇女都为处境所困扰的问题。即使小说这种体裁或艺术样式对环境的要求较低，但由于女性对环境的不同反应的个体差异性，导致女性心中的愤怒也可能妨碍她的天赋的正常发挥和发展。与简·奥斯丁相对，夏洛蒂·勃朗特在写作过程中，"在本应该明智地写的时候，她却愚蠢地写作；在本应该平静地写的时候，她却在盛怒中写作；在本应该写笔下的人物的时候，她却写她自己。她在与她的命运作战。她除了受压制，被挫败，英年早逝，又能如何？"（弗吉尼亚·伍尔夫《一间自己的屋子》）夏洛蒂·勃朗特的处境和心境无疑更具有代表性，这也是女性的文学创作整体上落后于男性的原因所在。

当然，小说作为一种年轻的文体具有较大的可塑性，这也是妇女选择创作最多的原因。但是，这种文体因为妇女的际遇还没有被女性掌握，或者说还没有打磨成适合女性的样式，还不是能够完全表达她们的意志的文体。人们在诗情宣泄的需要下进行写作，虽然诗韵不一定是心中的诗意被表达出来的最好形式，但每个人都应该有属于自己的最佳表达方式。伍尔夫强调，即使排除那种被压制的情形不谈，妇女的物质状况、客观处境以及她们得到的精神滋养也和男人不同，妇女还需要用大量的努力，来探索有别于既有模式的、独属女性的表达方式。

总之，伍尔夫所揭示的女人和小说的关系，包含几个不同层次的观点：

（1）干扰也可能来自女人内心。女人心中的块垒、怒火如果只能找到"小说"这个出口，那么性情和天分各不一样的女人写出的小说自然各不相同。女人之所以没有写出与男性所写的同样伟大的小说，是因为她们没有与男人对等的条件；

（2）在女性可以写作的年代，小说还是一种年轻的、柔软可塑的文体，女性小说作品的优点和缺憾也都与此有关；

（3）诗需要专门的训练和专心投入，但因为干扰总是存在，有写作欲望和天赋的女人只能写小说。

可以说，许多女人有诗人气质和诗歌天分，但却既得不到技艺的传授，也得不到任何帮助。她的潜能、写作行为、作品都得不到承认，还要为生存而挣扎怨愤，这导致她只能写出不完美的小说。

如果使女人的诗情得到宣泄，意志可以自由表达，能以平静客观的心态写作，她们的小说一定更好，女性作品就能够获得历来所有伟大作品的完整性，或者她还能为文学史贡献一种全新的艺术形式。虽然表面看伍尔夫讨论的仅是小说创作问题，但实质上是对健康完美的"诗"和"诗人"的呼唤。总之，女人不论写不写形式上的诗歌，她的情感、欲望、诗情、天赋都应该有一条健康的出路，女性主义文学理论正是要探索这条道路。

三、女性文学书写的历史

在西方，女性文学书写的历史在某种意义上可以说开始于女性作家作品大规模出现的18世纪。在此之前，女性书写的历史天空晨星寥寥：先是在漫长文明史中有极其稀少的凭写作建立声望的女性，其后是文艺复兴时期将写作视为私密爱好的贵妇，到17世纪出现了第一位以写作为职业的女人贝恩夫人。与西方不同，中国女性的文学书写活动大致有这么几个阶段：中国古代从蔡文姬到李清照，纵然是男性中心的文学史也无法抹消她们的文学威望；到近代，江南才女盛行，但是正如《红楼梦》所描写的，那只是贵族女性的怡情养性行为而已；自觉的大规模的女性文学文化创作活动，则要等到太平天国农民革命以后，极大地促进了妇女的思想解放。（王绯《空前之迹——1851—1930：中国妇女思想与文学发展史论》）

当然，女性文学书写的历史因文化与地域的不同而有所不同。美国女性主义批评家肖瓦尔特把女性的文学活动当作各种不同的"亚文化群"考察，发现它们都经历了如下三个阶段：

（1）在一个较长的时期内，女作者们不自觉地模仿正统的流行模式，向占统治地位的艺术标准靠拢，并使之内化为自我的一部分；

（2）部分女性发现了其中的问题，开始反对正统的文学标准及其价值，进入到倡导和建立不同价值标准、要求自主权的时期；

（3）从对敌对派的依赖中挣脱出来走向独立，是真正的自我发现、为取得自我身份认同的时期。

肖瓦尔特在《她们自己的文学》一书中，把这三个阶段命名为女性气质（女人气，Feminine）阶段、女权主义者（Feminist）阶段和女性（Female）阶段。然而在时间上，这三个阶段并不是那么截然分明的，有时一位作家身上也会同时出现三个阶段的特征，那么这种划分的意义在于以下两点：

（1）为了说明女性的文学书写活动不可能与现实截然分开，不可能一开头就与她们的生存环境相脱离；

（2）当女性明火执仗地、坚决地与现有价值观念进行较量，表现出反叛和对抗的时候，这固然是一种自觉，但同时也还是一种依赖。女性要进入一个独立创造的阶段，获得自然健全的自我意识，要经历对抗，也要超越对立。

第二章 英美女性书写理论

20世纪70年代，关于女性书写的理论在法国诞生，可以说"女性书写"理论及实践，几乎占据了70年代法国文化论争的中心。在符号学、解构主义和精神分析学说的启发和影响下，该理论的倡导和代表人物埃莱娜·西苏（Helene Cixous）、露丝·伊利格瑞（Luce Irigaray）等人，提出妇女可以通过自身的书写活动，突破男性中心的象征秩序和社会控制结构。她们认为妇女可以在现实世界里构建一个全新的自我，而这种构建可以通过在文本世界里体验表达上的愉悦和无压抑的自我来实现。女性书写理论倡导者认为，女人可以通过书写活动来开启种种无法言喻的体验，而这种体验作为一种认知是无压抑的、开放的。女性书写可以满足不唯女性所独有但为女性所擅长的"描写女性"的欲望，催生真实的女性形象，更能激发女性真实的自我。其中，西苏的文章《美杜莎的笑声》对女性书写理论进行了最集中的讨论。

第一节 英美女性书写理论的目的与作用

在1968年席卷法国的社会政治运动期间，诞生了新的"妇女解放运动"。这个运动提出了反对旧有的女权主义的口号，此时解构主义和符号学理论也在法国风行。在这个背景下，女性书写倡导者立下宏愿，不仅要颠覆男性中心的社会秩序，还要颠覆传统女性主义男女平等的思想观念。她们认为，由于既有的女性主义者和妇女运动组织的成员都无视性别差异和个体差异，致使女权运动只能在现成秩序之内与男性进行即时的、零星的较量，非但不能实现女性自由和解放的目标，反而因为忽视女性的差异性而抹杀了其价值。女性书写理论的提出，既是为了揭示女性的独特性和女性个体的独特性，也是为了揭示男性中心话语对这些独特性的扭曲和掩盖。

一、英美女性书写理论的目的

(一) 突显个体差异性和女性特征

女性主义倡导者和理论家将女性书写当作恢复、确立女性自身价值的途径,目的是对父权制社会体制下形成的男女二元对立的结构进行消解,对以男性为中心的社会文化传统强加到女性身上的角色进行取缔。伊利格瑞借用马克思关于商品价值的定义,对"男性对女性的控制"解析为:"传统上,女人对男人有使用价值,在男人之间有交换价值。换句话说,她们是商品。因此作为商品,她们将继续扮演物质保护者的角色;工人、商人、消费者等'主体',将以他们的工作和需要(欲望)为标准,来确定她们的价格。女人的父亲、丈夫和皮条客,给她们加上阴茎的标记。"① 作为一种物质商品,女性成为男性之间进行斗争和交易的中间媒介。与马克思、恩格斯不同,伊利格瑞没有将女性受压制的现象归结于任何的政治经济体制,她认为女人应该保留、扩展自体性性欲和同性性欲,继而就会因不再需要男人而不再受到男女两性关系及其社会结构的束缚,这样男人也就不会再继续对女人进行压迫和利用了,而且这种方式也体现了女性的进步和进化。

当然,伊利格瑞也认识到了社会中男性中心话语依然强大,异性恋这种传统极其坚固,女性语言和性欲的多样化得不到肯定。并且这种现象或是标志着女性理性的缺失,或被社会认为是性变态,因此伊利格瑞积极倡导女性书写。性欲望的解放应该是女性解放的先导,并且为了这一解放可以采取各种激进的方式,而女性书写就不失为一种最为有效的方式,因为通过书写女性的特质可以得到张扬,展现出性欲和语言的多样性。此外,女性书写方式的独特性也可以对语言的畸形秩序和形式产生破坏,使得男性中心的话语地位不再产生作用,进而消解男性中心话语权威。而考虑到异性恋是人类社会中一个根深蒂固的传统,且男性依然占据着异性恋的主导地位,以及女性与商品等价的观念依然流行这一现实状况,伊利格瑞认为即便在这种现实情况下,女性依然可以通过写作来进行反抗。

在伊利格瑞看来,女性完全可以通过认识和表达自我的方式来突破男性中心话语的控制,消除男性话语权威,对此她给出了这样的解释:

---

① [法]露丝·伊利格瑞:《此性不是同一性》,见[美]佩吉·麦克拉肯主编:《女权主义理论读本》,桂林:广西师范大学出版社,2007年,第349页。

如果想让女人为她们所说的话给出一个准确定义，让她们重复自己的话，以便把意思表达得更清楚，那将是徒劳的。因为她们已经离题万里，已经不在你可以惊吓她们的这个话语机制里。她们已经回到了自身，但这与"你自身里面"不是一回事，她们体验到的里面与你的不同，如果你认为相同那就错了。"在她们自身内部"，意味着在那个沉默的、多样的、弥漫着爱抚的私处里面。如果你坚持问她们在想什么，她们只能这样回答：什么也没想；什么都想。①

男性与女性的差异为法国女性书写理论所看重和强调，她们将男女之间的差异归纳为功能及身体的差异。这样，建立在生理功能和身体上的与男性话语迥然不同的女性言说方式，成了女性书写的价值和力量所在。

（二）推翻男性中心主义

在《美杜莎的笑声》一文中，作者埃莱娜·西苏对性书写所具有的革命性意义进行了阐述。她认为人类写作的历史可以和"理性"的历史画上等号，而其中则贯穿着"那同一种自我爱慕、自我刺激、自鸣得意的菲勒斯中心主义"；而也正是男性话语中心社会中男性的中心书写，在以理性为工具对女性进行着控制和戕害。这种所谓的理性的书写使得女性对自己产生憎恨，让女性的心灵在无形中与自己分离和作对，继而女性便成了这种所谓的以理性为面具的男性意志的执行者。在这种过程中，女性其实并没有真实、单纯地爱过自己这个人，而是一直在为了男性爱自己，从某种角度可以说，女性其实并没有真正存在过。

也正因为如此，应该开创一种出自妇女之手并且面向妇女的全新的写作，并且这种写作是一种独立自由的写作，完全以女性意识和话语为载体和中心的写作。这种写作作为一种文学书写，要"撕裂"男性中心的控制结构，以对传统文学书写中被扭曲的女性的真实面貌进行恢复。而在西苏看来就是从男人、父权制话语、男性中心历史中对女性的身体进行回收。

一直以来，男性笔下的女性形象是被用来满足男性需求，因而这种历史中的男性笔下的女性是被物化和歪曲了的"供陈列的神秘怪异或死亡的陌生形象"。在西苏看来，写作具有以下作用：

①归还女性的能力与资格、她的欢乐、她的喉舌，以及她那一直被封锁着的巨大的身体领域。

②使女性挣脱超自我结构，在这种结构中她一直占据一席留给罪人的

---

① ［法］露丝·伊利格瑞：《此性不是同一性》，见［美］佩吉·麦克拉肯主编：《女权主义理论读本》，桂林：广西师范大学出版社，2007年，第347页。

位置。

③使女性解除对其性特征和女性存在的抑制关系，从而使她得以接近其本源力量。

由此我们可以看出，对男性中心主义的颠覆自然而然地包含着对理性化的表达方式的颠覆。身体是女性书写理论所主张描写的对象，这可以说是对传统文学书写所表现的灵魂或思维惯性的逆反。在传统的男性书写中，"理性""崇高"被赋予了很高的地位，而在这种长期的文化氛围中，女性也将其内化成为自我的意识，进而经常以一种自责和羞愧的心态来面对自己的欲望和身体。为了对这种情况予以矫正，恢复女性自然现实的本来面目，女性书写不惜对女性自己的身体和欲望进行颂扬和供奉。当女人"和以往一样沉溺在自己的天真质朴中，禁锢在她周围的一片黑暗中，被父母婚姻的男性中心主义的铁臂带进自我羞辱中"的时候，女性的身体、欲望和激情的暴露是有着深层意义的，因为它代表着女性的呐喊和鲜明有力的抗辩。

在市场全球化的今天，如果说这种描写身体的方式依然有着积极效用，则是因为存在着特定的参照物：随着经济的发展，在现代商品经济的背景下，商品经济规律逐渐取代父权制而成为当今对女性进行控制和压抑的新结构；当然在这种结构中，女性还是可以通过对身体的描写来对这种压抑和控制进行对抗。这里需要注意的是，理性的价值观念并不是邪恶的，对其进行颠覆的原因在于：在男性中心的写作历史上，这种理性既是内容表现形式，又是一种所谓的正统价值标准，更为重要的它还是对女性进行贬抑和控制的工具。在社会环境和文化语境发生改变的时候，对中心的消解也需要进行理解方式和角度的调整。

（三）消解自我中心意识

埃莱娜·西苏曾提出这样一个问题——"怎样去写那些不写作的人"，由此可见，女性书写的出发点是他人而非自我。也可以说女性写作不是本着对自我进行表现的目的，女性书写是一种对自我中心主义进行消解的写作。虽然女性书写理论提倡女性对自我和身体进行书写，但这种书写应当具有更为宽宏的背景，应当是描写他人和世界的起点。因此，西苏认为"写那些不写作的人"是女性写作的任务，而且描写那些不写作的人的最好方式是"让她们自己开口说话"。

然而，如果描写身体能够写出真实的女人，那么让不写作的人自己说话是否就一定能达成真实呢？对此，西苏说："怎样使他们说话？怎样才不致使我的声音压过他们的声音？我找到了某种后来使我受益匪浅的方式，那便是戏剧，它帮助我让人物开口。然而，身为一个小说家，怎样跨进戏剧领域？怎样完成这一场景的转换、体裁的转换？"由此可见，文学要不断探索新的表现方式，在探索和拓展艺术表现领域时应当通过不断的自我否定来实现自我超越。然而，后来所流行的种种"身体写作"小说完全不同于西苏的主张。虽然她们也立志成为欲望的主体，在写作过程中也以"描写身体"为己任，但最终还是成了追名逐利、自我炫耀的自我中心主义。在对待"自我"这一问题上，西苏这样说：

  人必须逐渐熟悉这个自己，必须深谙这个自己焦虑不安的秘密，深谙它内在的风暴。人必须走完这段蜿蜒复杂的道路进入潜意识的栖居地，以便届时从自我挣脱，走向他人。理想境界是：愈来愈无我，而日渐有你。这不可能是一个有意识的目的，这个旅程的意义只有在它完结之后才会清晰地显现给你。尽管如此，旅程本身却是不可回避的。

  人应当通过对自我的认识来实现自我与难于相处的世界的融合。一个女性书写者在成长的过程中，也难免要通过认识自我或为了超越自我而走向他人，最终达到"无我"而"有你"的境界。西苏谈到自己的写作如何从潜意识领域转移到"历史"场景的过程，是很有启示性的。而其他女性作者在具体的写作过程中也许不能时时想到这个"转变"，但是它应该成为写作者的追求目标。

  在衡量本土女性书写时，如果以西苏的创作经历为标准，可以发现本土许多女性写作的出发点除了个人的不平与愤怒外，就是自我欣赏和自我爱恋，始终无法摆脱自我中心，也无从表现现实世界。因而可以说这些女性写作者只做了一半的工作，也可以说她们逡巡在旅程的开始，甚至是把起点当作了目标。这又进一步导致了女性书写理论始终都在强调"我"与他人、自我与世界的关系是互为一体、互相融合和转化的。这一主张也体现在她们的创作之中。西苏曾经用戏剧的形式表现柬埔寨的历史变革，表现那些斗争中的人们的生存图景，这让许多人感到困惑不解。西苏解释了她如此选择的意图：

  但为什么是亚洲，为什么是东方呢？因为那不是我，因为那就是我，因为那是一个不同于我自己而又教我懂得了我自己和我的不同之处的世界，一个教我懂得了我和它的差异性的世界。还有因为亚洲有一颗虔诚的灵魂，因为这里的人们伸出双手向人致意，因为它把过去收集在一起，因为它保守而杀戮，因为它贫穷而富有，因为它是近乎白而无色的黑暗，因为它是我们的史前史和我们的现在过去时。

  又为什么是柬埔寨呢，是出于对无常性的关注。人们通过祈祷所能获得的乃是无常。我这些最后的思考受惠于那些居住在帐篷中的柬埔寨人。

他们生活于无常。他们栖身于用茅草和毛竹筑成的不稳固的小棚里，这些小棚头顶有枪口，背后是死亡，四周皆荒野，但却是真正的爱与舞蹈之屋。

无常性、差异性、偶然性，同样是现实世界的一些特性，但在男性中心主义的话语环境中一直被忽略，或是被当作需要克服和整肃的因素。而西苏则尊重这些世界的本然特性，将它们看作是和人所共需的一致性、完整性、规律同等重要的东西，也是和自我同等重要的东西。抱持这种态度去写作，则"写作将把我们载向我们自身无法达到的境界"。这里应注意不是通过写作将自我设定为世界的中心或标高，不是以自己的书写为女性存在制定标准，也不是通过写作将自己推销给世界。

如果在文本世界女性书写主体的自我隐匿得越深，其言说就越是自由和开放，越能引发读者的共鸣。女性书写中也有自我，而这种自我是与他人有着广泛联系的自我，并且实现于倾听和对自我的关注中。在西苏和伊利格瑞的阐述中，女性书写所要描写的"别人""他者"，同时又都是"你"——与"我"面对面的对等存在。当作者真的把他人、把世界当作"你"时，她会发现，需要倾听、需要关注的"你"太多了，有那么多的存在被忽略，有那么深的苦难被掩饰！因而，从某种角度来说，女性写作是与受难者的相认，是人们在受难时的相互抚慰和支撑："把相认作为礼物馈赠给那些已经掩藏起脸孔的人们，这些隐面人是一种无与伦比的苦难产物，这苦难使我们成为自己的陌生人"；写作过程中的女性主体的"解放"体验是："以写作感受地狱的消逝，同时又不忘地狱的存在，这是人的权利"，其表现空间也是无限宽广的。

写作行为应该提醒人们此时此刻正在发生什么，使人记得哪些事情从未存在过，而哪些则可能杳然而逝；使人记得哪些是可以宽恕的，而哪些是应该杀死、应该轻蔑的；使人记起那些遥远的微不足道的事物，记得乌龟、蚂蚁、老奶奶们，记得美好的、燃烧的初次激情，记得女人们、流浪者、那些背井离乡的人们，以及野鸭掠过的飞影。

女性书写是一种消解传统的作者自我中心的书写活动，它的表现对象不是一个固定的"对象"，而是现身在书写者面前，在倾听、倾诉的对话者。女性书写所在的领域也不是传统的文学领域，而是人存在的时空，特别是那些不曾为人注意或者被视而不见的存在者的时空。

二、女性书写理论的作用

使女性回到自己的身体，可以说是女性书写的首要任务。从某种深层的意义上来说,女性只有在拥有自己的身体之后,才能"学会讲话"并"夺取讲话的机会"。因此,女性书写理论的核心是对身体的描写。下面我们将就女性书写理论的作用展开讨论。

(一) 开创全新的女性文体

如前所述,埃莱娜·西苏在对女性身体、女性书写的语言特征进行描述时经常用到"歌""舞""飞翔""海洋"这样的词。在阐述女性书写的理论时,西苏经常将反理性诗意的表达方式贯穿其中,这一点显见于《美杜莎的笑声》《从潜意识场景到历史场景》中。这从某种角度可以说是一种反理论的理论,从文体上看,它们本身也最大限度地体现了她所提倡和赞赏的女性言说的特性:感性、激情、无拘无束。同时也是含混朦胧、歧义丛生的:"写吧!这样,你寻找自我的文本将了解自己甚过了解血肉,这是一个由飞舞的色彩、树叶和我们哺育的涌入大海的河流构成的鲜活组合。'啊,那就是她的海,'他将对我说,一边从那矮小的菲勒斯母亲那里向我端出一满盆水,他是无法与母亲分离的。然而请看,我们的海是我们造就的,它充满了鱼或者没有一条鱼,它幽暗或者透明,它是红色的或者是黑色的,它风急浪大或者风平浪静,它狭窄渺小或者无边无涯。我们自己就是大海,是沙土、珊瑚、海草、海滩、浪潮、游泳者、孩子、波涛……波浪起伏的海洋、陆地、天空——有什么东西能够阻挡我们?我们懂得怎样说一切话。我将给你讲一个故事。请原谅我说'我'。到目前为止,我还从未以这种方式说过'我',我在说他人。允许我在说'我'的同时可能又在说他人。'我'是我所认识和遇到的许多其他漫游者。"

女性书写的倡导者也是实验者,她们将理论主张和创作实践融合为一体,就像她们将感知和身体、自我和他人、言说及其内容合而为一一样。从那看似不可捉摸的表达中,我们也似乎可以琢磨出女性主体持有的一种相对主义态度。这在露丝·伊利格瑞的理论文本中也将得到验证:"她是自身里不确定的另一个。"

(二) 颠覆话语陈规

面对明晰的、单一的、僵化和专横的语言方式,女性书写决意以描写身体为武器进行颠覆。女性写作提出了自己独特的美学观点,这些观点突出了女性言说的不可捉摸、无法界定、不能通约、没有恒定性等特征。

1. 女性书写是"用白色的墨汁写作"

相对于传统的墨迹而言,"白色的墨汁"是无迹可循的,书写的母性特征而非虚幻和空无是女性书写理论所强调的重点。白色墨汁是"那善良母亲的乳汁"。但和传统母亲形象不同,这里的母亲是"作为品格和才能之源"的母亲,而非为男性崇拜和利用的那个称呼。毋宁说,"白色墨汁"是一个喻指,具有多重意义。

它的第一层含义是指妇女的写作得之于内驱力——身体的冲动,也是表达的冲动。"我的身体——充满一连串的歌。""我"指的不是那个傲慢专横、把你紧抓在手心不放的"母亲",而是那触动你、感动你的平等声音。它使你胸中充满语言表达的冲动,并且激发你的力量;"我"指的是那以笑声打动你的韵律,是那使一切隐喻都成为可望可即的内在的亲密的接受者。肉体不比上帝、灵魂和他人更容易描写;你的那一部分在你自身中留下一片空间,并且鼓励你用语言刻画你的妇女风格。

它的第二层含义是指女性用自己的身体表达自己的思想,而身体是一个天然和谐的有机体,是以女性书写也是"反对分离"的。言语和意指、声音和形象、概念和含义之间是浑然交融、无法割裂的,就像哺育的乳汁、受苦和欢乐的眼泪等,因而用传统的眼光看是难以辨析的。

它的第三层含义是指女性言说不为人(男性)看见也无从接受的现实情形:"她的话总是落入男人们听而不闻的耳朵,他们只听得到男性的语言。"但是,这不妨碍女性"依照自己的意志做一个获取者和开创者",把写作当作"反理念的武器"。

2. 女性文本是"语言的编织物"

"白色的墨汁"以女性身体的特异性为喻,"编织"则以女性历来从事并擅长的工作为喻(具有讽刺意味的是,这些喻体曾经作为父权制派给女性的角色的标签、作为性别本质主义的例证遭到女性主义者的批驳)。

"她"在说话时东拉西扯,使"他"无法把握任何连贯的意义。"她"使用的语词互相矛盾,从理性的角度看多少有些狂乱。对于那些追求合理结构和符合预先编码的语言的人而言,这些话是很刺耳的……

"她"经常通过一次咕哝、一个惊呼、一声耳语、一句没说完的话不知不觉地岔开话题。当"她"重新回到原来的话题时,谈话又要从其他有快感或痛感的地方开始。当人们听他们说话时,不得不使用第三只耳朵,才能够听到"另一意义"。意义在经历这样的变化过程:"她"在进行自我编造。"她"既能不断地拥抱词语,同时又要抛开它们,以避免使意义在词语中固定和凝结下来。

伊利格瑞同样强调女性书写的特征:女性的言说具有直觉性、隐喻性、流动性、偶然性。既然这些特性在女性言说中如此普遍,那么就应当承认其现实合理性。而如果说它导致朦胧和歧义，那么，朦胧和歧义也可以作为女性书写贡献给人类语言文化的新范式。当然，这样未免过于简化地理解西苏和伊利格瑞的阐述，但可以帮助我们了解她们颠覆男性霸权及话语陈规的方式方法。

（三）使女性成为欲望主体

女性欲望和激情被承载于女性文本之中。埃莱娜·西苏说："飞翔是妇女的姿势"，写作就是"用语言飞翔也让语言飞翔"。为了说明这一点，我们不得不再次把文本分成内容和形式（故事和语言风格）两方面来理解。

从形式上看，女性的文本是破坏性的："它像火山般暴烈""粉碎一切""击碎惯例的框架""炸碎法律""用笑声打破'真理'"。这种破坏性是妇女自由喷发的激情威力，也是长期被禁锢的欲望彻底突破封锁的表现。

从内容上来看，就是表达女性的欲望。这是一片黑暗的大陆，但它"既不黑暗也并非无法探索"，而是具有无尽的可能性。

西苏呼唤和赞美的不仅是一种自由的主动的欲望释放，而且是有意识地对自己欲望的主体进行激发、培育、驾驭。她说妇女的书写和话语都有一种"轰鸣不止的成分""这成分就是歌"，这表明，欲望的满足及其表达也是浑然一体的，是妇女主体性的显现。

这样看来，女性的身体和欲望，可以说是女性解放、自由表达的最重要的内容。西苏的女性书写理论倡导以女性身体为基础的体验式、直觉式写作，她极为看重蕴藏在身体里的激情，热切地宣扬着反理性的诗意表达方式。她相信这种体验式、直觉式的语言具有一种强大的潜能，除了能颠覆"菲逻各斯中心主义"（男性中心主义，phallogocentrism）外，更使女性实现对即时的两性冲突的超越，突破文学和历史对女性言说的限制，便于女性自由地探索自己的身体和意识，并在这个完全敞开的文本建构过程中体验一种自我表达的快感。

第二节 英美女性书写理论的主要观点

20世纪70年代西苏等人开始标榜"女性书写"，可以说"女性书写"理论及其实践，在法国几乎占据了七十年代文化论证的中心。西苏以其《美杜莎的笑声》《新生女性》《阉割抑或砍头》以及《谈谈写作》成为这一书写理论的倡导者，其中 1975 年发表的《美杜莎的笑声》这篇文章对女性书写理论进行了最为集中的讨论，因其在学界产生了迅速而重要的影响被誉为"女性书写的宣言书"。

一、女性书写理论观点要点

（一）写作是改变女性命运的唯一途径

在西苏看来，由于长期受到父权制体制的影响，大部分的女作家在创作过程中会不自觉地遵守男性的创作标准，并且这种标准又在无形中压抑着女性。因此女性只有通过发出自己的声音，进行完全属于自己的女性的书写来对这种状态进行改变。因为在书写过程中可以激发颠覆性思想，也能够产生社会和文化结构变革的预示，不得不说女性书写是女性回归身体、进入历史的一种有效途径。

西苏主张要对父权制体制予以打破，破除所有对女性书写所施加的禁锢。通过女性作者针对女性读者的创作，使女性在父权制体制下确立自己的地位，并且这种地位不是为原有的象征符号体系所确立的，不处于该体系内而是处于沉默之外。

（二）父权文化创造了单一的理性逻辑

在西苏看来，理性的光芒一直笼罩着整个人类的书写历史，在长期的男性中心主义的理性文化中，早已形成了一种具有自恋性质的男性中心传统。在男性中心这一传统文化的规约下，女性从小就受到奴性教育而忘记思考，而不会思考的女性身体会变得不那么灵敏和柔软。并且，女性身体在压抑的父权主义文化中不会被再现，更别说建构了。而西苏则提倡通过女性书写来使女性身体得以建构和释放。

（三）女性应该先借用男性的话语，然后才能飞翔

西苏认为，女性应当打破男性话语的笼罩，并将这种笼罩摧毁、反转，抓住并建立起女性自己的话语笼罩。而要实现这一目标，就要先借用男性的话语符号和逻辑符号，再进行进一步超越。而在搅乱原有的空间秩序、迷失方向、颠倒价值并从中获得愉悦方面，女性要比男性更具优势。因此，"飞翔"是女性的举动，"在语言中飞翔，也促使语言飞翔"。同男性话语相反，女性的语言不应该有局限和边界，而应该展开无限的可能。

(四) 女性可以通过身体表达经验和思想

西苏认为女性不是单一的模板，而具有多元化的内部特征，并且有着源源不断的想象力，因而任何同质的、统一的、可以分类的特征都不适用于女性。男性总是将死亡和女性的特征联系，却没有发现女性身体具有的复杂特质和双性气质。西苏言简意赅地指出，女性必须通过身体来写作，她们必须创造出意蕴丰富的语言，以摧毁性别隔阂、社会等级、修辞话语、法规条文等。

二、对男权二元对立思想的解构

在西苏看来，强大的男权二元对立思想在不经意间俘虏了很多号称"女权主义"的批评家，由此出发她拒绝承认自己是女权主义者，她认为那些所谓的女权主义者已经陷入了男性建立的二元对立思维的泥淖中，是在要求男权传统给予权利和尊重，以使自己更为男权社会所承认。

西苏明确主张，写作具有符号印记，反对将作者的性别等同于作品性别的简单化运作。到目前为止，文化经济通过最为广泛和压倒性的方式操控着写作，并且其深度和范围都超过人们的想象，由此写作也是压迫女性的一个核心所在。因此，西苏认为很多女性作品充斥的是男性的思维，并非真正意义上的女性作品。在男性话语长期统治的氛围中，绝大多数女人创作的实际是"男人的作品"，因而在研究过程中应避免陷入姓名陷阱。

相反，一部男性作品也并不能说它一定就是排斥女性气质的。虽然具有女性气质的男性作品不常见，但有时可以在由男人签名的作品中发现女性所特有的气质。西苏甚至反感"女性作品"或"男性的""女性的"这类术语，认为女权主义写作实践从来不能被武断地理论化或编码，因而也反对对其进行任何界定。

与当时法国"妇女解放运动"和"政治分析运动"中的女权主义者相比，西苏具有更清醒的"性属意识"或"女权意识"，她深刻地体悟到女性作为一个群体所受的压抑。而在语言学建构上，西苏比德里达、利奥塔及克里斯蒂娃具有更明显的社会政治性。她否定传统文化对男人和女人的界定，认为男性将女性身体作为殖民领地，妇女虽然有自己的身体，但却没有掌握自己身体的所有权。

与男性相比，一名女性可能会经受更多的诱惑、禁令和损毁。西苏反对用作者的生理性别给作品贴标签的做法，在她看来，这对女作家是十分不利的，因为对一部妇女所写的作品，很少有一个男人去谈论其中的角色，而只会谈论这位女性作者，谈论她的脆弱。

西苏对男权二元对立思想坚决主张解构，倡导女性的独特性，这种女性的独特性不以男权价值为参照系。在德里达解构理论的影响下，西苏认为妇女有着多元化的本质，并且这种本质在现实情境中是流动而变化的。因此，西苏对实际的妇女运动更加钟情，并将自己1976年到1982年间的作品全部发表在妇女运动中诞生的《女书店》这一杂志上，以表明她对男权中心主义的反叛姿态。

西苏认为女性书写要呈现和展示真实、独特而具体的女性存在，拒绝、摒弃和解构主流权威话语，颠覆二元对立结构。从其作品中我们可以窥见一二，如《齐来书写》一文中，西苏主张女性应当用身体进行观察和体验，用"身体书写"；而《新生女性》以阴性的名称来颠覆罗格斯的二元对立结构，标志着女性文化的诞生，作者应"学习战斗"，挑战一切可见与不可见的压抑；在《美杜莎的笑声》一文中，西苏反对生物主义与本质主义的两性论，探讨女性多元、持续与弥散的特质，呼吁女性创新书写。

男权传统对女性的界定已在无形之中内化为女性的自卑感，对女性的解放进程产生了严重的阻碍。女性如果不用书写对男权二元对立结构进行解构，便会被困而死。通过卡夫卡的小说《审判》，西苏从理论的层面对当下妇女的处境进行了说明。卡夫卡在小说中讲述了这样一个故事：一个人要进入一个有着看门人的门，但首先要经过一道戒律，他通过戒律到达大门口，大门并没有关闭，而是打开着。在看门人的劝阻下，这个人没有进入，多年来只是站在门外。在死前他向看门人提出这样一个问题：为何没有人进去过？看门人回答，因为除了他没有人到达过这里，这门就是为他设的。西苏以此来类比妇女与父权制的关系，认为妇女压抑的根源在自身。

西苏的论著通篇都没有准确定义女性书写，而却描述了其开放性、多元化等特质。她认为女性应当书写自己身体所具备的流动复杂性，解放自己的身体。当然，女性还应当加强同母亲的文化联系，从母亲的身体中汲取营养，对男性秩序和理性逻辑进行颠覆和利用，突破语言模式的界限。

三、对"身体"辩证地看待

西苏的"用身体书写"被公认为是"女性书写"理论的典型。

综观西苏的"用身体书写"理论，可以概括为以下两点：

①"用身体书写"并没有抛弃语言符号，用词语书写是妇女的自救方

式及存在方式，表现了女性间的互爱；

②女性的身体并非单指"肉体"，它摄纳了重要的女性生理、心理以及文化信息。

身体不仅指肉体而具有一定的文化意义，它呈现出人的社会属性和自然属性。西苏对"脸"有着这样的陈述：

我崇拜脸。这微笑。我白天与夜晚的面部表情。这微笑使我敬畏，让我陶醉，也令我恐惧。面部的颤动决定了世界的建构、辉煌与毁灭。这张脸不是一个隐喻，脸，表面结构。面部的全部感觉产生了我，组成了我的生活。我阅读脸。脸符号化了。每个符号都标志着新的路径……这张脸对着我窃窃私语，召唤我言说，将围绕着它的一切称呼符号化。唤醒它，触摸它，使它浮现，使万事万物彰显而易解……

由此不难看出西苏身体理论的文化指向：人的身体体现着人的思想、情感与无意识。脸一方面是言语的生理器官，另一方面还是体验、情感与思想复杂交错的主要区域，在某种程度上是一种进行象征工作和生产的场所。借助这张脸，女性可以实现对男性设置的围墙的穿越，以及那无数的墙内墙。

身体作为书写的来源，兼具体验的领域与媒介于一身，女性作家要认识到自己身体的无限丰富的生命力，在书写过程中自觉远离男性的同质化和罗格斯中心主义。西苏这样举例来表达自己的观点：画家处理表面，而女性书写应探索内里；对一个苹果不但要看，还要接触和品尝。所以女性作家在书写过程中要用自己身体的全部器官去体验一切，从而展示更为深层的结构和品位。

"用身体书写"指在书写过程中用一种"关于'身体的语言'"去表达女性整体的、对抗罗格斯中心主义的全部体验，而并非简单地用一种身体语言或姿态去诠释或表达。从某种角度来讲，妇女的解放问题是一个包括"文本的解放"在内的宽广政治问题。语言区分了自然与文化，并形成了一系列的对妇女的压抑，而书写则是一种女性获得拯救的特殊方式。

西苏还明确指出，语言具有启示性，是神奇的。写作一直跟随着生命，对生命进行着倾听、延伸和铭记，所以西苏从未否定和抛弃过语言。她对写作的重要性进行了充分的肯定，认为妇女可以并且只有通过写作才能确立自己的地位。

不难看出，"用身体书写"理论是一种文化策略，用以解构等级森严的男女二元对立结构，是用语言文字表述流动而鲜活的妇女的全部体验，这种体验以对身体的系统体验为基础。

纵观西苏的理论及其书写实践，会发现她始终关注着对女性的文化定位,强调女性书写中情感与意义传达的亲切性和丰富性,而非表面表现出来的单纯的生理性的发泄或身体的裸露。因为对"感性""身体"等因素的强调,西苏的理论引起了不少争议。而对压抑妇女写作的物质因素的具体分析方面的缺乏,无疑使其与男性中心主义站在了一边,掉进一个同构自反的怪圈。

西苏一方面在为女人们盗用想象和快乐的原则,另一方面似乎同时又处于直接滑进她所贬斥的父权制的掌心中的危险。而实质上是男权主义给女人贴上了情感型、直觉型和想象型的标签,同时还满腹嫉恨地把理智和理性变成男性独占的领地。

如果我们跳出老一套的感性与理性、身与心等二元对立框架去评判西苏,我们会对西苏有一种全新的理解。在《从潜意识场景到历史场景》一文中,美国学者拉尔夫·科恩论及西苏时说:

她以一种新的方式撰写理论,揭示写作是如何将她本人与其他人联系在一起的,写作是如何将她自己与她的家庭、文化、种族、身份、性别、异化感以及她对超越语言的神秘感意识融合为一体的。她是以一种对写作在她生命中所占有的地位的抒情性的意识而进行理论写作的,不管写作可能为她创造天堂还是营造地狱,它都能使生存成为可能。①

在《文学理论的未来》文集中,科恩将西苏的论文作为开篇之作。对其观点进行了充分的肯定,认为把西苏的论文放在开头,对探讨文学理论可能是什么或应当是什么的文集是极其合适的。

感性、自然及身体等被男权社会贴上女性标签的词语,同样在男性中心主义的符号体系中也是低等的。而西苏对身体写作的倡议,正是通过女性对自然、宇宙、社会、精神等的丰富体验来质疑和推翻二元对立的思维范式的通知。与此同时,西苏倡导在电子传媒高度发达的现代社会,应当尊重人的独特性,将大脑与感官紧密联系起来,用全部体验和感觉去掌握世界。

第三节 英美女性书写的发展历程

关于人类的书写,早期的人类文明史记录的是"他"的故事(history = his story),从女性文学角度来看,这里的"他"更多的是代表人类中的

---

① 陶丽·莫依:《性与文本的政治》,林建法等译,长春:时代文艺出版社,1992年,第162页。

男性。基督神话中关于男人和女人的创造史，清晰地向后人展示着男人为主、女人为附的两性关系。在为数不多的女性被记载的部分，女性的在场是短暂的、陪衬性的，只是"突兀"地出现在生育过程中，为人类繁衍做出动物性的贡献，而占据人类进化史主要地位的是"勇敢的猎人"。这里我们对女性文学进行研究，也有必要回顾女性文学源远流长的历史，虽然这一历史由于男性话语主宰历史和文学史的书写而长期受到漠视或消音，但重新梳理女性书写的历史可以让作为世界文学史重要组成部分的女性文学获得应有的学界认可。

一、古希腊和中世纪

西方女性文学乃至西方文明的源头都可以追溯到古希腊。古希腊社会以经济、政治、文化的空前繁荣著称，雅典城邦的公民民主制度集中体现了古典时期的人文主义精神。然而，在当时的雅典城邦社会中，女性既无经济自主权，也无婚姻自主权，更不能享有公民权。亚里士多德在《政治学》(*Politics*)中指出，能参与城邦管理的公民才是"最尊贵的族类"，而无权参加公民大会的女性显然不是"最尊贵的族类"，她们在某种程度上属于没有政治权利的"消极公民"，在家庭中受父权和夫权的支配。而在当时的社会意识形态中，很多著名哲学家或作家在著作中都表现出对女性的轻视。如诗人赫西奥德（Hesiod）和赛蒙尼德斯（Semonides）喜欢将女性塑造为游手好闲、头脑简单的祸水；亚里士多德在《论动物生成》(*On the Generation of Animals*)中指出，女性之所以为女性，"是因为某种无能""她们的身体始终存在缺陷"。由于此时男权社会的女性观仍处在构建初期，古希腊社会对女性的看法是多种多样、纷繁复杂的。以《荷马史诗》为例，其中既有淫荡狠毒、谋杀亲夫的克吕泰尼斯特拉，又有美丽智慧、坚贞不移的潘妮洛佩；希腊爱情诗创始人阿尔克曼（Alcman）的作品中更是充满了对女性的真诚赞美；在阿里斯多芬（Aristophanes，446BC—380BC）的喜剧《利西翠妲》（*Lysistrata*, 441BC）中，聪慧过人又具有领导才能的希腊女子利西翠妲因为厌恶战争，号召女性同胞发动"性罢工"运动，通过两性战争窃占财库，成功逼迫男人结束了长达21年的伯罗奔尼撒战争。

而被柏拉图称为"第十位缪斯"的女诗人萨福（Sappho，612BC—?），就是在这样一个文学与艺术的黄金时代出现的。萨福出生于莱斯博斯岛一个富有的土地所有者家庭，曾与一位贵族结婚并育有一女，丈夫去世后为她留下大笔财产，令她过着平静而衣食无忧的生活。于是她开始进行诗歌创作,还创办了教授诗歌、音乐、仪态,甚至美容和服饰的女子学校,许多贵族慕名把自己的女儿送来学习。萨福热爱自己的学生,并对她们悉心教导,这一点与苏格拉底相似。在与学生的朝夕相处中生出深深的爱恋。萨福才华出众,创作力旺盛,一生写过九卷诗,从留下的四首完整诗作及一些残篇中足以看出她高超娴熟的诗艺。

萨福真情率性,温婉典雅,爱和情欲是其绝大多数诗歌的主题,其中许多是她在女弟子学成离别或嫁为人妇时表达相思之情的赠诗。诗中充满爱的劝谕,描写爱情中甜美与痛苦相互交织的情愫,同时也感慨爱情中的嫉妒和怨恨。短小的诗节和明快干脆的韵律等别具一格的诗歌形式在西方诗歌史上形成"萨福体"。萨福的诗对古罗马许多抒情诗人的创作都产生过不小的影响,其诗后来在欧洲也受到推崇,她的肖像还曾被铸上硬币。

然而,后来的西方文学史逐渐开始贬低萨福,在教会统治的中世纪,她的诗篇因歌咏同性之爱而被大量焚毁。然而,萨福从未被遗忘,关于她的史料的残缺与空白使她在文学史上变得更加神秘。正如英国批评家马丁·韦斯特(Martin West)所说,萨福始终是"学者绕不过去的坎"。自19世纪末以来,现代的考古发现逐渐令萨福的许多作品重见天日,重新引起了文学界的瞩目,尤其得到女性主义批评家及女同性恋者的关注与推崇。

当欧洲进入以基督教文化为核心的中世纪后,教会掌握了社会生活的各个方面,父权制社会女性观的建构得到了进一步强化。中世纪女性仍然处于男人的监护之下,女性有时像财物一样被男人用来交换,父权家长制更为强大。这一时期的女性远离社会公共生活,也没有与男性接受平等教育的机会。虽然这一时期出现了系统性的大学教育,但女性仍然被排斥在外,仅有少数富有贵族女性有机会在家中接受一种以"培养贞节观念和虔诚信仰"为主的文化教育。中世纪教会常常将女性阐释为罪恶的性引诱者,且在身体和心智上比男性要弱,教会所宣扬的禁欲主义,使女性受到歧视与贬斥。

在强大的父权观念的影响下,一系列以二元对立为基础的男尊女卑性别偏见已经形成。例如:男性象征文明,女性象征自然;男性受控于理智,女性受控于情感;男性代表头脑,女性代表身体,等等。公元12世纪的著名神学家托马斯·阿奎纳(Thomas Aquinas)认为,女性之所以成为女性,"是由于发育不健全,在生理和心理上都劣于男性";而另一位同时代的著名神学家奥勒留·奥古斯丁(Aurelius Augustinus)也认为,在家庭关系中,"女性应臣服于男性,就像感性要臣服于理性"。在这种女性观的影响下,确立了歧视并压制女性的传统,并成为中世纪西方社会的主流意识形态。

然而在这种主流思想之外，也出现了一些主张男女性别平等的声音。尤其在公元 11 至 13 世纪的中世纪盛期，人们对女性心态的变化表现在天主教中圣母崇拜的兴盛。中世纪后期，随着工商业的繁荣发展和城市的兴起，中产阶级城市女性生活条件变得更为优越，行动上有更大的自由。如杰弗里·乔叟（Geoffrey Chaucer, 1340—1400）在《坎特伯雷故事集》（*Canterbury Tales*, 1837—1400）中塑造的巴斯妇：穿着华贵，举止得体，不仅可以独自出行，而且毫不羞于当众发表自己的见解。同时，一种完全不同于基督教会女性观的新的不以婚姻为目的的爱情观念——典雅之爱（courtly love）在贵族中流行起来。在这种典雅之爱中，男子通常是地位相对较低的骑士，他们疯狂爱慕的女士则出身高贵，举止文雅，往往是城堡中高傲的女主人。这种关系通常由已婚女性主导，骑士不论遇到何种苦难和羞辱，都要对女主人真诚、专一、炽烈，"要用全身心的奉献换取女主人点滴的馈赠"。此外，典雅之爱允许在一定范围内尽情表达情欲，它既不同于传统的柏拉图式的精神恋爱，也不是纯粹的肉欲之爱。这使得贵族青年可以在社会允许的范围内大胆追求爱情，这一切都与传统教会所宣扬的爱情观和女性社会角色不同，是对传统女性观念的一种修正。

典雅之爱的流行使一部分贵族女性参与到其准则和伦理的制定中，一些贵妇还组织起"爱的法庭"，以讨论、解决与典雅之爱相关的问题。在 1150 年至 1250 年的一百年间出现了大量的女性行吟诗人，其数量占到行吟诗人总数的 20%，"这在西方历史上是前所未有的"。这些女性行吟诗人中最为著名的有爱丽诺（Eleanor, 1121—1204）和她的女儿们、达爱的女伯爵（Comtesse de Dia, 1140—1212）、法兰西的玛丽（Marie de France, 1140—1200）等。她们都是出身名门的贵妇，且大多来自典雅之爱的发源地——法国南部的普罗旺斯地区。她们的诗歌中表达了对性别平等的渴望。达爱的女伯爵在诗中吟唱："为何你说爱我，却留给我痛苦？因为我们没有平等的爱"；法兰西的玛丽在诗中写道："没有平等的爱便毫无价值。"这些女诗人在其诗歌创作中灌注了平等的思想，并在贵族阶层广泛传播，在一定程度上改变了男性对女性的态度，使尊重、保护、礼貌对待女性成为一种风尚。此外，中世纪还有极少数女性的宗教写作也得以传世，如英国女修道士朱丽安（Julian, 1342—1416），她在自己的作品中独树一帜地将基督定义为母亲，以女性视角阐释自己对于基督教的独特理解。

二、文艺复兴时期

14 至 17 世纪，欧洲在社会政治经济发展上，资本主义迅速发展，民族国家初步形成；科学文化上天文地理有了重大发现；文学艺术上出现文艺复兴思潮；宗教上进行了较大的改革。可以说这一时期整个欧洲社会都处在动荡与变革的转型期。随着商业的发展和城市的兴起，在一些城市服务业和小商品交易领域也开始出现劳动女性；而宗教上的改革也积极推动了女性接受教育，尤其是十六、十七世纪随着基督教会的分裂，各阶层中充满宗教热情的女性获得了活动的舞台。而作为传统社会文化中占据统治地位的男性，面对在社会中日益活跃的女性，无法坐视不理，于是开始通过各种方式控制女性的社会行为规范，限制女性的经济活动。因此，在这一女性作用日益凸显的社会变革时期，女性的社会地位不仅没有改变，反而有所退步，尤其是上层妇女，她们的社会活动和个人自由在文艺复兴时期反而受到了限制。

但女性还是不可否认地获得一些权利，那就是这一时期的女性在教育方面获得了明显的改善。城市和乡村的小学开始普遍接受女学生，一些地区还开设了女子学校，贵族家庭大多通过聘请家庭教师的方式教育子女，一些上流社会的女性不仅受到了人文主义教育，还学习到一些才艺。她们中的一些人有意无意地突破了社会传统观念的限制，投入文学创作并展现出了出众的才华，个别女作家还创作出了具有影响力的作品，其中最著名的就是法国巴黎的克丽斯汀·皮桑（Christine Pizan，1364—1421）。

皮桑是"欧洲第一位以写作为生的女性"[①]，她从小生长在法国宫廷，在父亲的培养下学习法语、拉丁语，熟读古代文学经典。在丈夫死后，她开始文学创作，《妇女城》（*La Cite des Dames*，1405）是皮桑的代表作。她在书中指出，一个人高尚或卑贱，在于其行为与美德的完善与否，而与其身体或性别没有任何关系。在她的另一部作品《爱神来信》（*Letter from the God of Love*，1399）中，皮桑更是大胆谴责了神学家对女性的贬低。这些思想在当时社会无疑具有离经叛道的色彩，皮桑也因此被后人称作"欧洲最早的女权主义者"。英国在文艺复兴时期也出现了一些女作家，她们以学识和才华闻名，并与王室或教会有密切关系，因而有机会获得较高程度的教育。这其中包括英国第一位出版诗集的女性伊莎贝拉·惠特妮（Isabella Whitney）、第一位从女性角度改写圣经中人类堕落故事的艾米丽娅

---

① 王小英：《简论西方女性文学的发展》，《外国文学研究》，2003 年第 1 期，第 132 页。

·兰叶（Aemilia Lanyer，1569—1645），以及伊丽莎白时期最多产的女作家伊丽莎白·卡丽（Elizabeth Cary，1585—1639）。伊丽莎白·卡丽17岁时就创作了西方文学史上第一部由女性独撰的全本剧本——诗剧《玛瑞姆的悲剧》（*The Tragedy of Mariam*，1613），这部剧作生动描写了女性面对婚姻和男权压迫时的矛盾心理。这一时期的女性作家身出显示了极少数女性知识分子自我意识的萌芽，为未来女性的觉醒奠定了基础。

三、启蒙时期

欧洲社会在17世纪之后发生了一系列巨大变革，整个社会的女性观也有所改变，有自觉女性意识的文学崭露头角。英国资产阶级革命、欧洲思想启蒙运动、美国革命以及暴风骤雨般的法国大革命等昂扬激荡的社会变革，为女性冲破家庭藩篱、参与社会公共事务提供了机遇。女性以递交陈情书、参与法律审判、募捐等方式表达自己的政治思想，一些女性还直接加入革命或战争的队伍。在法国兴起的沙龙文化中，受过良好教育的贵族女性凭借出色的交际技巧和优雅的举止，在一向由男性主导的公共文化领域掌握了一定的控制权，以沙龙的方式创造了流光溢彩的新思想催生地；在大洋彼岸的美国，女性不仅为争取民族独立而战，同时也发出了女性有权参与政治活动的呼声。在启蒙主义时期，男尊女卑的性别观念仍然是绝对的主流，如诗人蒲柏（Pope，1688—1744）的诗作中经常表现出对女性的轻蔑，社会学家、教育家卢梭（Rousseau，1712—1778）更是在多部作品中强调女性"生理上的低劣"和"智力上的差异"。在整个18世纪，出现了大量针对女性而作的礼仪书籍，教导的都是温顺、孝顺、贤淑等"妇道"美德。英国作家理查逊（Richardson，1689—1761）在《帕梅拉》（*Pamela*，1740）中塑造的温良恭顺、爱惜贞洁的女主角成为女性美德的典范。

然而，在17世纪末至18世纪初，已经有少数女性针对性别观念和社会权利的不平等开始发出反抗的声音，一些女性以匿名的方式谴责社会对女性的不公。玛丽·埃斯特尔（Mary Astell，1666—1731）和玛丽·沃特雷·蒙特古（Mary Wortley Montagu，1689—1762）等则大胆地公开批判性别歧视，为女性争取权利，她们的声音为18世纪末开始的第一次女权运动奠定了基础。尽管在这一时期，女性的写作经常遭到批评界的贬低与嘲笑，但"写作已经成为中产阶级女性有条件从事的职业之一，而且一部分女作家还获得了经济上的成功"。这一时期，英国出现了第一位职业女作家阿芙拉·贝恩（Aphra Behn，1640—1689）。出身中产家庭的贝恩在丈夫去世后，为生计所迫，通过自己的不懈努力成为一名职业作家。除阿芙拉·贝恩以外，英国还有一大批女诗人相继涌现，如雅妮·芬琪（Anne Finch，1661—1720）、凯瑟琳·菲利普斯（Katherine Philips，1631—1664）、查德莱夫人（Lady Chudleigh）等。她们的诗歌创作似乎都有意或无意地背离了以蒲柏为代表的男性诗人创立的诗歌标准。

阿芙拉·贝恩在诗作中调侃复辟时期的"性许可"制度，嘲笑男人的性无能；雅妮·芬琪在诗歌形式上另辟蹊径，题材也独树一帜，她拒绝蒲柏提倡的英雄双韵体而借鉴更早的奥古斯都时代的诗歌传统，题材也偏离了当时风行的理性主义，转而描写内心的情感和对自然的感受；凯瑟琳·菲利普斯歌颂女性之间友谊的力量；查德莱夫人在她的诗作《致女士》(*To the Ladies*，1703) 中痛陈婚姻关系中男性对女性的压迫。与此同时，新大陆上一些有渊博知识和过人才华的女性也投入到此前由男性掌控的诗歌领域。美国第一位诗人安妮·布拉兹特里特（Anne Bradstreet，1612—1672）的诗集《美国新崛起的第十位缪斯》(*The Tenth Muse Lately Sprung up in America*，1650)，在大洋两岸十分畅销并获得瞩目。她的诗歌深受清教主义影响，大多表达追随上帝、听从上帝安排的思想，偶尔也流露出"对上帝的抱怨和对父权社会的质疑"。在17世纪末、18世纪初，尽管诗歌仍然被当作最崇高的文体，但其他非诗歌文体，尤其是散文式的叙事文体（prose narratives）发展迅速，女性在其中也起到了推波助澜的作用。在欧洲大陆，阿芙拉·贝恩创作了欧洲第一部以反对奴隶制为题材的小说《王子的奴隶生涯》(*Oroonoko*，1688)，德拉希唯·曼蕾（Delarivier Manley，1670—1724）的《莱薇拉历险记》(*The Adventures of Rivella*，1714) 和艾莉莎·海伍德（Eliza Haywood，1693—1756）的《太深的爱》(*Love in Excess*，1719)，都将浪漫爱情融入当时流行的冒险小说中并获得了巨大的成功。在美国，叙事体文学也在迅速发展。玛丽·罗兰森（Mary Rowlandson，1636—1717）开创了美国独有的被俘叙事体先河，她的《上帝之权威与仁慈：罗兰森的被俘与获救》一出版就大受欢迎，在大西洋两岸再版三十多次；萨拉·肯布林·奈特（Sarah Kemble Knight，1666—1727）则是一位日记体作家，她的《奈特夫人日记》(The Journal of Madam Knight，1704) 由一系列故事组成，女主人公不像传统清教文学中默默无闻地侍奉上帝的女性，而更像乔叟笔下一心想出人头地的巴斯妇。奈特文笔老练，语言朴素简单，文风诙谐幽默，侧重于内心刻画，完全不同于当时严肃阴郁的清教文风，以对乡村清新健康世俗生活的描写，"不动声色地抗议清教徒严肃谨慎的生活态度"。自17世纪以来，有更多女性投入文学创作中，她们或是吟诗，或是叙事，或是对时事发表见解，勇敢地发出了女性的声音，为下一个时代女性文学的繁荣奠定了基础。

四、18 至 19 世纪

从18世纪末开始，女性作家大量涌现，女性文学蓬勃发展，进入了真正的"女性文学的黄金时代"。这在很大程度上得益于当时的社会历史环境。18世纪60年代，工业革命首先于英国爆发。这是一场彻底改变人类生活面貌的伟大革命，伴随而来的是迅速的工业化和城市化进程，大批工厂的兴建改变了传统的农耕生活模式，以蒸汽机为动力的机械设备极大提高了生产效率。19世纪上半叶，英法等国分别完成了城市化进程。工业化和城市化不可避免地引发从社会生活到家庭模式、从思想观念到伦理道德的变化。正如恩格斯所说，工业革命使"人类知识以及人类生活中的所有领域"都发生了变化，女性的生活状况自然也被卷入这场时势变化的洪流中。一方面，工商业的发达培养了一批有钱阶层的女性，"她们可以雇佣女仆，也有时间阅读和写作"；另一方面，社会化大生产从一定程度上将女性从琐碎的家务劳动中解放出来，减轻了女性的负担，也迫使一些劳动妇女走出家庭，谋求工作以贴补家用。这一时期，社会对理想女性的塑造极生动地体现在英国诗人考文垂·帕特摩尔（Coventry Patmore）的《家庭天使》（*The Angel*, *the House*, 1920）中，"她以丈夫的利益为自己的利益，她是慈爱的母亲，勤勉的主妇"。这样的"家庭天使"是19世纪西方中产阶级男子对女性的要求和期待，也成为社会对理想女性的界定。19世纪初，英国的中产阶级家庭已经占到全部家庭的1/3，他们收入稳定，生活条件优越，中产家庭中的女性不需要外出工作，家务劳动主要由佣人负责，中产阶级以"妻子生活如贵族一般闲适"为骄傲，是丈夫社会地位的象征。中产阶级男性在家庭中的地位进一步提升，女性的活动则局限于狭隘的私人领域，成了"被圈在鸟笼中的金丝雀""资产阶级装点门面的饰品"。正是这些中产阶级女性首先意识到家庭和社会性别关系的不平等，最早开始努力改变命运，成为女权运动的先锋。

1792年，英国著名学者、作家玛丽·沃尔斯通克拉夫特（Mary Wollstonecraft, 1759—1797）发表了《为女权辩护》（*A Vindication of the Rights of Woman*）。她在书中对18世纪那些试图否认女性教育的理论家进行了回击，主张女性的教育程度应当相称于其社会地位，女性能够成为与丈夫心智平等的伴侣，她们应享有与男性相同的基本权利，而不应被视为社会的装饰品或是婚姻交易中的财产。玛丽·沃尔斯通克拉夫特成为女权运动的一个标志性人物，"许多女性都是在阅读了她的著作之后，意识到自己所受的不公正对待"。在19世纪中期，随着女性自我意识的增强，一场大规模的女权运动爆发了。女权主义者组建妇女组织，向议会提交请愿书，甚至示威游行，召开妇女大会，以争取妇女政治选举权为中心目标，在政治、经济、教育等方面提倡男女平等。19世纪末，女性已经相继获得了选举权、财产权、离婚后子女抚养权等权益，她们有机会接受高等教育，从事医生、护士、律师、记者等职业。女性的成就逐渐得到广泛承认，"妇女问题"也因此成为学者关注的一项重要议题。

在女性文学方面，女作家如雨后春笋一般涌现，创作出大量经典作品。伍尔夫在《一间自己的屋子》（*A Room of One's Own*，1929）中写道："18世纪末产生了一个巨大的变化，……比十字军东征或玫瑰战争更为重要，这个变化就是，中产阶级女性开始写作了。"被伍尔夫称作英国最伟大的四位女作家——简·奥斯丁（Jane Austin，1775—1817），夏洛蒂·勃朗特（Charlotte Bronte，1816—1855），艾米莉·勃朗特（Emily Bronte，1818—1848）和乔治·艾略特（George Eliot，1819—1880），以及女诗人艾米莉·狄金森（Emily Dickinson，1830—1886）、伊丽莎白·巴蕾特·勃朗宁（Elizabeth Barret Brownine，1812—1889）、克里斯蒂娜·吉奥尔吉娜·罗塞蒂（Christina Georgina Rossetti，1830—1894）等都生活在这个年代。在体裁上，17至18世纪流行的诗歌形式远远不能满足女作家对女性生活描写的需要，而小说形式恰好适应了这种需要，女性与小说之间产生了特殊的密切关系。正如伍尔夫所说："当女性成为作家时，所有旧的文学形式已经根深蒂固，难以改变，只有小说尚年轻，运用起来柔软可塑。"这一时期女性对文学最大的贡献也正是在小说方面。19世纪的女性小说家不仅对浪漫主义思潮做出积极回应，同时也大胆地揭示和批判当时的社会现实，逐渐进入文学主流，获得社会的普遍承认。在英国，玛丽·沃尔斯通克拉夫特的女儿玛丽·雪莱（Mary Shelley，1797—1851）创作的哥特式小说《弗兰肯斯坦》（*Frankenstein*，1818），关注自由与权威、理性与想象之间的矛盾；即使是认为"理智"重于"情感"的简·奥斯丁在创作中也不得不面对恋爱与婚姻中由浪漫主义引发的种种问题；在夏洛蒂·勃朗特和艾米莉·勃朗特的作品中，也有拜伦、雪莱式的英雄浪漫主义。罗切斯特（《简·爱》，Jane Eyre，1847）和希斯克里夫（《呼啸山庄》，Wuthering Heights，1847）身上都有对个人权利的争取和对传统社会的反抗，这两部小说中的女主人公"甚至也可以被称作拜伦式的女英雄"。在法国，高产的乔治·桑（George Sand，1804—1876）也为法国浪漫主义的发展做出了巨大贡献。与此同时，19世纪的女作家在小说创作中也积极关注社会现实，大胆批判社会问题。在英国，夏洛蒂·勃朗特在《简·

爱》中深刻揭露了教会的虚伪和人性的冷酷；伊丽莎白·盖斯凯尔（Elizabeth Gaskell，1810—1865）创作的《玛丽·巴顿》（*Mary Barton*，1848）等作品批判了工业制度的残酷无情；乔治·艾略特在《织工马南传》（*Silas Marner*，1861）中描写了工业社会人与人之间的冷漠以及拜金主义对人性的扭曲。在法国，乔治·桑的《康素爱罗》（*Consuelo*，1843）通过女主人公的悲惨经历，广泛而深刻地揭示了欧洲封建制度的腐朽堕落。在美国，斯托夫人（Harriet Beecher Stowe，1811—1896）的《汤姆叔叔的小屋》（*Uncle Tom's Cabin*，1852）大胆揭露奴隶制的残暴野蛮，为唤醒民众反对蓄奴制、推动废奴运动起到了非常重要的作用，林肯总统在接见她时，称她是"引发了一场大战的小妇人"；凯特·肖邦（Kate Chopin，1850—1904）在小说《觉醒》（*Awakening*，1899）中展现了女性意识的觉醒，控诉了父权家庭中不平等的两性关系。

  在诗歌领域，19世纪出现了几位才华横溢的女诗人。英国女诗人克里斯蒂娜·吉奥尔吉娜·罗塞蒂被伍尔夫誉为"英国第一女诗人"。她以女性特有的敏感和细腻书写爱与悔恨、恐惧与虔诚、女性之间的友谊等心理感受，语言纯净优雅，韵律婉转柔美，赢得了文人学士的赞美。诗人查尔斯·史文朋（Charles Swinburne，1837—1909）在读到她的诗时，惊呼"再没有比这更辉煌的诗作了"，赞叹她的诗里回响着"天堂的明澈和嘹亮的潮声"。伍尔夫也称赞说："她的歌唱得好像知更鸟，有时又像夜莺。"麦多克斯·福特（Madox Ford，1873—1939）对罗塞蒂更是推崇备至，认为她是"19世纪贡献给我们最伟大的语言大师——至少是英语语言的大师"。与罗塞蒂同时代的英国女诗人伊丽莎白·巴蕾特·勃朗宁在少年时代便已显露出卓越的诗才，13岁时出版了四卷咏希腊马拉松战役的史诗，15岁骑马时不慎摔断了椎骨，从此瘫痪在床。她在病榻上以顽强的意志坚持诗歌创作。1857年，已为人母的勃朗宁夫人创作了长诗《奥罗拉·李》（*Aurora Leigh*，1857），塑造了一位如同她自己一般具有极强自我意识以及过人才华的女艺术家形象，也表达了一些具有女性主义色彩的观点。例如，她谴责19世纪女性不能得到与男性平等的教育机会的社会制度，赞美女艺术家冲破社会禁锢、追求艺术理想。勃朗宁夫人的诗作令大洋彼岸的艾米莉·狄金森深受鼓舞，她创作的诗歌主题多样，有对爱的萌动、对自然细致入微的观察、对生活的热爱，也有对艺术、宗教与死亡的深刻思考。狄金森并不拘泥于传统诗歌规范，她用词质朴清新，韵律千变万化。她的艺术成就使她与同时代的诗人沃尔特·惠特曼（Walt Whitman，1819—1892）一起被公认为美国诗歌新纪元的里程碑。这些杰出女诗人的出现，打破了从前诗歌这一文学领域几乎完全由男性占据的局面。

必须指出的是，这一时期很多女作家，如奥斯丁、勃朗特姐妹、盖斯凯尔夫人、乔治·艾略特、乔治·桑等，在作品出版时都使用了男性化的笔名。伊莱恩·肖瓦尔特（Elaine Showalter）在《她们自己的文学》（*A Literature of Their Own*）中为此做出了详细的解释。她认为，这一现象与当时文学界对女作家的偏见有关。夏洛蒂·勃朗特曾把自己的诗作寄给桂冠诗人罗伯特·骚塞（Robert Southey，1774—1843）求教，这位大诗人在回信中却说："文学，不是女性的事业，而且也不应该是女性的事业。"夏洛蒂并没有灰心，而是巧妙地使用了男性笔名，用实际行动打破了骚塞的断言。19世纪的西方女作家开创了女性写作的伟大时代，正如吉尔伯特（Gilbert）与格巴（Gubar）所说，她们的创作使男性占统治地位的文学界和批评界都不得不正视女性作家的存在，不得不正视她们的才华与贡献。勃朗宁夫人曾经在日记中抱怨说："想寻找历史上的女作家作为指引，却一个也找不到"，至少在19世纪之后，后辈的女作家不必再为此担忧。

五、20世纪

19世纪末20世纪初，西方以争取选举权为关键诉求的女权主义运动日渐强大。1918年，英国30岁以上女性获得选举权；1920年，美国女性也获得了完全的选举权；欧洲其他国家女性也相继获得参政权利。这是第一次女权主义运动在世界范围内的全面胜利。

1914年，第一次世界大战爆发，大多数女性组织暂时搁置女性权益问题，转而支持自己的国家，一些女性甚至为祖国走上前线。战时的劳动力缺乏使广大女性获得了工作的机会，"除了办公室秘书、速记员、打字员、销售员、纺织工等以女性为主的传统职业外，甚至在军工厂、炼钢厂、政府办公室也出现了女性的身影"[①]。在这样的社会背景下，一大批女性开始扮演更为重要的角色，女性在经济上的独立为自我意识的进一步觉醒创造了条件。一战结束后，大批退伍军人返乡，在经济危机的压力下，保守主义回潮，许多女性失去了工作。但已经觉醒的女性自我意识是保守主义所无法熄灭的，一些国家在女权运动的压力下不得不立法保证女性在职场中的利益，"战后多数西方国家的女性就业人数稳定在总就业人数的1/4到1/3之间"[②]。

[①] 参见 Sandra Gilbert and Susan Gubar, eds., The Norton Anthology of Literature by Women: The Traditions in English, New York: W. W. Norton, 1985, 1234.

[②] 裔昭印等著：《西方妇女史》，北京：商务印书馆，2009年，第436页。

到20世纪20年代，随着更多女性获得经济上的独立，美国和西欧社会出现了一批特立独行的"新女性"：她们青春时尚，穿着轻便，梳着时髦的短发，无拘无束地参加社交活动；她们吸烟、喝酒、跳舞、骑车，流连于夜总会、歌舞厅、电影院等娱乐场所，甚至单独与异性约会。与此同时，男性也在抱怨女性抢走他们的工作，社会也开始强调女性的家庭责任，男女两性间产生了前所未有的性别冲突。这一点可以从当时男性作家对女性人物的描写中略见一斑。

詹姆斯·乔伊斯（James Joyce，1882—1941）在《尤利西斯》（Ulysses，1922）中塑造了对丈夫不忠的人物莫莉；艾略特（T. S. Eliot，1888—1965）在《荒原》（The Waste Land，1922）中塑造了一位性感、缺乏道德约束、追求感官享乐的女打字员；在美国作家菲茨杰拉德（F. S. Fitzgerald，1896—1940）的《了不起的盖茨比》（The Great Gatsby，1925）中，女主人公黛西就是一位漂亮、自私、拜金、缺乏信仰的中产阶级"新女性"，她鲁莽地驾车去撞丈夫的情人，却导致两位无辜男性的死亡。这些女性角色反映出20世纪上半叶男性对女性的变化所产生的焦虑。

这一时期崛起的现代主义文学，无论是在小说领域还是诗歌领域，女性作家都扮演了与男性作家同样重要的角色。在小说创作的创新实验方面，伍尔夫、格特鲁德·斯泰因（Gertrude Stein，1874—1946）与欧内斯特·海明威（Ernest Hemingway，1899—1961）比肩；艾米·洛厄尔（Amy Lowell，1917—1977）、希尔达·杜利特尔（Hilda Doolittle，1886—1961）、玛丽安娜·穆尔（Mariana Moore，1887—1972）等女诗人，与以斯拉·庞德（Ezra Pound，1885—1972）、艾略特、威廉姆斯（Williams，1883—1963）等男诗人同时专注于诗歌技巧的创新。更为重要的是，一些女性作家在作品中表达了极强的女性自我意识。伍尔夫不仅是现代主义文学的先锋，也是20世纪女性主义文学的先锋。在《一间自己的屋子》中，伍尔夫指出了女性在追求理想过程中所受的种种压制。她指出，假设莎士比亚有一个同样才华横溢的妹妹，她恐怕永远也不会有机会成为作家发挥自己的创作潜能。伍尔夫号召立志写作的女性一定要有自己的房间和每月500英镑的收入，这体现出她坚强不屈的女性意识。格特鲁德·斯泰因在《作为阐释的写作》（Composition as Explanation）中主张女性作家应努力颠覆她称为"男权诗歌"（patriarchal poetry）的男权叙事传统。新西兰女作家凯瑟琳·曼斯菲尔德（Katherine Mansfield，1888—1923）在许多短篇小说中歌颂女性之间的相互扶持与相互理解。美国黑人女作家卓拉·尼尔·赫斯顿（Zola Neale Hurston，1891—1960）在小说《她们的眼睛望着上帝》（Their Eyes Were Watching God，1937）中塑造了一个热爱生活、打破传统、努力追求幸福的黑人独立女性珍妮。这些女性作家对女性角色的塑造完全不同于以往男性作家的创作，她们描写新时代的女性生活，为广大女性树立了榜样。正如吉尔伯特与格巴所说，20世纪的女性作家"发现了女性写作的新大陆"，正如哥伦布改写了世界地图一般，"她们永远地改写了女性书写的地图"。

第二次世界大战的爆发对整个世界产生了强烈冲击，也成为西方女性社会角色发生变化的分水岭。二战中女性发挥的作用远远超过了一战时期。在英国，此间走上工作岗位的女性总数是一战时期的两倍；在美国，有600万女性在二战中首次参加工作，她们在承受战争磨难的同时，用汗水维持了工业的正常运转，还令工业产量有所增加。然而，战争结束后，政府不得不再一次鼓励女性回归家庭，把工作岗位让给复员军人。

二战结束至20世纪60年代初，整个西方世界经历了一场家庭观念、性别观念向传统的回归。战争的创伤使人们纷纷将家庭作为自己情感寄托的港湾，"人们对于女性、爱情、婚姻等价值取向，更多地遵循传统，尤其是维多利亚时期的性别与家庭观念"①。这一时期人们更倾向于早婚，美国与西欧也相继出现婴儿潮，这也从侧面反映出女性在传统的家庭角色中要付出更多的时间与精力。

尽管如此，二战后劳动力市场持续涌入越来越多的女性，尤其是已婚妇女。这些女性不仅面临着职业生涯与传统家庭角色间的复杂矛盾，还要承受巨大的社会偏见。1947年，一本名为《现代女性：失落的性》(*Modern Woman: The Lost Sex*)的畅销书问世，书中严厉谴责了职业女性，认为她们不仅失去了自己的性别，更是"阉割"了丈夫的性别。由于受到占主流地位的父权文化观念制约，女性赢得真正解放、获得平等的美好愿望仍然与现实之间存在着巨大反差，正因如此，一场新的女权运动在20世纪六七十年代席卷欧美。

任何运动的兴起都离不开理论启蒙和舆论先导，第二次女权运动也不例外。1949年，西蒙娜·德·波伏娃(Simone de Beauvoir, 1908—1986)的《第二性》(*The Second Sex*)横空出世，并迅速产生轰动效应，被誉为西方女性解放运动的"圣经"。在波伏娃之后，美国著名女性运动领袖贝蒂·弗里丹(Betty Friedan, 1921—2006)的纪实性著作《女性的奥秘》(*Feminine Mystique*, 1962)问世。在弗里丹看来，传统观念对女性角色的定位严重限制了女性的能力发展和对理想的追求，引起了广大女性尤其是中产阶级知识女性的共鸣，成为"美国新女权主义运动的纲领性宣言"。

---

① 裔昭印等著：《西方妇女史》，北京：商务印书馆，2009年，第458页。

争取与男性平等的权利,进一步促成了女性参政意识的觉醒,并且也是第二次女权运动的核心所在。

西方女性在20世纪60年代以后,逐渐成为一股不可忽视的政治力量,女性参政是"妇女地位提高的必然产物和集中体现"。随着战后经济的繁荣以及消费文化的迅速发展,大众媒体中的女性形象也发生了巨大变化。从二战结束到20世纪80年代初,大众媒体如影视作品和电视广告等,都乐于展现性感的、作为男性理想欲望对象的女性形象,"她们有着充满诱惑的胸部与大腿,看上去漫不经心又充满感官诱惑"。这一时期的著名影星玛丽莲·梦露便是这种形象的代表。

在文学界,女性解放运动的兴起所导致的激烈性别冲突也反映在男性作家的作品中。吉尔伯特和格巴认为,这种冲突集中表现为"垮掉的一代"的男性作家在作品中对女性身体的"肢解"以及对女性的敌视。例如,托马斯·品钦(Thomas Pynchon,1937—)的小说《V》(V,1963)的结尾,女主人公V的身体支离破碎,她的同性情人梅兰妮则被铁柱刺穿身体而死。这种对女性身体的暴力大量出现在后现代男性作家的作品中。肯·凯西(Ken Kesey,1935—2001)在《飞越疯人院》(One Flew Over the Cuckoo's Nest,1962)中描写的"大护士"形象也极具代表性。凯西在小说中这样形容"大护士":她"或许是母亲",但又"比刀锋还要强悍",是个"秃鹫""锋利的球型刀"。这样的形象正是《现代女性:失落的性》中所说的对男性实行象征性阉割的、拥有权利的职业女性的化身。

在文学批评界,一些男性批评家针对女性作品发出一些具有性别歧视性的评论。1966年,英国小说家兼批评家安东尼·伯格斯(Anthony Burgess,1917—1993)发表评论批评简·奥斯丁的小说,并把原因归结为女作家缺少男性的勇猛刚强。1976年,美国哲学家兼作家威廉姆·伽斯(William Gass,1924—)发表评论,指责女性作家缺少"任何伟大作家所必需的充满生殖活力的血液"。在社会观念的偏见以及男性主导的文学与批评界的敌视和轻视中,女性作家往往面临双重任务:一方面要寻找自己作为女性作家的身份,另一方面要抵抗社会的偏见。正如美国女诗人艾德里安娜·里奇(Adrienne Rich,1929—)在《当我们彻底醒悟:为重构而写作》(When We Dead Awaken: Writing as Reconsitution,1971)中所说,女性作家不仅要从前辈女性作家的身上获得力量,更要反抗"男性艺术家在生活中与创作中对女性的扭曲。只有经过这样的自我重构,才能在文学史中得以幸存"。

20世纪下半叶,泰莉·奥尔森(Tillie olsen,1912—2007)、丹尼斯·莱维托夫(Denise Levertov,1923—1997)、西尔维娅·普拉斯(Sylvia Plath，1932—1963)、多丽丝·莱辛（Doris Lessin，1919—2013）等女作家正是以这样的方式寻找着女性自我。与此同时，正如里奇所预示的那样，许多女作家开始从历史上的女作家身上汲取能量，爱丽丝·沃克的《寻找母亲的花园》、尤多拉·韦尔蒂（Eudora Verti，1909—2001）的《薇拉·凯瑟的房子》（*The House of Willa Cather*，1974)、梅·萨顿（May Sarton，1912—1995）的诗集《我的姐妹啊，我的姐妹》（*My Sisters*, *My Sisters*，1971）等都是这样的作品。

在20世纪后半期，女性性别意识与文化意识的交融成为女性写作的另一个特点。在文化呈现多元化发展、相互交融与相互冲突的时代，许多具有双重甚至多重文化背景的女作家更加关注文化体验和性别体验中的自我身份追寻。黑人女作家、华裔女作家、犹太裔女作家以及其他少数族裔女作家等都在不同的文化传统构成的矛盾冲突中，以女性独特的视角和生命体验，向强势种族和主流文化发出了自己的声音。

第二次女权运动以来，女性主义文学批评逐渐兴起。书店纷纷开设出"女性文学""女性研究"的专架，高等院校也渐渐开设了与女性文学和女性文学研究相关的课程，女性文学研究的刊物也大量涌现。20世纪末，受后结构主义思潮的影响，女性主义批评的发展更加蓬勃。同时，由于女性作家的成就备受瞩目，主流文学界也不得不承认并重新审视女性作家的贡献。诺顿出版社不仅面向社会读者，而且其出版的著作和书籍被广泛采用为大学教材，在文学、文化、历史的传承以及造就文科人才等方面发挥了极为重要的作用。诺顿最早出版的《英国文学选集》上册中几乎没有任何女性文学的记录，该选集的第二版（1962年、1968年）将近2000页，其中没有一个女性作家被收入。1974年出版的第三版中，首次加入了一位女性作家，即伯爵夫人雅妮·芬琪（Anne Finch，1661—1720），在正文2442页中仅占2页半。1979年出版的第四版又增添了蒙特古夫人（Lady Mary Wortley Montagu，1689—1762）。这说明，20世纪80年代以前，学者基本认为古代的女性创作可以忽略不计。于是，现有的文学分期作为一种文化建构，便凸显出深重的男性中心的烙印。1985年，美国女性主义批评家吉尔伯特与格巴共同编纂的《诺顿女性文学选集》（*The Norton Anthology of Literature by Women: The Traditions in English*）正式出版。该选集首次系统回顾了女性书写的历史，标志着主流文学界真正承认了女性作家、女性文学史。在《诺顿女性文学选集》之后一年出版的《英国文学选集》第五版中，上集已收进10位女作家，在正文2532页中共占42页。虽然所占篇幅仍然不多，但这却意味着从无到有的质变。

女性作家和作品进入文学史，进入批评家的视野，这意味着女性作为人类历史和文明的一部分,其贡献得以被正式书写和记载,女性作家的成就得到越来越广泛的认可。在文学上,一大批的女性获得了一项重要的奖项——美国的普利策奖。此外,当今西方文学界最被人们看重的大奖——诺贝尔文学奖,在近半个多世纪以来也出现了越来越多的女性获奖者。20世纪60年代以来,瑞典女诗人奈莉·萨克斯(Nelly Sachs,1891—1970)、南非英语女作家内丁·戈迪默(Nadine Gordimer,1923—2014)、美国女作家托尼·莫里森(Toni Morrison,1931—)、波兰女诗人维斯瓦娃·辛波斯卡(Wislawa Szymborska,1923—2012),以及英国女作家多丽丝·莱辛、罗马尼亚裔德国女性小说家赫塔·穆勒(Herta Muller,1953—)等先后获得诺贝尔文学奖。

现代西方女性文学获得了巨大发展,而其在发展过程中的变化也折射出西方社会、政治、文化以及女性生活的沧海桑田。它证明了女性社会地位的改变可以令女性发挥出文学才华与创作潜力,获得与男性作家比肩的成就。同时也表明,若我们从世界另一半人类的视角去审视过去,文学又是一番别样天地。

第四节 英美女性书写中的"女性内在性"研究

为了向男性中心的历史和文化宣战,法国女性书写倡导者所倡导的是迥异于既有传统的文学书写活动。为此,她们不仅发表激烈的文学宣言,还建立起完整的哲学理论体系,其核心观点是坚持女性话语的异质性或女性特质。为此,露丝·伊利格瑞在完全不同的意义上起用了曾为女性主义所舍弃的"女性内在性(immanence)"概念。

一、对"女性内在性"的批判

"内在性"所对应的是男性的超越性、开放性、主动性、精神性等,为早期的女性主义者所使用。直到西蒙·德·波伏娃,"内在性"在男性话语体系中仍然被视为一种应当去除的女性特性。波伏娃继承自由主义女性主义的天赋无性别的观点,对"女性内在性"观念的起因和危害进行了深刻的剖析,再次证明它是父权制虚构的、用以证明女性低劣并奴役女性的范畴。波伏娃说,在父权制的社会历史和文化传统所构筑的女性神话中,女性的身体不像男性身体那样被看作是主观人格的放射,而是深陷于"内在性"的一个物;女性的身体不会和世界有任何关系,女性也不会对自身之外的事物怀有欲望；而世界上的许多民族艺术喜好展示女性乳房和臀部的事例也说明，"习俗和时尚常致力于割断女性身体与任何可能的超越的联系"。女性身体只是些物件，是纯粹客观的存在，它的风韵就在于它们是多余和不必要的，或者是女性物性的象征。

波伏娃还指出，虽然在基督教出现以后，女人形象在很大程度上被精神化，男人想从女人身上享受到的美感、温暖及亲密感不再具有形体和物欲的性质。但是，她仍然是一个对象，尽管不是那种可供直接玩赏的肉体典型，而是拥有了某种诗意的灵魂。女人从纯粹肉体变为偶像或象征，仍然没有获得主体性和自我超越性。相应地，男人创造的经典文学作品虽然也把人的精神性赋予女性化色彩，甚至会将自己的理想也以女性化形象传达出来，但那是因为女性是相异性的有形象征，因而也就可以作为男性欲望和理想的象征。这时女人不再是肉体，而是受人赞许的本体；她不再是被人占有的，而是放射出完好无损的光辉，因而受到人们的尊重。但这并不意味着女性真正独立和成人，她们依然是作为男性的一种追求对象而存在的喻象。换句话说，女性无法通过"追求"来实现对自身的超越。所以，男性对女性形象赋予精神意义，从某种意义上更加表明了女性与男性的差异，也表明女性在对象化和他者性方面的彻底和纯粹：

在女人身上，甚至连轻浮、任性和无知也是令人倾倒的美德，因为它们装点了既属于这个世界又不属于这个世界的一面。而男人虽然决定在这里生活，却不愿意有局限感。同指定的意义和以实用为目的制造工具相反，她坚持未被触动过的事物的那种神秘性。她使城市街道、耕地荡漾着诗的气息。诗应当去捕捉乏味的日常生活之外的事物。女人是一种极有诗意的现实，因为男人从她身上看到了他决心不充当的一切。她是梦的化身，而这梦对于男人既熟悉又极其陌生：是他所不希望或没有去做的，是他所向往而又无法达到的；神秘的他者是彻底内在的，远离超越的，她将给以她的特质。①

波伏娃揭露了这样一个事实，即"内在性"表达的是人和物的差异，而不是两性差异。她的阐述不仅剖析和批判了社会文化传统，也是一种对女性的警醒和期望。既然以"内在性"为前提的女性神秘观念是父权制加诸女性并使女性安于现状的催眠术，那么波伏娃不会认可被女性写作者所高扬的女性话语的流动性、神秘性。尽管波伏娃说："人们通常认为是神秘的那种东西，既不是有意识自我的主观孤独，也不是神秘的有机生命。

---

① [法]西蒙·德·波伏娃：《第二性》，陶铁柱译，北京：中国书籍出版社，1998年，第212页。

神秘这个词的真正含义表现在交流方面：它并非指一种完全沉默的、黑暗的和不存在的状态，而是在暗示一种断断续续的存在，这种存在使它本身变得朦胧不清。说女人是神秘的，并不是指她是沉默的，而是指她的语言是人们所不能理解的。她是存在的，但却蒙在面纱之后；她存在于这些变幻莫测的外表之外。"① 但波伏娃的态度却迥异于女性书写倡导者。所谓的女性神秘性、相异性都是男权社会为了对女性施加控制而设置的，如果女性也以这种所谓的神秘自居，那她绝对是具有一种奴隶般的愚忠。如果男人到头来对女性所谓的神秘本质并没有发现，那是因为这种神秘本质并不存在。处于这个世界边缘的女性，不能通过这个世界对自己的身份和位置进行确定，因而这种神秘性也不过是一种幻象和空虚。

而神秘性神话使得女性成为一种散居于社会各个单元中的"绝对的他者"，她们从来没有形成过类似于男性那样的有着共同利益和目标的、相对独立的群体。作为个体，女性也从未直接同男性有过自主的关系，单独的男性只是出于一种对"他者"的天然欲望而承认女性是伙伴，赋予女性以做人的尊严。

总之，在波伏娃看来，男性特权出于对两性差异的强化而设计出所谓的"内在性"，并且通过此来对女性进行奴役。而其基点则在于女性神秘性，它是女性作为深陷"内在性"的物化状态的标志。很长时间以来，女性麻痹于这种所谓的虚构的神秘性，一直被具有超越性、主动性的男性所掌控，没有能够自觉实现超越。在波伏娃看来，两性差异的实质在于父权制社会按照对男性的有用性而虚构女性的神秘神话，因此，她迫切地期望女性摆脱、粉碎这个由"内在性"支撑的女性神话。

二、对"女性内在性"的再解读

如上所述，西蒙·德·波伏娃对"内在性"及其相关概念，如神秘性、他者性等持批判和否定的态度。而露丝·伊利格瑞则与波伏娃完全相反，她对"内在性"进行了重新解释和使用，认为"内在性"是"对女性自己的有用性"。

露丝·伊利格瑞对女性差异性也极其重视，并且经常在理论阐述中对女性的感知和女性话语的神秘进行揭示。而这种行为是抛弃女性主义前进步伐而退回到本质主义老路上，还是一种超越或螺旋式的上升呢？这也是

---

① [法] 西蒙·德·波伏娃：《第二性》，陶铁柱译，北京：中国书籍出版社，1998年，第296页。

我们对女性写作的疑问。我们将通过研究其哲学著作《二人行》，继续对女性写作的差异性问题进行探讨。

伊依利格瑞认识到，传统的思维方式是把两个人——两个主体间的关系归位于一方的被动性和另一方的主动性。这样就取消了固有的身份，不再存在两种性别、两个相关联的人，他们变成了做男人和做女人的两种思想形态：爱人或被爱，主动或被动，观者或被观者。但是生存的方式不足以构成一个身份。反之，它麻痹了内在性。这里伊依利格瑞赋予"内在性"以本体的地位，将"内在性"当作生发、创造、包容、和谐的属性。同时，她还认为只有女性能够真正考虑两性关系，能真正理解人与人的相处，具备此种"内在性"。因此，女性也承担起对两性和谐的重建这一重任："作为异性的孕育者，或者更有能力考虑主体性，以及性别中的二，而不是一"；"这个二和它的克星——一对一的服从是不相容的。它也不对应于 1 主体+1 主体的并列。这有个相互间的关系。"[①] 她不仅肯定和颂扬"内在性"，并且把它视为女性相对于男性更有力、更优越的原因。

伊依利格瑞认为，主体尊重、信任他者的"内在性"正是性别平等、性解放的意义所在。如果哲学能够认识到对他者的欲望是一个哲学问题，而不是一个只与身体和个人历史的意识有关的问题，进而认识到存在着两个主体，"哲学就会建立在两个不同的主体上，而不是一个、唯一、相同之上"，"意识、真实和理想都是两者的"，"二"意味着两者固有的不可替代性。用"二"取代"一"是关乎哲学本原的一个革命，用"二"的思维方式建立起"内在性"，"这种内在性不受彼岸的先验性的支配和约束，也不形成在谱系顺序的内部（孝顺，敬祖，爱幼）"。这种崭新的"内在性"存在于性关系中，也正是因为性关系而存在："因为我不是你，我能在自身开辟一片内在的空间。"[②] 性关系可以说是最重要的人际性别关系，因为只有在性关系里的二人，才可以保持各自的不同自我。两个人因为性而联结，但"我"却可以存在于自身的"内在性"之中，可以说"内在性"成了人的独立性前提。

以传统的思维方式来看，伊依利格瑞的阐述出现了矛盾。她在前面已经提出"内在性"使人能够考虑"主体性"和"性别中的二"，后面又说是"二"帮助主体建立"内在性"；她抛弃可能导致尊卑优劣的谱系顺序，而倚重与"二"相契合的有两个主体的性关系，可是在突出"我不

[①] [法] 露丝·伊利格瑞：《二人行》，朱晓洁译，生活·读书·新知三联书店，2003 年，第 53 页。

[②] [法] 露丝·伊利格瑞：《二人行》，朱晓洁译，生活·读书·新知三联书店，2003 年，第 55 页。

是你"的时候,又似乎忘记了她曾同样强调的"我就是你"。但无论如何,我们须得记住"二"是和"内在性"密切相关的,而伊依利格瑞之所以如此强调"二",是因为过去哲学中的主体要么占有、物化了他者的存在,要么遮蔽、剥夺了他者的意识。而一些激进的哲学家,如萨特,虽然很重视他者,却也"对他者身为他者的愿望并不感兴趣"。在所有男性哲学家眼里,他者都是那种使"我"异化、堕落、陷于肉身的恐怖根源。"二"则表明了人与人之间的关系是"我"与"你",而非"我"与"他",是以"内在性"为基础的个人的独立、并存、包容、和谐。为达到这种境界,伊依利格瑞向我们出示了冥想、体悟等多种途径,很符合"内在性"的特性,但对于具体的个人而言,似乎显得玄虚有余而现实性不足。

三、"内在性"与差异崇拜

读者是很乐于接受伊依利格瑞清楚地表达其想法的。比如,她说女性是与他者(男性)不同的、但又是对等的存在。这种两性关系状态既不是统一或者同一的"一"(这意味着个体的湮没),也不是包含两个对立项,而是意味着控制和被控制、奴役和被奴役的"一"(一个压抑的结构)。但遗憾的是,她很快就会撇开正在倾听的、想要与之对话的读者,自顾自地絮叨起来,起先还能让人意会,但马上就会不得要领:"我希望把自己奉献给你,也保持我自己。我想靠近你,也为你保持我自己。我喜欢保持陌生肉体的新鲜感,还有让人保持警觉的发现。"也许她的本意是要告诉我们,自我和他人的关系永远是令人惊奇的熟悉和陌生,是感知和思考的相融,但因为作者陶醉在自己的言辞里,虽然口中称"你",但心里并没有"你"。

就我而言,通过我所不熟悉的身体、意向和话语,他者是且总是超验的。"你,不是也永远不会是我,或我的。"你的身体、你的话语于我是超验的,你是我无法不用自己的自由为代价去获取的肉身的体现。想拥有你的欲望是一个孤寂的、唯我的、疏忽的梦想:你我的意识不遵守同一必然性。

你是且一直会是一个你,因为我不能掌握你,拥有你,理解你。如果我尊重你的超验性是相对于我的,而不是相对于你的身体,那么,你就不受我的任何控制和影响。①

　　伊依利格瑞要表达这样的思想：你我不同而又要相伴相生。在这样一种现实处境中，人的自觉是意识到每个人既是主体又是他者，并且正是他者——在你面前的另一个人的不可捉摸的他者性，而不是一致性是相伴相守的基础。"除了眼睛的颜色、声音的调子、皮肤的纹理这些对我显而易见的事实，在他者中，还存在着我通过感官和心智都无法看见的主体性。男性思想家，他们不仅回避不可见性中这个不争的部分，而且不把话语作为分享他者秘密的媒介"②。她表面上批判的是男性思想家，实际上是致力于揭示女性"内在性"的虚假性，并戳穿其他有关"女性神秘"的虚构特征。如果我们为了更加信服她而要求她来证明的确存在着一个用感官和心智都无法看见的主体性，而不仅仅断言它是"不争的部分"，那就违背了女性言说的"神秘"特质，忽视了女性话语的差异性。

　　但我们还是要表明自己的观点，女性言说主体的阐述是自我指涉、自我循环的，同时也是主观武断的。如果说男性话语是通过玩弄一系列逻辑证明的花招获得权威，那么，女性写作的理论话语似乎是仅仅因为自己的与众不同就攫取权威。从标举差异到崇拜差异，就像敬奉神是为了利用神一样，女性写作所找到的仅仅是一种新的言说方式和腔调，也是专注于自我的又一条上好理由。

　　虽然"二"的阐释者强调二人关系"不再处于主体和客体的关系中，而是两个主体间的关系中"，但这种关系的实现，靠的是以感知而不是感觉来对待他者。伊依利格瑞说，感觉会使他者退化为纯粹的客体、对象和物，是产生欲望和占有欲的原因；只有感知才能捍卫我和他者的主体性。这个"感知"是这样的："凝视他如同看一个无法更改的存在，把他视为不可企及的来享受，看着他、倾听他、抚摸他。同时知道我所感知的并非我所拥有的"；"我感知你，但我所感知的不是全部的你，我无法感知全部的你。我感知已经显现的，我用眼睛、耳朵、鼻子，用触觉、味觉去感知"③。"感知"怎么区分于"感觉"？它的实施过程除了使对象神秘化、使感觉神秘化之外，和"感觉"有何分别？

　　女性写作理论话语在需要辨析、厘清的地方使之朦胧，在模糊、混沌

---

① ［法］露丝·伊利格瑞：《二人行》，朱晓洁译，生活·读书·新知三联书店，2003年，第29页。
② ［法］露丝·伊利格瑞：《二人行》，朱晓洁译，生活·读书·新知三联书店，2003年，第29页。
③ ［法］露丝·伊利格瑞：《二人行》，朱晓洁译，生活·读书·新知三联书店，2003年，第70、71页。

的地方做精细琐碎的言语，把相互矛盾的行为在言辞上连为一体。"我们总是不断地陷入主体、客体的二分法中，通常情况下，陷入了二元对立的逻辑中"，实际上造成了一个新的二分法和二元对立的逻辑：两个主体和一对主客体的对立。伊依利格瑞既反对西方哲学对主客体的界定，也不认同东方智者取消主客体界限的思路，却又将道家的辩证法与玄远之思、将瑜伽的静观冥想简单地揉搓进自己的表述中。虽然很简便地显示出与传统思考和表达方式的不同，但除了言语本身的不同和表面姿态的不同之外，不能带来真正的批判和自我怀疑，却会让相信它、准备接受它的人手足无措！表面上是对过往的一切、对传统两性关系和生存方式的否定，实际上一切都会原封不动，因为她的理论完全不考虑现实针对性。如"爱抚是给你的魔咒，是对集体生活所要求的相似、普遍和相对中性化的不妥协。它是觉醒，是你于你、于我的觉醒。召唤我们做我们自己，在我们之间"；"共同的无""几乎绝对的宁静""尊重他者性别的不可更改性"，在凝视对方时"不去集中目光，不去固定视野，而把他周围的、他所有的空间和空气留给他。……我看见一个我看不见的人"，以及"魔咒""内在性""神秘""超验"等诸如此类语汇的使用，使女性特质及其表述在迥异于男性话语的前提下建立起一套规范。这套规范又是不可把握、无法言说的。波伏娃竭尽全力要去除的神秘性，被女性写作者浓墨重彩地加以渲染，表面看来是尊重他者，尊重差异："如果我必须保卫自己视角的独特性，以便保持感知中的主体地位，我就必须还给、构建、赋予他者他的视角。"但实际上仍然是无节制的自我关注，她在给"我"设定诸多"必须"的时候，下意识地流露出的是干预他人的意向。

  从要求平等到重提差异，再到崇拜差异，女性主义的历史自身有无一致性基础可以不论。但从这种反复中我们可以发现，性别、社会性别、女性气质、男性气质这类术语事实上发挥着一种政治意识形态的功能。女性主体也和其他人、甚至和男性中心主义者一样，一方面使用这种术语帮助自己构想和识别那种并不存在的男女之间的差异，在其他语境中她们又会否认这种差异的意义。另一方面，女性主体主要是借助这种想象来建立自己的意识形态准则和话语权威。如果不能顺利完成这项任务，则可能回到那种女性惯有的愤怒状态。于是，"差异"这个范畴在女性主义的理论阐述和写作实践中，其含义指向总是自觉或不自觉地在思维、表达方式和个体女性的实际生活，以及所有女性的共同处境中挪移，就像女性写作总是把个人生活经历和情绪反应与理想化的诉求彼此混同一样。女性具体的日常经验和抽象的学术观念都被一种张力裹挟。这种张力产生于我们既向往并相信男女两性平等，又知晓男女间的许多差异和不平等的基础上。可是，没有人真的在意，女性特质、男性特质以及其他有关"差异"的概念是否支撑或者颠覆了不平等。女性主义对差异的热衷，似乎表明女性主体的某种不自觉的倾向，即在一个已然承认了男女平等，或者部分女性已经建立了自己权威的世界上，对女性优势进行最后的狂想和捍卫。

让·波德里亚说，"对差异的崇拜正是建立在差别丧失之基础上的"。如果人们不能接受男女同样处于社会控制的情境之中，无法看到两性平等这一必然的现实，也无法认同平等只是女性主体面临的一种选择或必须担当的责任的话，我们还可借助波德里亚的阐述来理解女性写作中"差异崇拜"的因由及其危险。身处消费社会的我们，"无论怎么进行自我区分，实际上都是向某种范例趋同，都是通过对某种抽象范例、某种时尚组合形象的参照来确认自己的身份，并因而放弃了那只会偶尔出现在与他人及世界的具体对立关系中的一切真实的差别和独特性"。范例成为控制个人生活、统领潮流的"垄断"，垄断着个体的自我意识和行为方式，"垄断和差异在逻辑上是无法兼容的。它们之所以可以共存，恰恰是因为差异并不是真正的差异。它们并没有给一个人贴上独特的标签，相反它们只是标明了他对某种编码的服从，他对某种变幻的价值等级的归并"[①]。女性写作的差异理论，对直觉、神秘的强调，是对男性中心秩序的颠覆。但同时，也是以神秘的"召唤"，把个体归置到"差异"的体系中去，归置到她们设定的符号编码中去。这套编码实际上是以女性的性体验为中心，以女性话语的无序性、发散性、感悟性为表达模式，以女性个体欲望的最大限度的释放和满足为最终目的，而建立起的一套变幻莫测的"价值等级"。为适应这套新的价值等级而产生的女性言说，却不幸成为无人理会的呓语或者窥视癖的对象；并且，当这套编码最终被整合进消费主义的价值体系中时，个体的女性——无论是文学形象还是日常生活里的人物，则通通成为大众媒介制造的个人欲望的奴隶——无差别的奴隶。

综上所述，女性写作理论为女性言说描画了新蓝图，同时也设置了新规范。用波德里亚的话说，它的政治功效并不在于让原本充满矛盾的地方变得充满平等和平衡，而是让有矛盾的地方变得充满差异。也就是说，它不是通过"平等"来解决社会矛盾，而是通过区别和分化取消矛盾和冲突。也许，女性写作理论的话语中不包括男性思想家所热衷谈论的"矛盾""社会矛盾"这些术语，但是差异却几乎是所有女性写作的一个终极标准。

[①] [法] 让·波德里亚：《消费社会》，刘成富，全志钢译，南京：南京大学出版社，2006年，第59页。

在崇奉差异的过程中，女性写作成了我们所看到的那种阵势。她们通过标新立异、追求差别而与他人相区别，她们因为拥有同样的编码而成为类同却又互不相干的一群，她们因为沉溺在个人的痛苦、愤怒或享乐中而达到惊人的一致。需要再次强调差异崇拜的弊病，这种弊病实际上经常显露在女性写作中：读者在文本中总能看到非常激进的姿态，但是这种激进却是表面化的、似是而非的；面对现实的女性写作者，除了一味地愤世嫉俗外，还常常陷入个人化的、保守的死胡同。差异崇拜使主体在自我关注和自我中心主义中牺牲了社会关系，牺牲了人的社会性。

第三章 英美女性主义叙事学

20世纪60年代,叙事学诞生于世界"思想与艺术的大本营之一"的国家——法国。从此,西方在文学与文化的批评理论中又多了一个"窗口"理论,越来越多的人通过这个"窗口"来"看"各种文学艺术作品,并获得了清晰的文章思路。随着文学艺术研究的逐步扩展与深入,叙事学走进了女性主义研究者的视野中,于是女性主义叙事学得以诞生。

第一节 英美女性主义叙事学概述

要想对女性主义叙事学做全面透彻的研究,首先要弄清叙事学的一些基本原理和概念、女性主义叙事学与经典叙事学的差异,以及女性主义叙事学与女性主义文评的差异。

一、叙事学与女性主义叙事学

在我们通常所了解的比较传统的文学观念中,小说就是作者所虚构的故事,故事是一种由口头或书面的语言所讲述或记录的某个事件。而叙事学则改变了这种单一层次的看法,对不同范畴的叙事、讲述、文本、故事、事件的不同含义和作用都进行了研究、划分和界定。

从叙事学的角度来看小说,简单来说,小说所讲述的故事是在叙事文本中被讲述的内容;叙事文本是故事被讲述时的一个具体的有情境的世界。在叙事学的这种界定中,我们理解了这样一个事实:小说的叙事文本类型可以多种多样,各种叙事文本也可以讲述同一个故事;在同一个文本中,对同一个故事也可以有不同的讲述方式。

从接受的角度来看,读者所知道的同一个故事,并不是通过完全相同的文本来讲述的;并且,读者通过一个叙事文本,甚至同一个故事所了解到的也并非只有一个故事,可能是多个相互嵌套或多个层次、多个角度的故事。因此,就会常常会出现这样的情况:被讲述者所讲述的故事、讲述者在叙事中的讲述行为，以及不同的讲述方式等，在不知不觉中都构成了不同的事件或者不同层次的故事。

那么再进一步，叙事学中做这些区分是出于怎样的原因？其中有哪些差异和关联？这些叙事学研究的主要内容在女性主义批评中则变得有特别的意味。并且，女性主义批评对不同的故事按照同一种方式讲述的情况也格外敏感，而这种敏感则源自对男性中心的成见。

此外，女性主义叙事理论也将叙事学关于故事的讲述和接受的主体的概念纳入到其研究的范畴中并对其进行了改造。在这种改造和研究过程中，女性主义叙事学对于作家、在特定写作时刻的作者、文本叙述者、故事讲述者、受述者、读者等概念，总是将其作为现实中人的身份进行特别突出。

而在对女性文学文本的特征、女性文学书写的历史传统及女性在男性中心的历史中的处境和遭遇进行描述和梳理的过程中，女性主义叙事学也对话语权力的问题进行了特别研究。从某种角度来讲，叙事学既然被纳入到女性主义的研究中当然要服务于女性主义，服务于这个男权主导的世界中女性的发声。一般女性主义批评对文学史，特别是男性话语的批判所讨论的问题主要是，那些关于女性的书写和言说，是谁、在怎样的情形下、为了什么目的而进行的。女性主义的叙事理论则集中讨论以下问题：女性在何种情况下，以何种方式向谁说话？女性为什么采取某一方式说话？效果如何？

女性叙事文本，包括小说、诗歌、书信、随笔等都是女性主义叙事学所关注和研究的对象，在这个研究过程中还提出了"女性叙事声音"理论。在这种理论中，研究者通常先假定文学史中有一种独特的女性之声，然后再对其独特性和成因进行验证和查实，从而为女性文学书写提供一定的历史参照和现实策略。

下面我们将以苏珊·兰瑟的《虚构的权威——女性作家与叙述声音》为例，来认识女性主义叙事学的基本状貌。

二、女性主义叙事学与经典叙事学

在女性主义叙事学家看来，男作家的作品是经典叙事学研究的主要对象。即便有少量女作家的作品，经典叙事学对源于性别的结构差异从未考虑过，当然对女作家采用的叙述策略和叙事结构及其意识形态含义也难以进行解释。不考虑社会历史语境和对性别的无视是女性主义叙事学对经典叙事学批评的集中方面。

美国文学理论家苏珊·兰瑟（下文称兰瑟）认为，要同时对男性作品和女性作品进行考虑，对叙事学的研究只有从妇女作品入手，才能对改变女性边缘化的局面有所助益。此外，女性主义叙事学家要求叙事学研究对社会历史语境进行充分考虑，对经典叙事学将作品、创作和阐释语境相隔离的做法进行了抨击。

叙事诗学（语法）和作品阐释是叙事学研究的主要类别，而这两个类别对社会语境有着完全不同要求的考虑，并且这种差异类似于语法和言语阐释之间的差异，比如在语法中我们可以将句子视为脱离语境的结构物来区分"主语""谓语""宾语"这些成分。当然其不同的结构成分在脱离语境后有着不同的功能："主语"的句法功能在任何语境中都与"宾语"或"状语"不同。但在对一个作品中"谓语""主语""宾语"等结构成分所起的作用进行探讨时，需要对作品的阐释语境和生产语境进行关注。

叙事诗学（语法）涉及的也是对叙事作品（或某一类的叙事作品）之共有的、无须考虑社会历史语境的结构技巧的区分（如对不同叙述视角或叙述类型的区分）。结构技巧与句法形式一样属于理性层面，男女作家可以通用。如男女作家都可以采用全知叙述者的视角或人物的有限视角，都可以采用第一人称或第三人称叙述等。沃霍尔在《性别化的介入》里对"疏远型"和"吸引型"叙述形式进行了区分，兰瑟在《虚构的权威——女性作家与叙述声音》里区分的"作者型""个人型"和"集体型"三种叙述模式都不是只在女作家作品中出现的。然而女性主义叙事学家的结构区分起到了丰富叙事诗学的作用。我们应不断通过对叙事作品的考察来充实和完善叙事诗学。兰瑟认为，叙事学的基本原理和结构区分可能会因为对女作家作品中叙事结构的探讨而动摇。

实际上，在以往的研究中已经忽略了某些结构技巧，而将其收入叙事诗学中也不过是补充了经典叙事诗学；倘若女作家作品中的结构技巧已被收入叙事诗学（语法），那么研究就很难得出新的结果。西方叙事学家对这一点往往认识不清。在《剑桥叙事指南》中，露丝·佩奇断言兰瑟在《使叙事性别化》（*Sexing the Narrative*）里的研究成功地修正了经典叙事诗学。佩奇给出的例证是兰瑟对叙述者的性别的考虑，认为这做到了将叙事理论性别化和语境化。申丹在美国《叙事理论》期刊上发表的《语境叙事学和形式叙事学缘何相互依存》一文中，分析了兰瑟的这一研究，指出其实质上是脱离语境的结构区分。

兰瑟关注的是叙述者的性别是否有标识，即是否能看出叙述者究竟是男是女；如果有标识，究竟是明确标识还是通过一些规约因素来隐蔽暗示。不难看出，这种对叙述者"性别"的理论区分就像经典的结构区分一样脱离语境和形式化。对"异故事"(叙述者不参与故事)和"同故事"(叙述者参与故事)的区分是经典的结构区分。与此相似,性别究竟是"有标识"还是"无标识",若有标识,究竟是"明确标识"还是"隐蔽标识"也是抽象的、脱离语境的结构区分。

其实,我们也可以对叙述者的阶级、种族、民族、宗教、教育或婚姻状况进行相应的形式化。而所有这一切既可以是"有标识的",也可以是"无标识的",而且这种"标识"在文本中可以是"隐蔽"的,也可以是"明确"的。

然而,叙事形式的理论划分与语境化的要求相对立。我们一旦试图将性别、种族、阶级等非结构要素加以形式化,使之成为叙事诗学的形式类别,就必须从相应的语境中将文本进行分离,这样才能够从中提炼相关的形式特征。也就是说,除非将这样的非结构要素转换成脱离语境的形式要素,否则它们就无法进入叙事诗学,"性别"也不例外。

作品的意义与其语境可以说是不可分离的,而经典叙事学真正的问题是,在对叙事作品进行意义阐释过程中将作品与包括性别、种族、阶级等因素在内的社会历史语境进行隔离。兰瑟在《虚构的权威——女性作家与叙述声音》一书中,紧紧扣住女作者文本中的叙述声音,对权力和意识形态的关系进行深入研究,并对作品中结构技巧的社会政治意义结合语境和性别来具体阐释,这些都是女性主义叙事学的真正贡献。

综上所述不难看出,女性主义叙事学给经典叙事诗学带来了一定的负面影响。因为经典叙事诗学不把历史语境和性别政治纳入考虑范围内,而女性主义叙事学对性别化和语境化的强调必然会加重对这方面研究的排斥。在80年代末至90年代末这段时间里,经典叙事诗学中存在各种混乱和问题,性别化和语境化的强调导致一些问题一直未得到重视和解决,在学术氛围激进的美国尤其难以见到专门研究叙事诗学的论文。世纪之交,越来越多的西方学者清醒地认识到进行政治文化研究的局限性,因而对叙事结构的形式研究开始重新重视起来。从某种角度来讲,经典叙事诗学是女性叙事诗学的技术支撑,若其能够不断发展和完善,将会推动女性主义叙事学的发展。从另一个角度上来讲,女性主义叙事学的发展也拓宽了经典叙事学的研究范畴。可见,经典叙事学与女性主义叙事学是一种相辅相成的关系。

作为后经典叙事学最为重要、最具影响力的流派之一,女性主义叙事学想改造叙事诗学并使之性别化和语境化的努力收效甚微。然而,在作品阐释上,女性主义叙事学则有效地纠正了经典叙事学批评家忽略社会历史语境的偏误,并在叙事批评中开辟了新的途径,开拓了新的视野。20世纪90年代以来，大多数女性主义叙事学家将注意力转向了文本阐释的范畴，当然这种范畴离不开对社会语境和性别政治的考虑。

三、女性主义叙事学与女性主义文评

女性主义文评有以下两大流派：

（1）英美学派：社会历史是该派别研究的重点，他们旨在对文本中性别歧视的事实进行揭示。

（2）法国学派：以后结构主义为理论基础，将性别问题与语言问题等而视之，着力于写作或语言上的革命，并借此对父权话语秩序进行抗议乃至颠覆。

当代妇女运动兴起于20世纪60年代，它提倡颂扬女性文化的女性美学，导致了对男性文学传统的批判。70年代中期进入到对妇女作家、作品的"妇女批评"（gynocriticism）进行专门研究的新阶段。80年代以来，又以对多种差异的考察和"性别理论"为标志。但女性主义文评在发展的过程中，始终保持着最初的政治目标。

在政治目标上，女性主义叙事学与女性主义文评具有一致性，表现在对男女平等都竭力争取，并竭力揭示和改变女性被客体化、边缘化的局面。在"妇女批评"的影响下，女性主义叙事学兴起于80年代，并大部分聚焦于对女性作家的作品研究，当然不包括初期的少量论著。与此同时，它们还受到性别理论的影响，注重区分社会性别和生物性别。然而，女性主义叙事学与女性主义文评在很多方面也存在着差异，如研究对象和基本概念等。

（一）研究对象

女性主义叙事学与女性主义批评在叙事作品的"话语"与"故事"这两个层面的研究对象上有着明显不同。

在女性主义叙事学的研究中，除了20世纪80年代部分早期论著外，基本都在话语层面展开。在叙事学范畴，"话语"指的是故事的表达层，女性主义叙事学家之所以聚焦在这一层面，主要在于以下两个方面的原因：

（1）对叙述类型、叙述视角、叙述距离、人物话语表达方式等"话语"层面的各种技巧，叙事学不仅进行了区分，并展开了系统研究。女性主义叙事学家为了对叙事作品的表达层展开深入探讨，可以充分利用并拓展这些研究成果，以对女性主义批评留下的空白进行填补。

（2）在故事层和表达层上，女性主义批评更侧重于故事层，而对表达层并不考虑。而在对女性写作过程进行的探讨中，部分女性主义学者仅仅关注故事的表达层面，只注意到了作品的遣词造句；叙事学则超越了这种遣词造句的范畴而对叙述技巧进行了关注。而故事事件的结构特征和结构关系则是女性主义叙事学家在故事层面的聚焦点，其探讨主要分为以下两种类型：

（1）女作家与男作家创作的故事在结构上的差异及其社会历史原因。女性主义叙事学家一般会采用二元对立、叙事性等结构主义模式对故事结构进行研究和探讨，这种对结构的分析旨在对表层事件下面的深层结构关系进行挖掘，具有透过现象看本质的特点。

（2）男作家创作的故事结构所反映的性别歧视。与此相对照，女性主义学者则更加关注故事事实（主要是人物的经历和人物之间的关系）的性别政治。女性主义学者极其关注作品中作为从属者、客体、他者存在的女性。具体来说，包括女性的身份认同危机，女性的压抑、沉默、失语、愤怒、疯狂、（潜意识的）反抗、母女关系、女性特有的经验、同性关爱、女性主体在阅读过程中的建构等。她们倾向于对人物心理和行为进行关注，探讨人物和事件的性质，揭示男作家如何歧视和扭曲女性人物，以及女作家如何落入了男性中心的文学成规圈套中，女作家如何通过特定意象和题材表述女性经验及对女性主体意识的重申。可以说，在研究对象上，女性主义文评与女性主义叙事学呈一种互为补充的关系。

（二）基本概念

女性主义文评和女性主义叙事学在基本概念上也存在差异。叙事学中，"话语"指作品在技巧层面上的故事表达方式。这一概念被女性主义叙事学所引用，如女性主义叙事学家所说的"话语中性别化的差异"，就是指某一时期的女作者和男作者倾向于采用的不同叙述技巧。诚然，小说中人物的言语和思想也被称为"话语"，这一用法同时存在于两个流派的论著中，但一般会说明是某一人物的话语。

与此相对照，女性主义文评的目的之一在于揭示、批判和颠覆父权"话语"。这里"话语"成为一种隐性的权力运作方式，比如二元对立（文化、自然、太阳、月亮、日、夜、父母、理智、情感等），等级制和性别歧视是这些二元项的隐含内容。在此，作为符号系统的哲学体系、语言、思维体系、写作方式、文学象征体系等，是"话语"的主要内涵。女性主义学者就此对西方理论话语中的性别歧视进行了剖析和批判，并力求通过女性写作来实现对父权话语的颠覆和抵制。

此外，在叙事学的"话语"层面上，"声音（voice）"也是一个重要的概念。在兰瑟看来，叙事学中的这一概念与女性主义文评中的"声音"概念极为不同，具体表现在以下两点：

（1）范围。叙事学中的"声音"概念具有符号性、特定性和技术性等特征，而女性主义文评中的"声音"则具有广义性、模仿性和政治性等特点，显然在指涉范围上，女性主义文评中"声音"的概念要更为广泛。在《虚构的权威——女性作家与叙述声音》中，兰瑟指出："许多书的标题宣称发出了'另外一种声音'和'不同的声音'，或者重新喊出了女性诗人和先驱者'失落的声音'……对于那些一直被压抑而寂然无声的群体和个人来说，这个术语已经成为身份和权力的代称"。

（2）内容。叙事学中的"声音"特指各种类型的叙述者讲述故事的声音，是一种重要的形式结构；而女性主义学者所谓的"声音"，则指以女性为中心的观点、见解，甚至行为。比如，女性主义学者可能去评价一个反抗男权压迫的文学人物，说她"找到了一种声音"，而不论这种声音是否在文本中有所表达。

此外，叙事学家不仅注意将叙述者与（隐含）作者加以区分，而且注意对叙述者与人物进行区分，而这种区分在第一人称叙述中尤为重要。比如，当一位老人采用第一人称来讲述自己年轻时的故事时，作为老人的"我"是叙述者，而年轻时的"我"则是故事中的人物。在这样的叙事文本中，叙事学侧重于探讨和研究作为表达方式的老年的"我"叙述故事的声音，而女性主义批评则聚焦于故事中人物的声音或行为。女性主义叙事学家不仅采用叙事学的"声音"概念，借鉴叙事学对不同类型的叙述声音进行的技术区分，还将对叙述声音的技术探讨与对女性主义的政治探讨相结合，研究叙述声音的社会性质和政治含义，并对导致作者选择特定叙述声音的历史原因进行进一步考察。

第二节 英美女性叙述声音的目标、意义及类型

一、女性叙述声音的目标和意义

如上文所述，女性主义批评与叙事学的结合产生了女性主义叙事理论。这种理论可以说是女性主义批评家对叙事学方法的改造和利用，其目的在于服务女性主义。具体来讲，对女性叙述声音给予积极建构是为了实

现以下目标。

(一) 建立女性话语的权威

在历史上很长一段时期内，男性作为社会主导一直掌控着文学传统及文学史上的话语权威 (discourse authority)。在这种男性话语权威的掌控下，女性一直保持着沉默。直到女性主义产生，女性主义批评才开始对男性中心话语进行激烈的抨击，而女性主义叙事学也以颠覆男性话语权威为己任。

那么就出现了这样一个问题，这种反对男性话语权威、谋求女性话语权的权威会不会走向另一个极端——造成新的话语霸权，从而带来新的伤害呢？一方面，后现代和多元文化语境塑造了与这种权威相关的所有价值观念的那些拥有权威的人以及树立这种权威的机制，甚至整个当代西方文化都在被女性主义者所质疑。当然，另一方面，即使是那些反权威的女性主义作者也都不得不采用正统的叙述声音，来对在文本中无限延续的男性话语权威进行批判，并且要反对那些对女性进行各种压制的陈规，还要借助于现成的叙事常规。

兰瑟曾对谋求女性声音的权威进行辩证的解释："任何一位女性作家都会对权威和意识形态持有双重态度，写小说并寻求出版的行为本身（正如我本人写学术著作并争取出版一样）就意味着对话语权威的追求：这是一种为了获得听众、赢得尊敬和赞同、建立影响的企求。换句话说，我认为，每一位发表小说的作家都想使自己的作品对读者具有权威性，都想在一定范围内对那些被争取过来的读者群体产生权威，尽管这种想法也许是具有强烈的反作者权威倾向的。"[①]

在具体的作家创作活动过程中，这种双重态度则反映为：一方面，女作家"对男性文坛的权威氛围心存疑惑而唯恐避之不及，也常常对男性一统天下的局面持批判态度"；另一方面，"她们都身不由己地受到社会习俗和文本常规的推动，不断复制出她们本欲加以改造重构的结构来。这样的叙述者常常对自己赞同的权威提出质疑，或者对她们质疑的权威表示赞同。也就是说，这些叙述者在致力于创造权威的虚构话语的同时，也展示了西方小说已经建构成形的虚构的权威"[②]。女性作家谋求女性话语的权威，既是一种事实，也具有现实合理性：在文学史上使女性占有其本应得

---

① [美] 苏珊·S·兰瑟：《虚构的权威——女性作家与叙述声音》，黄必康译，北京大学出版社2002年版，第7页。
② [美] 苏珊·兰瑟：《虚构的权威——女性作家与叙述声音》，黄必康译，北京：北京大学出版社，2002年，第24页。

的地位，在仍然是男性主导的社会现实中建立足以和男性中心意识形态相抗衡的话语机制，最终达到形成和谐新秩序的目的。

女性主义叙事学为了表达女性通过文本叙事所建构的权威，而提出了"虚构的权威（fictions of authority）"这一概念。在兰瑟看来，个人型、集体型和作者型这三种不同的叙述声音模式分别是三种不同的权威的代表，而女性作家必须形成这三种权威以在西方文学史中占有一席之地。这三种权威分别指：①建构另外的"生活空间"并制定出她们能借以活跃其间的"定律"的权威；②建构并公开表述女性主体性和重新定义"女子气质"的权威；③形成某种以女性身体为形式的女性主体的权威。

每一种权威形式都为了其他意义保持沉默，明确表达出某些意义，而编制出自己的权威虚构话语。小说是实现这种权威的直接途径。女性主义叙事学在赋予文本解读及形式分析以政治意义的同时，也寄厚望于小说这种虚构叙述文体。因为小说这种文本形式中存在虚构话语和历史言说的边缘地带，而这种边缘地带则给予女性作家建立自己的叙述声音的机遇。当然，这些边缘叙述声音也具有双重效用，既能遮蔽权威，又能促成虚构叙事的权威。因此，女性主义批评就应该利用它来达成女性主义的目标。

（二）对男性中心话语的权威予以颠覆

在对各种叙事声音的探讨和研究过程中，女性主义叙事学对男性中心意识的传统叙事话语中存在的大量由于特权或霸权而导致的讹误进行了揭发和证明。比如，按照传统的叙事常规来看，文本叙述的全知视角常常与作者型声音相对应，而全知视角又基于这样一种假定，即作者对人类共同性或公共经历有相当程度的理解，并在此基础上展开想象。女性主义叙事学对女性作者型叙事声音的探讨，则对这一全知叙事常规进行了动摇。通过大量故事叙述的实例可以看出，人们并不能全部知道或者全部了解，现有的那些"想象"不仅是错误的，并且在某种程度上扭曲了真实，是对女性的伤害。

在女作家弗吉尼亚·伍尔夫及更久远些的简·奥斯丁的作品中，我们可以看到作者常常声言自己不具备一种全知叙事者应该具备的知识。在她们的作品中，她们甚至有意识地表现出一种无力把握主人公的姿态，对全知叙述采取漫不经心的态度。当然，这种姿态的确可以视为一种批判的策略，因为这至少表现出了一种轻视和讽刺，而这种轻视和讽刺正是针对全知叙事的无所不能的。

虽然弗吉尼亚·伍尔夫和简·奥斯丁生活所处的时间相隔较远，并且在文本风格上也存在着极大的差异，但是她们在叙述声音上都讲求无所在而又无所不在。在她们的小说中，叙述者的身份也常常是难以辨认的，所以二者共同表现了"全知"的"局限"，同时以女性所特有的沉静散淡的叙述态度，衬托出了男性中心全知视角的狂妄和疏漏。

通过美国黑人作家托里·莫里森的例子，兰瑟对全知视角也有超越固定范围的更广的视野进行了证明。莫里森的《娇女》（《宠儿》）《柏油娃娃》《所罗门之歌》等小说，所讲述的故事中都有魔幻般的人物，而作者也采用了作者型叙述，这就对全知视角的范围进行了拓展。

比如，在《娇女》中，一个冤魂不仅可以参与现实世界的活动，而且还是完成故事的主导性因素，幽灵的内心世界也存在着叙述视角，因而娇女的起死回生被讲述为自然而然、理所当然的事情；在《柏油娃娃》中，叙述者在对人物的思想情感进行讲述的同时，还对动物、植物的心理活动进行了呈现；《所罗门之歌》里所描写的人物虽然常常不知其从哪里来，最后也不知其归往何处，但是叙述人却总是知道"什么时候、在什么地方、发生了什么事情"。

不难看出，莫里森小说所采取的这种叙述方式，其视角要比常规的全知视角深广得多。全知视角，在传统上往往受到男性中心意识诸如现实逻辑、客观真实等观念的制约，因而难免经常对在自己理解范围之外的、未曾体验的事物采取武断的排斥。而莫里森的叙述视角，或是建立了比西方经典的权威叙事者更神奇、更神圣的全知叙事，或是比照出欧洲人对黑人的认知的不完整、不尊重，或是颠覆了白人小说那种人本主义的全知叙事。莫里森小说对男性中心话语全知叙事的否定体现在：对小说中人物的放纵——作家总是跟随人物去寻求自己的命运，进而陷入人物矛盾复杂和不可思议的命运中，而不去施展作者意志来干预人物，拒绝遵循逻辑关系，放弃逻辑性。

20世纪80年代，白人精英和男性中心主义社会文化氛围仍然浓厚，同时大行其道的还有新兴的后现代思想观念。因而处于这种社会文化背景下进行创作的莫里森既受到压抑，也受到挑战和激励，从而采取上述叙事策略。并且事实也证明这种叙事方式能够吸引大多数主流和非主流的读者，她的成功在于塑造了一个内心是黑人和女性，同时又具有外在作者权威的叙述者。正如兰瑟所说，"正是奋争于这样一个既以白种人和男性为中心，又以后现代思想为基础的社会文化中"，"莫里森的叙事权威观念与'主流文化'的诸多可能观念正好不谋而合并使之有所改变。她善于抓住这个特定的文学发展机遇从事自己的写作"①。

以上几位作家的种种作者型声音达到了一个共同目的，那就是通过指明压抑女性（包括黑人女性）声音的罪过及其具体语境，让女性叙述声音在传达女性现实状态的同时，突破现有叙事常规，并建立起自己的权威。

（三）对文本与历史的关系予以重建

通常来讲，女性主义文学批评都具有宏观思辨、模仿再现和政治化的特点，叙事学的研究则具有具体化、符号学化、技术性强等特点。女性主义批评对叙述形式技巧通常不进行评价，叙述声音的社会价值和政治功能通常也不在叙事学研究的范畴内。而对那些现实或虚拟的个人或群体行为，女性主义理论家通常用"声音"进行指代，特别是对于那些一直被压抑而寂然无声的群体和个人来说，声音指代着他们的身份和权力。

而在叙事学领域中，文本的形式结构常常被作为声音的释义，而与社会意义、意识形态特性和具体叙述行为的成因则没有很大的关系。因而，在女性主义批评家看来，叙事学与历史没有什么联系，是形式主义的、封闭的、孤立的技术性文本研究活动。

此外，女性主义还把"声音"看成一个具有浓厚色彩的术语，"在支离破碎的形式主义中重新振兴了文本研究，证明文学现象并非像形式主义常常认为的那样与人类历史毫不相干"。兰瑟说："叙述声音位于'社会地位和文学实践'的交界处，体现了社会、经济和文学的存在状况。而叙述声音也正是在这种状况下产生的。"②

女性主义叙事学为了证明男性话语权威一直占有女性声音的领地，而将个人处境、社会身份和叙述形式相联系。直到女性开始觉醒，它才开始加入到文学书写活动中，叙述声音不可避免地成了一种斗争场所，一种意识形态的斗争场所。而在文本叙事的实际行为中，则显示出这种意识形态的矛盾冲突、较量构成的张力，如兰瑟所说"在各种情况下，叙述声音都是激烈对抗、冲突与挑战的焦点场所。这种矛盾斗争通过浸透着意识形态的形式手段得以表现，有时对立冲突得以化解，也是通过同样的形式手段得以实现的"③。女性主义批评主体将政治立场和批判眼光带入形式分析

---

① [美] 苏珊·兰瑟：《虚构的权威——女性作家与叙述声音》，黄必康译，北京：北京大学出版社，2002年，第141页。

② [美] 苏珊·兰瑟：《虚构的权威——女性作家与叙述声音》，黄必康译，北京：北京大学出版社，2002年，第7页。

③ [美] 苏珊·兰瑟：《虚构的权威——女性作家与叙述声音》，黄必康译，北京：北京大学出版社，2002年，第7页。

之中，促使她们将文学文本与具体的社会情境相结合，以揭示女性被压抑的方式和成因以及女性文学活动的意义。总之，重建文本与历史的关系，既是女性主义叙事学的首要任务，也可以说是女性主义批评的起点。

二、女性叙述声音的类型

《虚构的权威——女性作家与叙述声音》一书以18世纪以来的女性小说为例，分析叙述声音的不同类型及其特征，就女性的生存处境、女性文学创作的处境、女性叙事方式及女性叙事声音在文学史上的意义进行深入阐述。苏珊·兰瑟以作者、叙述人、故事讲述者、故事主人公在文本中的位置及其关系为依据，划分了三种女性叙述模式：作者型声音、个人型声音、集体型声音。

（一）个人型声音

在小说中，叙述者讲述自己的故事的叙述形式，在兰瑟看来就是个人型声音（personal voice）。这种声音类型与"同故事的"（homodiegetic）或第一人称的叙述不能画等号，而是热奈特所谓的"自身故事的"（autodiegetic）的叙述：讲故事的"我"也是肇事主人公，是"我"以往的自我。而内心独白和意识流都不属于个人型声音，因为这种讲述自己的内心独白在叙述上是无意识的，没有叙述的自觉性，也不能构建具体的叙述情境。

从叙事权威性的角度来看，个人型声音远远不及作者型声音。因为个人型叙述声音在小说中讲述的是"我"自己的故事，与讲述别人故事的作者型声音比起来，显得更为真实可信，但这种"真实可信"的权威与作者型叙述声音的权威是两种不同性质的权威：个人型叙述的权威体现为可信度，可以申明个人解释自己经历的权威及其有效性，但却不像作者型叙述声音那样能够超越具体的人物而具有优越地位。简单地说，作者型叙述权威在于叙述者的支配性。

个人型声音的权威表现在讲述的故事是叙述者亲身亲历的，具有一定的可信度；作者型声音的权威表现在拥有说话的权利，以及所说的话是有力的。鉴于女性的身份、地位本身的可疑，女性个人型声音的可信度也随时受到怀疑。因此，个人型声音不仅使女性创作的文学作品受到怀疑，也可能会给女性作者本身带来"危险"。

个人型的叙述无法采取无性别的中性掩饰手段，或所谓"第三人称"，也无法躲避在可伪装成男性的某种文类的声音之中。女性个人型的叙述如果在讲故事的行为、故事本身或通过讲故事建构自我形象方面超出了公认的女子气质行为准则，那么她就面临着遭受读者抵制的危险。如果女性因此被认为不具备男性的知识水准，不了解"这个世界"而必须限于写写女性自己，而且如果她们的确这样做了，那么她们也会被贴上不守礼规、自恋独尊的标签，或会因为展示她们的美德或者缺陷而遭非议。此外，由于男性作家已经建构了女性声音，在争夺个人型叙事权的竞技场上又会增加一场新的争斗，以决定到底谁是合法正统的女性，即声音代言人。①

也就是说，在小说中作者一旦以女性身份讲述自己的故事，不管小说中的故事讲得好还是不好，不管在故事中她是袒露还是可以掩饰的，不管她是性格叛逆还是谨遵礼法，都有极大的可能受到非议。因为在男性主导的社会中，女性叙述人身份的合法与否，其评判和处置权还是掌握在男性手中。所以，除非有极大的勇气和雄心去冒险，早期的女性作者极少采用个人型声音来叙事。正如兰瑟所说："个人型叙述声音里的虚构在形式上往往与自传难以区分。我们一旦想象到女性在男权社会里那种仰人鼻息的境况就不难猜想，女性小说家之所以避免采用个人型叙述声音，可能就是因为她们担心自己的作品会被认为是自传作品。采用个人型叙述声音，还很可能会强化这样一种既有的意识形态，即认为女性作品的"自我再现"不过是"直觉化的产物而不是'艺术'的结晶。"②

从书信体这种与世无争的个人型声音，到追求作者权威的作者型声音，女性作者曾经采用过化装成男人的策略，女扮男装叙述者的大量涌现，反映了女性在文学史上的早期斗争。在一个男权主导的社会中，女性在进入文学写作的阵营时，是不可能获得像男性作家那样的权威的。并且她们在创作中如果稍微违反已形成的现成的文学传统和文学规律，就会遭到打击；她们的妥协和乔装只能是模仿，而这种模仿是次级的。而即使是奥斯丁和艾略特这样名垂青史的伟大作家，她们的作者权威也是通过自我隐匿的手法，或通过间接性话语，或使用当时西方男性文化话语，或使用男性笔名才获得的。

而女性真正使用作者型声音来建立起自己的权威，是从二十世纪的伍尔夫开始的。而从某种角度来看，可以说伍尔夫为女性作者建立了一个女性话语权威前所未有的高度。通过她的许多作品我们可以看出，她在小说文本中多以女性主义者自居，并且在标明作者的真实姓名方面无所顾忌，

---

① ［美］苏珊·兰瑟：《虚构的权威——女性作家与叙述声音》，黄必康译，北京：北京大学出版社，2002年，第21页。
② ［美］苏珊·兰瑟：《虚构的权威——女性作家与叙述声音》，黄必康译，北京：北京大学出版社，2002年，第21页。

之后还跻身于伟大作家的行列。当然,这是一个漫长而艰辛的过程。从某种角度来说,伍尔夫可以说是女性在文学史上从"虚构"向"权威"转移的开端。

(二) 集体型声音

首先,那种以"我们"为叙事人的叙述声音并不是集体型叙述声音。在许多叙事中都以"我们"作为故事讲述人,而这个"我们"几乎都是作者型声音。而在以往的叙事学理论中也没有集体型声音这个概念,并且在许多男性所写的经典叙事作品中,也不存在集体型声音这种叙事模式。

在《虚构的权威——女性作家与叙述声音》一书中,苏珊·兰瑟说:"所谓集体型声音,指这样一系列行为,它们或者表达了一种群体的共同声音,或者表达了各种声音的集合。由于主导文化极少采用集体型叙述声音,而且叙述声音的区分根本上有赖于主导文化的一些基本特征。因此,集体型叙述声音及其各种可能的形式至今尚无一套专门的叙事学术语。"①

可以说,集体型声音是女性叙事文本中一种特有的现象,也可以说女性主义叙事学在女性叙事文本中发现了这样一种特别的现象。虽然传统的叙事学中并没有多少对集体型叙述声音的理论论述,但这种叙述方式却常见于女性小说中。而当时处于社会边缘的没有话语权的弱势群体是这种集体型声音的主要使用者。并且在这些群体中,个人声音是"无力"的,因此要借助一定规模的群体来发出声音。这些群体中的个人可以通过多方位、彼此赋权的叙述声音或通过赋权的叙述声音,以及作为群体的喉舌的叙述声音,最终形成一定的权威。因而,集体型声音在叙述时也常常使用第一人称"我",当然这个"我"不是单个的"我",而是集体中的"我","我"的话语代表着集体的声音。而集体型声音的"我"与个人声音的"我"的区别主要在于以下两点。

(1) 在集体型声音的叙述中,发出声音的"我"起初可能以个人面目出现,但是在叙述过程中,单个的"我"常常会消隐,集体的"我"则会渐渐突显,最常见的情况是"我"往往在个人声音和集体声音之间摇摆;或者叙述声音是独特的、个人化的,但观察视点则是公共的。因此,要以公共眼光展开叙事。

(2) 集体型声音的"我"是"代表",而不是"为"或"替"这个集体中的个体说话;反过来说,由代表集体的主要角色讲述的叙事文本则

---

① [美] 苏珊·兰瑟:《虚构的权威——女性作家与叙述声音》,黄必康译,北京:北京大学出版社,2002年,第22页。

不一定承担集体型声音。

在美国一些少数族裔女性小说和黑人女性小说中,常常会出现这样一种叙事情况:个人化的声音与公共视点合一。兰瑟通过萨拉·奥恩·朱伊特的《尖冷杉之邦》和谭恩美的《喜福会》,对集体型声音的特点进行了具体说明。在她看来,这种使用个人声音的叙述者不仅把自己描述为某个集体中的一员,而且,她们所代表的群体也是一个更大群体的组成部分。

在当时的社会中,集体型声音的出现源于处于弱势地位的个人声音极易被压抑,可以说她们是在不得已的情况下才选择使用集体型声音的,因而,这种叙述方式对女性文学活动有着极为重要的意义。在西方小说中,由于叙述方式和情节结构都是个人化的和以男性为中心的,因而喊出某种集体女性的叙述声音就不只是个文体的问题:集体型叙述声音把关注焦点从特殊的主人公身上挪开,把叙述重心从个人化的故事情节上挪开,通过叙述形式来形成某种带有政治意义的女性集体声音,对西方叙事传统中限制女性身份、地位的种种社会规约进行了质疑和颠覆。所以,集体型叙述声音也是形成女性话语权威的一种有效策略,因为它亮出的是多元性旗号,这正顺应了主流文化难以抗拒的政治文化潮流。

此外,集体型声音也是女性作者弥合自我与描写对象的间隙,进而获得群体归依的良方,这是兰瑟在分析《尖冷杉之邦》时发现的:"叙述者一旦把自己的文本融入邓尼朗丁社群的各种生活图景之中,她也就不再以作家的姿态出现。她已经在内心里把自己当作这个社群的一员,如果再以作家自居,似乎就标志着自己不是她们的同路人。写作与社群之间这种微妙的矛盾纠缠于是得以综合解决。"①

女性集体型声音是如何形成的呢?

19世纪的女性主义和女权运动蓬勃发展,同时,各种社会运动如废奴运动、工会运动、禁酒运动,以及其他带有激进色彩的社会运动,似乎都在有意无意间透露出,女性比男性更有道德感、更符合人类文明的发展方向。女性主义者借此机会在公共领域插入有关宗教和家庭的话语。所有这些运动都为文学拓展了空间,文学的繁荣也推动了运动的发展。在激进的文化派女性主义乃至女同性恋主义兴起的19世纪,文学书写也和社会政治运动相呼应。19世纪的小说中,出现了正式的和非正式的女性社群,女性作者们设计了实体的或精神上的理想国,她们强调男女差异,歌颂女性气质,并且为变革中的社会提供了女性化的解决办法。西蒙·德·波伏

---

① [美]苏珊·兰瑟:《虚构的权威——女性作家与叙述声音》,黄必康译,北京:北京大学出版社,2002年,第281页。

娃的《第二性》曾通过对大量欧洲小说的分析，证明其情节套路都在离间女性之间的关系，让个体女性依附个体男性，而传统的小说叙述常规也起到分隔女性声音、使之零散化的作用。19世纪的女性主义者虽然还没有具备波伏娃的批判眼光，但是她们也开始认识到女性身处资本主义父权制包围之中，亟待建立真正的女性社群。集体型叙述声音应运而生了，因为它十分适合用来表达女性团结一致的愿望。女性集体型叙事声音是对下列积弊的匡正：

其一，有些男性文本虽然表现了群体的女性，但被表现出来的女性群体却是堕落的、邪恶的，如狄德罗的《修女》。

其二，女性文本虽然常常是女性对女性的诉说，但叙述过程中的种种矛盾冲突却常常对女性之间的交往造成破坏和阻隔。

其三，文本叙述人所讲述的故事对女性有助益，作者、叙述人都对女性极其同情和关注。但文本世界里却并不存在女性群体的空间，也没有一个统一的女性声音。

集体型叙述声音具有两种各具意识形态内涵的叙事技巧："一是同时型叙事，一种以字面的'我们'为形式的第一人称复数叙事，各种不同的声音统一发出一个声音。二是顺序型叙事，每种声音轮流讲话，'我们'于是在一系列相互协作的'我'中产生。"① 从传统的叙述原则出发，同时型集体叙述可以说是一种"异类"，因为在它看来，人的喜怒哀乐、思想感受并不是个人的，集体同时的对客观世界的反应也是有违实际生活逻辑的；顺序型叙述与传统小说所强调的人物形象的一致性、故事情节的连续性也是相悖的。而这正是弱势群体反抗控制、谋求力量的一种方式：通过打破陈规来引起注意；通过破坏恒定的统一而形成新的一致性。实际上，男性作家也提供了典型例证，如福克纳的小说《我弥留之际》，正是一种顺序型的集体叙事声音，而它反映了边缘人的处境。

集体型叙述声音表明，逐渐形成女性社群的过程不仅是一个心理历程，也具有意识形态意义，女性社群的建立也应归功于这些女性叙述人对共同经历的认同。除了这种策略性，女性集体型声音还有如下作用：

第一，建立女性乌托邦社会。从还未真正采用集体型叙事声音的《千年圣殿》(莎拉·司各特)、《女人之冤，玛丽亚》(玛丽·沃斯通克拉夫特)，到采用集体型声音的"我"来叙事的《克兰福德镇》(伊丽莎白·盖斯凯尔)、《尖冷杉之邦》(萨拉·奥恩·朱伊特)，再到典型的集体型

---

① [美] 苏珊·兰瑟：《虚构的权威——女性作家与叙述声音》，黄必康译，北京：北京大学出版社，2002年，第291页。

叙事声音的《女游击队员》（莫尼克·威蒂格），都塑造了女性社群——不是众多的女性形象，而是女性作为一个群体的形象。

第二，表达"女孩"状态。集体型叙事经常用来表现女性未被男权社会分隔在家庭内部之前的状态。如在黑人女性小说中，未成年的女孩，虽然也是被奴役的一群，但其身份是单纯的，有较多的一致性。于是叙事人既怀念过去，愿回到孩子气的"我们"的时代，又向往理想的女性团结一致的社会，似乎女孩成人就是女性社群的终结，使女人丧失归依。这种情况事实上从一个侧面印证了波伏娃的断言："女人从不说'我们'。"虽然同时型叙述声音和视点都是集体型的表达，成长经历被表述出来使人感觉好像是一个人的经历。但是，这些集体型声音也都限于讲述童年和青少年时代，因而未能对制度化的根深蒂固的社会性别关系构成批判。

第三，谋求社会身份认同。弱势、边缘人群试图通过集体型声音建立一个整体或阵营，以便将自己少数族群的社会身份写入主导文化之中，并在当下现实和历史中拥有一席之地。"当代的女性主义者，特别是20世纪80年代的女性主义者，大多采用非虚构（间或也有虚构的）、个人化叙事形式汇编出完全自成一体的文集，展示出某个特定共享的社会群体内部的差别之处。究其原因，无非是要在统一性和多样性、相同性和差别性之间保持平衡。那些把自己定位为边缘化种族或边缘化政治团体成员的女性纷纷拿起笔，采用蕴含着各自不同却又能引起相互之间共鸣的个人化叙述声音，来展示她们的社群或团体……这些书都执行着双重的任务：构建一个表面听不到的'我们'的总体声音；并用'我们'一词将一盘散沙似的成员联合起来。这两方面都被认为是十分关键的，因为这样就可以把少数族群的社会身份写入这个杂乱而又带有一统假象的主导文化之中。"正因为集体型叙述声音基本上是边缘群体或受压制的群体的叙述现象，所以一直没有受到重视。这也是女性言说的一个悖论式的处境。

（三）作者型声音

兰瑟所说的女性作者型声音（authorial voice），指一种既是故事外的、也是异故事的叙事。我们知道，在叙事学中，"异故事的"（heterodiegetic）通常指在叙述过程中，讲述抛弃了故事本身的发展进程或者线索，"故事外的"（extradiegetic）是指叙述人讲述别人的故事。在女性主义批评中，这些叙事学概念并没有改变其原来的意思，但这并不是为了进行形式分析或技术解读，而是将其叙事效果和女性作者的权威和地位进行了联系。如兰瑟也特别强调作者型声音也是一种集体的声音：

我用作者型声音这个术语来表示一种"异故事的"、集体的并具有潜在自我指称意义的叙事状态;我所谓的作者型声音模式同时也是"故事外的"和集体的。我们把它的叙述对象类比想象为读者大众。我选用"作者型"这个词并非用来意指叙述者和作者之间某种实在的对应,而是意图表明,这样的叙述声音产生或再生了作者权威的结构或功能性场景。换言之,文本对(隐含)作者和集体的、异故事的主述者之间没有做记号区分的地方,读者即被引入,把叙述者等同于作者,把受述者等同于读者自己或读者的历史对应者。这种画等号的常规做法使得作者声音在各叙事形式中占有优先的地位。①

在女性开始大量尝试小说写作的18世纪,作者型叙事有下面几种表现形式:①书信体模式。许多女性作者都喜欢虚构出一个写信人,使所要讲述的见闻显得真实可靠;②女作家以男性化笔名发表作品,因此作者叙述的声音是一个很有男性权威的声音。

当然,也有极少数作品的女性作者亮出女性身份并争取作者的权威,但是这类作者型叙述往往从一开始就打上男性烙印,或者故意地、明显地与女性言说方式脱钩。这种情况的产生有其历史原因和具体语境。当时,男性在文学文化中占有绝对主导地位,女性书写活动中只有写信是唯一"合法"的行为,其他书写则可能被视为不安分守己的行为。女性作者要么化装成男人而变成一个有权威的叙述人,要么设法自我权威化。也就是说,当她们以女性身份叙事时,要把自己同一般的女人撇清,把自己塑造成像男人一样见多识广、博学多才的女性形象。这反映了女性觉醒之初竭力在男性统治的历史文化中争取占据一席之地的艰难情形。

写作是当时女性社会活动参与极少数的方式之一,她们原本要以写作来显示自己的存在,但最终在写作过程中却不得不以抹杀自己的方式来显示。也就是说,女性虽然在写作,也写出了优秀作品,但是没人知道是她们写的,她们还是在男性身后销声匿迹。

一方面,由于异故事的叙述者毋需具有性别特征,叙述中的"我"只要不等同于女性自然的肉体存在,女性即可通过这样的作者叙述模式参与"男性"权威。当然,女性作家采用男性叙述者和笔名从事写作,也正是充分利用了这个机会的表现。这种做法可能对作者个人或文本有好处,但同时也不可避免地强化了男性中心主义的叙事权威。另一方面,如果作者声音把自己表述为女性声音,那么它既可能被合法化,也可能遭到明确的

---

① [美]苏珊·兰瑟:《虚构的权威——女性作家与叙述声音》,黄必康译,北京:北京大学出版社,2002年,第18页。

拒斥。可能的情况是，女性作品中的叙述声音如果没有明确的女性标记，那么这些作品就可能载负着更为有效的公众权威。①

作者型叙事如果不表明其女性身份，可以让女性作者体验到另一种私人性的精神愉悦，虽然从某种角度来看，这也是一种女性难能可贵的自我实现，但是它却不能承载女性主义的诉求。换句话说，就是无益于女性权威的建立和显示；而如果她以女性声音说话和叙述，则可能要么被改造得符合主流话语规范，要么被男性中心所排斥。女性声音应如何获得更为有效的公众权威？在女性的文学地位和文学成就得到证实和承认的今天，作者型声音的女性叙事依旧面临这个问题。

第三节　英美女性叙述声音的历史文化语境

在父系社会漫长的父权制历史文化体系下，女性也有属于自己的书写活动，并且这种书写活动毫无疑问是处于一种男性中心或男性主导的社会文化结构中的。这种社会历史文化背景决定了女性书写要以历史和文学叙事传统为基础来表达女性的生存和心志，这又使女性的写作与文学史、女性书写者与现成秩序之间长期处于叛逆与渗透、对抗与包容的复杂关系中。女性主义叙事学在对女性处境的认识的基础上，试图以对女性声音的考察为工具，来对历史上女性沉默无声的原因进行揭露。

在女性主义叙事学看来，女性意识在觉醒的过程中，文学上的女性创作者经历了一个从寂然无声到自我缄默的过程，尤其是这种缄默有着某种意味。这引起了女性主义批评家的兴趣，促使女性主义批评家积极发掘和解读这种意味。

一、女性声音的双重文本

在西方，自文艺复兴以来，在书写活动上女性依然没有获得文学上的认可，女性写作被文学文化正统认定是不正当的、出格的。然而不包括书信这一文学体裁。美国文学批评家苏珊·兰瑟的分析就始于一封出自一位新娘之手的书信，从这封信她开始了对女性主义叙事观点的阐述。在当时，虽然女性可进行书信书写活动，但妻子有责任和义务向她的丈夫公开

---

① [美]苏珊·兰瑟：《虚构的权威——女性作家与叙述声音》，黄必康译，北京：北京大学出版社，2002年，第20页。

她所有的书信内容。这就导致了这位新娘的书信在内容上因读法的不同而出现了两个截然相反的文本，这里我们可以通过原文来具体理解兰瑟对叙事的女性主义意图的解读。

  亲爱的朋友，我无法得到满足，
  尽管我的婚姻如此幸运，如此富足，
  除非我向你友善的胸怀——
  那可是一直与我的想法不谋而合的心胸——
  倾诉我纷乱但又真切的情感，它
  带着无尽的欢乐和幸福情感，
  每天积盈快撑破我的心房。亲爱的，
  我的丈夫温良宽厚，世上无双，
  我已经结婚七个礼拜，但是我
  丝毫不觉得有任何的理由去
  追悔我和他结合的那一天。我的丈夫，
  性格和人品都很好，根本不像
  丑陋鲁莽、老不中用、固执己见还爱吃醋
  的怪物。怪物才想百般限制，稳住老婆；
  他的信条是，应该把妻子当成
  知心朋友和贴心人，而不应视之为
  玩偶或下贱的仆人，他选作妻子的女人
  也不完全是生活的伴侣。双方都不该
  只能一门心思想着服从；
  而只能分分场合，互敬互谅。
  ……

  很明显，这封信是诗歌体，正常从头到尾读下来，读者所了解的是一名年轻的新婚女子在向朋友倾诉自己的婚姻生活非常幸福，自己对这种生活感到极其满足。但这却是假象。这封信的正确读法是，先读第一行，再跳过第二行并依次隔行往下读，读者便会看到这个女子真实的心声，即对自己婚姻生活的无奈和愤怒。

  叙述声音是特定语境中的声音，从另一个角度来讲，是个人对自己处境的呈现。所以女性主义叙事学非常重视语境问题，以文本叙述声音为契机来对其真实的语境进行探测，进而揭露女性的现实处境。

  这封新娘的信的背景是1832年的美国费城，当时几乎人人都对自由、平等观念深信不疑，阶级斗争、废奴运动和妇女解放运动都进行得如火如荼。而女性运动已经跨越人种隔阂，黑人女性和白人女性已经携手战斗，她们心中的形象既具有特别的意义，又有醒目的共识。

在兰瑟看来，即使这封新娘的信不是真实的而是虚构的，也可以被看作是女性历史的某种表征。因为阐释这封信的声音（包括使它发表出来的行为）成了这封信的权威代理人，而倾诉者——写信的人被解释为一个具有政治头脑的机智的女性。因此，尽管信是虚构的，却成了女性之间交流的真实信物，并且这种交流具有深刻性。而虚构的行为本身就是一种斗争的策略和形式，是社会文化压抑女性的指证。兰瑟从叙述学的角度出发进行解读，并超越了其理论边界，将视野扩展到女性的现实行为。她通过对女性的处境（包括社会身份、地位）与她们的文本之间的关系进行揭示，说明在那种处境中，她们不得不采用这种特殊的文本或特殊的叙述声音作为自己的表达方式，而这也是类似处境中的女性常常使用的一种极具智慧的生存策略。

考虑到这种政治功利，兰瑟有意向读者示例对女性叙述文本的特殊解读方式，尽可能充分地发挥其对照现实、审视传统的功能。所以，她又声明：女性言说在文本上常常可以有表面和隐含两个层面上的文本，并且这两个文本经常指向相反的或矛盾的事情，而在功能和目标上常常是一致的。其表现在：①一致地表达女性复杂的心声；②一致地暗含着对现实陈规的抗议。

而在女性言说方面，表层的和隐含的两个文本又都分别显示了其特有的矛盾性、含混性、歧义性。人们常常认为絮叨就是女性的表达方式，女性言说具有所谓的鸡毛蒜皮、蜚短流长、闲言碎语、滔滔不绝、犹豫不决、不得要领、言之无物、矫揉造作等特征，就如兰瑟所分析的这封信的表层文体所显示的。女性主义批评者如何对待这种特性呢？她们认为这种特征也是一种假象，掩盖的是有力的控诉和机敏的评判；或者，女性的声音"即使没有隐含文本，这个表面文本已经有了双重声音"，表面文本"虽然有意掩盖深层意义，但表面文本本身也载负着至少与深层文本同样动荡不安的意义"。也许女性文本和言说并没有如此明显的双重性，或者在无须隐藏真实意图的时候仍然不必要地表现出双重性，这是由于女性历来处于受压抑的境遇，养成了表达的习性，这也是女性文本和女性话语的特性。只是以主流话语权威的价值观为标尺进行衡量时，女性声音作为一种言说才显得无意义，但这意味着需要对现有观念进行改变，而非对女性言说进行漠视，也不能剥离女性言说的权利。

此外，兰瑟还借这封新娘的信，解释女性叙事的另一个特征：刻意表现女子气。在受控处境中，女性书写故意以一种公认的女性立场，通过表现自己卑微的具体行为和无助的心理，暴露自己对主流话语的依赖，夸大突出自己的"女性特征",以躲避男性中心的"新闻检查"和其他现实威胁,同时获得一种颠覆性的效果,即揭示现实对女性声音的压抑和剥夺。这种理解,兰瑟和伊依利格瑞是一致的。不过,兰瑟虽然同情地理解并肯定了历史上女性的声音,发掘出它作为"无权者的语言"的政治意义,但是总体上她对女性声音的双重文本是持怀疑态度的。因为这种女性文体往往也是特定时代性别意识形态及其陈词滥调的产物,它反映出这样一种历史真实,即女性总是有意无意地与主宰她们命运的男人保持效忠式的关系,以保持自己的地位。而这些充满所谓的"女性特征"的叙事,用兰瑟的话说,"与其说这是女性的语言,不如说是夫人们的语言"。

二、文本受制于语境

女性主义叙事学批评以历史语境中的文本为关注的对象,这与形式主义批评将文学文本视为独立自主的艺术品,只考虑叙述模式在文本中的结构特点和美学作用不同,也更不同于结构主义对文本之间的结构联系和文学规约作用的关注。

兰瑟在《虚构的权威——女性作家与叙述声音》中对处于社会历史语境中的女作家"为什么"选择特定的叙述模式进行了很好回答。形式主义批评家对科学性的追求,对追寻作者意图的怀疑态度,对历史语境的漠不关心,使得他们仅仅对叙述模式在文本中是"怎样"运作的进行关注,一般不对"为什么"进行探讨。

但兰瑟追求的是结构技巧的社会意识形态意义,而并非科学性,这势必涉及"为什么"的问题,这一问题中又包括了真实作者的家庭背景(阶级、种族)和个人经历。从某种层面来说,兰瑟最为关注的是包括文学传统在内的社会历史文化语境对作者选择的制约,她以广博的学识和开阔的视野深入而富有洞见地探讨了方方面面的语境制约因素,并提出了女作家在作品中对叙述模式的选择及运用受到社会历史文化环境的影响和制约。

在兰瑟的研究中,她既探讨作者在文中怎样运用选定的模式来达到特定的意识形态目的,又探讨作者为何在特定的历史语境中选择特定的叙述模式,将"为什么"和"怎样"的研究进行了有机结合,这也正是其研究的长处所在。

三、消失的女作者

如果说写作几乎是近代女性唯一能够参与公共生活的方式,那么同时它也是女性表达心声并借以名列历史的最好方式。18世纪以来,欧美女性文学创作曾经有过相当繁荣的历史,但这个历史也是女性最终在文学史中被抹去的历史。玛丽埃-让·里柯博尼是18世纪众多女性作家中的一位,她的作品受到当时各类大人物的赞赏,如弗里德里希·格林、大卫·休谟、亚当·斯密等。她的名字也曾经与伏尔泰、狄德罗、马里奥、卢梭和拉辛这些文化巨人并列出现,作品被名家译介到国外,被改编成戏剧,但最终结果是,里柯博尼和她的小说不久就在文学史中完全消失了。在正统文学史的撰述中,男性作家一直被视为女性声音的代言人。因此,女性主义叙事学立志发现真相:"是谁的女性叙述声音的版本通过谁的中介运作占据着权威地位?"文学史为什么要抹掉女性作家和她们的影响?

女性作者在文学史上失去地位,不是自动消隐,也不是由于她们的作品缺乏"原创性",而是由于她们的写作是一种真正颠覆传统的活动。18世纪是一个关键时期,"在这个框定现代女性和现代小说的复杂的时代里,更有一些连贯持续的叙事模式蓄势待发",而男性中心的社会文化机制阻止了新的女性叙事传统的形成,并使"危险的"女性逐渐转化成"女人味"的女性。"性别观念被重新塑造,为的是先从深宫闺闱,再到大街小巷,再到商业市场,逐次地提前消除女性在公共领域中形成的那种独立意识。"兰瑟以里柯博尼的《朱丽埃特·盖次比》为例,向我们具体地展示了女性作家作品不见容于文学史的原因。这个小说讲述的是一个爱情婚姻的故事,但它打破了传统爱情故事的结局模式,没有让婚姻阻断这个女人与朋友的关系,而是使之成为女性之间的友谊和倾诉的缘由。对女性而言,这个文本的叙述声音示范性地界定了女性说话空间以及如何保持这个空间。作者反对婚姻带给女性生活的那种转化,让婚姻中的女性仍然拥有女性的空间。但如果我们把这个文本放在当时的社会环境中察看,问题就出现了:这个空间是故事人物的私人领域,而不是主流或社会公共话语中的主体空间,因而也极容易被抹消。这也是受制于当时社会体制的女性处境的反映:一方面,女性被赋予文学著述的权利;另一方面,又不准她们获得政治权利。即便是当时最激进的启蒙思想家,他们是天赋人权、自由平等、科学民主的倡导者、先行者,同时也是天然的男性中心主义者,他们还不能想象在公共话语空间中响起女性的声音。因此,18世纪的女性小说虽然十分繁荣,但同时书信体也成为女性小说的常规形式,甚至是唯一的文体形式。书信体是女性在这种处境下所能运用的最好的构筑女主人公文本、建立女性独立空间的形式。正因为如此，这种单一的形式、单调的文体难以获得充足的理由在文学史中占有席位。此外，让社会主体代表他者说话总是比让他者自己说话来得更方便一些。因此，一旦男人有兴趣一试女性的声音，一旦他们掌握了女性的"我"，女性小说家就变得"多余"了。

  18世纪女性的社会处境决定了她们对男性话语既排斥又依赖的状态。因此，虽然女性作家为数众多，女性叙述声音十分普遍，但是这并没有促成女性从一个社会弱势等级的"性别"向一种政治团体进行转化；女性小说的繁荣，并不代表女性在与男性中心秩序的斗争中取得了胜利，而是在所谓的民主的观念下与男权达成了更有效的妥协。女性作家最终从男性书写的文学史上销声匿迹也是必然的。

  从兰瑟的解读中，我们可以理解女性声音在文学史上的缺席，主要有三个方面的原因：一是女性文本及其叙事声音不符合男性中心的文学标准；二是她们的叙述行为本身就是对传统的颠覆，因此是需要尽早消除的隐患；三是女性的声音最终被男性所驾驭——要么由男性来塑造女性声音，替女性说话，要么女性作者按照既定规范来说话。

四、虚假的权威

  文学发展到19世纪前后，以简·奥斯丁和乔治·艾略特等为代表的女性小说家在地位上经历着更多的起伏。因为从文艺复兴到启蒙运动，社会上男性中心主义始终占据着主导地位，社会上对女性社会等级的规定从来没有变过，女性始终扮演着家庭中的主要角色。

  随着优秀的女性作家的出现和受到欢迎，女性作家的影响力逐渐增强，女性写作逐渐普及。而法国的大革命和"大恐怖"更使得欧洲的知识女性被视为低智能的社会政治危险分子，被看成道德上的软弱无能者。兰瑟指出，从当时文化和社交生活中流传的"女才子"形象可以看出，当时的社会呈现出一种讽刺漫画性的攻讦氛围。

  在奥斯丁的小说中，大量运用自由间接引语、讽刺、省略以及不断变化的修辞手法，如委婉、自我否定、含混等，被女性主义批评家认为是十分有效的叙事策略的特征，究其原因，也是受到其社会处境的影响。换句话说，是她对自己写作处境的应变的结果。她的第一部小说——《诺桑觉寺》，未能得到顺利出版，也许她因此尝试改变叙事方法以谋求成功，由生机勃勃的作者型叙述变成隐匿的作者及自我克制的作者型叙述。

《诺桑觉寺》写作和发表的年代,女性写作已形成一定的规模,百花齐放,社会上不分男女都可以成为话语的权威人物。而这一时期的许多女性小说家也发现,她们的性别本身也是一种资本,可以用来增加她们的象征性。也正因此,女性话语权威被看作是洪水猛兽。所以,女性小说家在写作的过程中一方面选择作者型叙述声音,另一方面又最大限度地减弱作者型叙述声音所能激发的作者权威以避免被攻击。《诺桑觉寺》所表现出的骨子里的对抗姿态变成了日后作品中策略性的含蓄。可以说这种转变是一个适应过程,作家要适应的是使女性地位大起大落的社会气候。在这个过程中,作者的自我张扬变成了自觉自为的缄默。

现在看来,奥斯丁的这部《诺桑觉寺》不一定是优秀之作。但是从当时的文学价值和欣赏习惯来看,这部小说应该算得上是一部上乘之作,而作家却没有得到与其相匹配的文学名声,而且其影响也远不及同时期其他女性作家。当她转变风格以后,才在文学史上获得了稳固的地位。这说明,初登文坛的奥斯丁是"一位勇于表现的年轻的叙事者,这位叙事者公开在文坛争一席之地"。当时的文化氛围使她遭受了挫折,后来的成功则是以丧失、至少是部分放弃自我追求为代价的。

兰瑟指出:"奥斯丁的叙事创作活动不仅奠定了她作为经典作家的地位,同时也促成了女性叙事权威的建立,其特征就是:间接性和含混性叙事。如此,'奥斯丁'这个名字意味着一种两重身份,它一方面赋予女性叙述声音以权威地位,另一方面又指明这种权威声音只能'侧面讲述'。"[1]这种权威不是真正的权威,它打上了女性性别的记号,表明叙事者不图谋权威。

只有失去自我才能建立起真正的女性叙事的权威。如果说奥斯丁在追求叙事权威上大胆而率性地使用女性的身份和"母语",来作为自己所特有的女性化的叙述方式,她的"成功"必然带有幸运的成分。从某种角度来说,也是妥协的结果。而如果其他女性也像奥斯丁这样进行书写,毫无疑问会招来如说教性太强、太厉害、太刻薄等责难。

在这样的氛围中,出现了女作家完全放弃或隐藏女性身份的流行现象,她们逐渐以男性的笔名来发表自己的作品。这种现象在女性主义叙事者的眼中,是文学抹去女性身份的又一种表现,当然也是女性尴尬处境的一种具体表现。

---

[1] [美]苏珊·兰瑟:《虚构的权威——女性作家与叙述声音》,黄必康译,北京:北京大学出版社,2002年,第88页。

第四章 英美女性主义文学批评方法论

女性主义文学理论在历史的发展过程中呈现出与其他社会思潮和流派相结合的趋势,后现代女性主义、后殖民女性主义及生态女性主义就是这方面的典型代表。本章将对这些历史潮流中的女性主义文学理论的发展展开深入分析。

第一节 后现代女性主义与后殖民女性主义的文学批评

一、后现代女性主义文学批评

现代女性主义流派产生的社会背景是西方国家进入后工业化社会进程。现代女性主义作为一个崭新的理论流派而出现,有的理论家将这一流派的出现看作是女性运动的"第三次浪潮"。

从"后现代女性主义"这一名称上就可以看出,这一理论是后现代主义和女性主义的结合。而从范围上来考察,这一理论既可以归属于后现代主义的一个分支,也可以归属于女性主义发展的一个阶段。后现代理论流派的出现源于 20 世纪 60 年代的后结构主义派,当时后结构主义派的理论家以法国的雅克·德里达(Jacques Derrida)、弗朗索瓦·利奥塔(Francois Lyotard)、拉康(雅克·Lacan)、吉勒斯·德鲁兹(Gilles Deleuze)、米歇尔·福柯(Michel Foucault)、菲力克斯·伽塔里(Felix Guattari)等为代表,他们对西方现代主义的哲学、语言、文化、主体概念展开了批判,开创了后现代派。

在后现代派看来,启蒙主义已经终结,新的科学形式和话语模式成为现代性的要求。随后这一思潮从 1968 年开始出现在女性主义之中。法国的后现代女性主义代表人物有:朱丽亚·克里斯蒂娃(Julia Kristeva)、海伦·西苏(Helene Cixous)、露丝·伊利格瑞(Ruth Irigaray)等。她们将后现代理论作为导向,对男权制文化和生殖器中心话语的女性主义进行了批判。

后现代女性主义是以女性立场的经验为出发点而展开的,而并非女性主义随意照搬或单纯套用各类后现代学术概念的简单结果。后现代女性主义以女性独特的思维表述方式,将后现代理论导向对男权制文化和生殖器中心话语的批判,通过建构一套关注差异、强调多元化的女性话语体系来对男权主义秩序进行颠覆,并根除传统女性主义父权思维影响,是一种较为复杂的理论。

后现代女性主义在解构男性中心主义的精神、理性、思维逻辑和摧毁男性霸权、消解现行的男女两性观念时,积极援用、有效契合以利奥塔、德里达、拉康与福柯为代表的后结构主义理论,以萨义德与霍米·巴巴为代表的后殖民主义文化理论和以罗蒂、霍伊与格里芬为代表的建设性后现代主义的观点,鞭挞了社会思维习惯、意识形态、人的主体及父权思想对女性的压制,对女性话语进行了重构,对女性主体进行了重建。并从更高的层面上将妇女解放同人类文明的发展联系起来,构建了男女两性和谐共进的模式,而这种模式是建立在性别差异的基础上的,实现了理论上的创新与思想上的发展。具体来讲,可以从以下四个方面来对后现代女性主义的理论观点予以分析论述。

(一) 后现代女性主义的差异观

1. 差异的含义

在西方女性主义理论的发展过程中,各个阶段的女性主义理论者对差异这一概念都有着自己的理解,因而差异一直是女性主义发展历史中一个充满争议的概念。而女性主义理论的一个中心议题是,在性别关系中承认差异还是否定差异的论争。

早期自由主义女性主义者从平等的观念出发,认为从本质上来看男女两性没有什么差别,因而一个性别处于另一个性别的从属地位是错误的观点。而随着女性主义的发展,激进主义女性主义者认为,女性处于从属地位的根源就是男女之间的生理差异。并且她们将这种差异进一步扩大,对女性气质极力赞扬,对男性气质进行诋毁,而这又发展成了"女优男劣"论。而社会主义女性主义者和早期自由主义女性主义者一样,也承认男女平等。不同的是,社会主义女性主义者认为女人属于"生殖"为代表的私人领域,而男性则属于"生产"这样的公共领域。

由此可以看出,在传统的女性主义理论中,女性主义者要么认为女性和男性一样，反对以男性为标准来要求女性，消除性别差异，寻求女性的解放和发展；要么立足于男女性别二元对立的角度来提出女性的权利和利益，而这些都可以归咎于父权制思维逻辑。

2. 父权制思维逻辑

德里达在对"逻各斯中心主义"进行解构的过程中发现，二元对立是柏拉图以来的西方理性传统的根基。一种秩序的价值判断则隐含于这种二元对立的思维逻辑之中，即在每一组的二元对立概念中，其中一个拥有优于它的对立面的地位。这种二元对立思维应用于父权制思维逻辑的运行机制上就是：对阴性价值予以压制，对阳性价值予以突显。而生物上的男性则具有这种被突出了的阳性价值，从而确立了自身的优势地位；而对应阴性价值的女性也就因此成了男性的"他者"。所以，父权制思维逻辑是形而上学的二元对立思维逻辑在性别关系上的体现，是一种主张男女对立的思维形式。而对这种思维逻辑的揭露和拆除则成了解构主义的任务。

后现代女性主义在上述思想的影响下，认识到女性处于从属地位的原因就在于这种形而上学的二元对立文化思维逻辑。因此，女性应对这一思维模式予以颠覆以改变自身的地位。不过，这里的"颠覆"是在消除对立的同时彰显差异，建立一个男性的对立世界，这个世界由女性掌控，而不是要彻底捣毁男性主导的等级制。

在德里达看来，事物的在场总是以他物的不在场为前提。换句话说，事物是一种在与不同于自身的事物的横向和纵向的差异关系中显示出来的差异性的存在，即"既是A，又是非A"。二元论者所陈述的那种整齐划一、泾渭分明的样子不是世界的本来面目，而事物都是与其自身的对立面相辅相成、互相包容的。

3. 后现代女性主义与差异

后现代女性主义认为，为了避免将原有的对立双方简单地进行反转，妇女运动应当对所有的地位与权利持有怀疑精神，而不应简单地以得到与男人平等的地位和权利为运动的宗旨。因为过分"女性化"的历史也是不正确的，"女性主义的职责是朝向普遍性（towards universality）；她必须超出和揭示不单纯关怀女人的现实性"[①]

受到解构主义的启发，后现代女性主义宣扬差异，主张对男女等级森严的二元对立结构进行消解，强调模糊性的界限，主张建立一种两性间的

---

① 高宣扬：《后现代论》，北京：中国人民大学出版社，2005年.

"和而不同"关系，并以自己的独特方式呈现生动存在的兼容并包、平等和谐的理想社会。后现代女性主义一方面通过对解构主义概念的借用来抨击男女二元对立思维逻辑，另一方面也分解了"女性"这个术语。

在利奥塔看来，坚持文化身份的多样性和异质性特征，与像"我们"这样的群体性概念保持分离是十分必要的。因为这种概念会将他者文化消灭得干干净净，因此应充分注意和警惕这种压迫性的、侵略性的群体概念。这就给后现代女性主义要关注女性主义学说内部的沙文主义倾向和理论上的本质主义做法敲响了警钟。

在以往，女性主义通常以一种虚拟的统一的"女性"假设为基础。"女性"不是一个绝对和孤立的名词，也不是有着一种固定的形貌设想的概念，而应当进行更加实际的探求，因为女性不是一种本质性的存在，而是与其他事物相互影响、彼此联系的。因此，在后现代女性主义看来，并不存在某种广义上的"女性"经验，而因不同经济地位、政治处境、种族背景、阶级属性、地理环境等因素而形成的各有差异的女性个体却是真真实实存在的。后现代女性主义通过强调女性经验的复杂性，承认了传统女性主义所忽视的边缘人群视角和相关问题是正当的，也是合法的。现代女性主义对多元和差异的推崇，使她们对有色人种妇女和同性恋妇女等边缘、弱势人群有同情心，开始对这些社会边缘人群进行关注，并为她们争取生存空间而奋斗。

米切尔·巴瑞特整理了后现代女性主义论和"差异"的内涵，将其主要概念进行了如下几个方面的归纳：

（1）男人和女人在生理上、心理上以及社会成因上存在着差异。

（2）强调个别"真实"妇女经验差异以对抗"妇女一体""铁板一块"的抽象妇女概念。

（3）受拉康思想影响的精神分析女性主义者所理论化的差异。

（4）德里达"延异"思想的衍化，意在解构父权中心叙述对"阴性特质"的内涵定位。

其实后面两点的差异概念蕴涵于前面两点之中。以上述论述为基础，可以将后现代女性主义的差异观进行如下概括：

（1）对男性与女性之间的差异有所推崇，强调以差异为基础来实现男女具体的平等，从而跳出父权主义思维逻辑的怪圈，对传统女性主义所主张的差异最小化或差异最大化理论进行消除。

（2）强调女性内部经验存在的差异与多元，在"妇女概念"以及与其相适应的女性主义理论的构建上主张多元化。

总之，以高扬两性差异和女性群体内部经验为特征的后现代女性主义差异观,真正完全地将"差异"纳入了理论与实践的范畴,实现了对以往女性主义的超越,丰富了女性主义理论,推动了女性主义发展。

(二)后现代女性主义的话语观

女性主义的发展以探寻女性解放之路为恒久的核心问题。如激进派女性主义通过强化两性生理差异、进行生物技术革命等手段修葺女性解放之路;社会主义女性主义在探寻实现解放的途径上提出推翻"父权制"和"资本主义制度";而传统女性主义理论中,社会体制和法律权利这两方面成为自由主义女性主义诉求女性解放的途径。尽管存在着各种各样的观点和见解,但女性主义理论者和倡导者在研究女性问题时,都没有离开社会体制和具体的物质角度,并且普遍对普遍存在的、父权制权力体现的文化和语言现象表现得漠然和冷淡。

1. 话语的概念

"话语"源自拉丁文词汇"discursus",其在古语中的意思是"讲话"或者"谈话"。按照《牛津英语辞典》的定义,"话语"的含义是:口头或书面的交流;口头或书面对某一主题的正式讨论;相互联系的系列语言表述。在现代批评理论中,"话语"是一个重要的概念,在主体性的建构中更是不可或缺的工具。在巴赫金的对话理论中,话语是一个言语交际实体,是具体的获得"语段",总是在对话交流的条件下产生。换句话说,话语是"言语"(parole),而不是"语言"(language)。

话语也是女性主义关注的重要问题。在许多女性主义理论家看来,拥有自己的话语是女性获得主体性的重要标志,也是女性需要努力创建的。缺乏独特的话语,女性就无法表达自己的情感和欲望,女性气质也只好依据同男性气质的关系而被定义和描述。女性话语常常同女性书写联系在一起,作为女性表达独特的女性经验的途径。

话语在西方各国进入后工业社会这一时期,被提到了人类社会的中心地位,成为后现代主义中的核心概念。"话语"的含义主要包含以下几点:

(1) 话语是一种口头语言或书面语言的有意义的表述。

(2) 话语是一组反映了社会的、认知的以及修辞的实践的语言表述。

(3) 话语是在一组语言表述中所反映、影响并抑制这些实践的语言权利。

2. 话语与权力

德里达曾试图用话语理论去否定物质现实,断言在文本之外一切均不存在。可见，话语本身就是一种"权力"。不过哈贝马斯则认为，话语与权力并不是联结在一起的，而是分离的。而在福柯的词典里，话语是实现权力的载体，话语与权力是不可分的。"话语"与"权力"的建立是通过同样的方式实现的，所以从某种角度来说，对话语的任何一种方法的掌握，就意味着对权力的一种方法的掌握。换句话说，就是谁掌握了话语，谁就拥有了权力。

由此看来，话语是权力的母体，它生产并承载着权力。它一方面使得权力增强，另一方面又使得权力受到损害；它一方面对权力进行揭示，另一方面又对权力进行着削弱和阻碍，"沉默与隐秘庇护了权力，确立了它的禁忌。但它又放松它的控制，实行多少有点模糊的宽容"①。

在福柯看来，在社会文化构架中权力和话语都是必要的、积极的因素，话语不是消极被动产生的，权力也没有扮演着压制、控制的角色，"这意味着各种话语都处在某种权力关系中，权力是话语在争夺控制主体过程中的动力体，也是这个过程的总和"②。

3. 女性主义与话语/权力

纵观漫长的历史会发现，女性一直生活于主导社会权力的男性霸权话语中，对自己历史的书写也一直没有离开过男性的话语，一直徘徊和彷徨于男性话语权力的边缘。从某种角度来看，女性一直扮演着父权制神话传声筒的角色。尽管在传统女性主义对这种男性话语霸权的抗争中，曾试图打破这种根深蒂固的父权制话语体系，但是她们却在建构女性自己话语的意识方面存在着一些缺陷。

而后现代女性主义受到话语/权力理论的启发，在对这一问题的研究上开始改弦更张，将重点转向对父权社会的语言、文化和话语的研究，而不再关注父权社会的社会制度和意识形态；进一步探索语言、话语和文化等因素对女性社会性别所产生的规范，并以此来进一步对女性的反抗空间进行开发和拓展。具体来讲，她们主要通过以下两方面来展开研究和反抗：

（1）后现代女性主义以话语为基点揭露意识形态建构的奥秘与运作机制，视话语为一切权力的渊源，潜心进行女性话语的研究。

（2）后现代女性主义利用话语是具体的、历史的"自由游戏"这一

---

① [法] 米歇尔·福柯，佘碧平译.《性经验史》（增订本），上海：上海人民出版社，2002年.
② 黄华：《权力、身体与自我——福柯与女性主义文学批判》，北京：北京大学出版社，2005年.

真实本质，对父权制话语的合法性提出质疑，指出所谓的"纯粹理性""绝对真理"是不存在的，尽力去解构父权制话语。

在后现代女性主义理论家看来，为了反抗现有的秩序，就必须建构女性自己的话语。因为在她们的研究中发现了话语的以下特点：

（1）话语/权力既是一种现实力量，又是一种社会现实的创造力量。

（2）话语不仅构成了权力斗争的场所和舞台，而且成了权力斗争的手段和武器。

（3）话语系统的转换必然会引起社会权力关系的变化。

如莎朗·马库斯对"反强奸话语"的表述，克里斯·威登"倒置话语""对抗话语"的提出，安妮·莱克勒克对"女性话语"的阐释等，都是在对话语与权力关系进行深入分析的基础上，对以往的父权制话语/权力体系的质疑和反思。米莎·卡夫卡的话语/权力理论拯救了深陷社会制度和具体事物纠缠的女性主义者，开拓出女性主义理论的一片新阵地，为女性主义研究提供了一个崭新的视角，打开了一扇新的视窗。她指出，后现代女性主义理论"一个主要转变就是从意识形态转向话语，从在一元的、具有压迫性和多元性的父权社会中寻求提高及对不平等的性别关系的觉悟转向对性的认识，以及有关的话语对妇女的从属地位的影响"[①]。

（三）后现代女性主义的身体观

1. 身体的含义

我们通常所说的"身体"是真实存在的身体。在很多理论中，身体是一个较为敏感的概念，很少被提及。西方女性主义者认为，在西方的主流文化中，对社会群体差异进行区分的主要参照物就是身体特征，因而"身体"是一个重要的概念。

西方的现代科学在对人的性别和种族差异进行描述时，主要是以人体的结构与生物特征来进行的。而男女在身份、需求和欲望上的差异，正是源于身份、需求和欲望的差异。不过，不同的女性主义流派对"身体"也有着不同的看法。

存在主义女性主义对身体持否定态度，代表人物是西蒙·波伏娃，她将身体比作"食肉的沼泽"。

自由主义女性主义对女性的身体持拒绝接纳的态度，在面对这一概念

[①] 苏红军，柏棣：《西方后学语境中的女权主义》，桂林：广西：广西师范大学出版社，2006年。

时，她们不是回避就是排斥。如玛丽·沃斯通·克拉夫特就曾经指出，女性的理性思维的局限是由其生理结构决定的，而不是性别社会化和缺少教育的结果。

激进主义女性主义则通过极力贬斥男性身体、大力赞美女性身体来对身体予以强调。在她们看来，女性身体是权力和力量的源泉，应把女人的解放同女人的身体联系起来。

社会主义女性主义将关注点集中在资本主义的生产方式和女性的阶级属性对女性生活状况和主体意识的影响上，忽视了对身体的研究。

不论对身体是否定还是强调，传统女性主义的身体观带有极强的生物决定论色彩，像西方主流话语一样，是以男女两性的生理差异为基础而展开进一步论述的。

2. 后现代女性主义与身体

20世纪70年代以来，以后结构主义为核心的后现代主义开始质疑以人的身体特征决定人的性别和种族身份的观点，而她们的理论武器则是有关主体意识与权力的理论，以及有关语言与事物含义的不确定性和不稳定性。

后现代女性主义通过"身体的建构性"发现了隐藏在身体背后的权力文化机制。在《福柯、女性气质和父权制力量的现代化》一文中，桑德拉·李·巴特基从"规训"的角度出发，运用福柯的权力观念来对施加在妇女身体上的各种现象进行深入分析，并将其看作现代父权制权力的体现和特征，从而对现代社会如何通过权力运作对身体"压迫"进行了论述。

在《身体与女性气质的再现》一文中，苏珊·波尔多进一步分析并论述道：人类社会的文化塑造了身体，而身体并非文化价值的"自然"起源，因为身体是被文化所规定的，文化价值如经济、政治、性等价值都在我们的身体上有所体现。

因为在西方文化中，存在着常常把男人与精神联系在一起、把女性与身体联系起来的形而上学二元对立传统。所以，虽然文化对男性和女性的身体都存在控制和建构作用，但相比较而言，西方文化一般只将男性身体看作寄放精神的躯壳。

西方文化中存在着各种各样的关于女性身体的论述，这些论述都集中体现了长期以来居于统治地位的男性父权中心主义文化的特质，从中也可以看到西方文化在建构以男性为中心的标准化文化体系的过程中，始终是以牺牲女性身体为手段的。

后现代女性主义为了对这种局面进行最大程度和范围的扭转，而将身体问题看作是区分性别且普遍存在于男女两性中的不确定的问题，摒弃了以前那种将身体问题仅仅归结于"女性身体"问题的看法。在她们看来，要使女性身体不再成为"客体"和"他者"，只有颠覆女性身体论述的本体论，同时也使男性失去成为"主体"和"自我"的权力和可能性。

由此出发，她们采取"坠入无底深渊"的策略来对女性身体进行论述，并且这种论述结构具有无限延异化的特征："作为源出于文章学的语词，'坠入无底深渊'是将局部对于整体的关系颠倒过来的一种观念：整体的图像本身已经表现在部分的图像中……因此，'坠入无底深渊'在观念中开辟了一个无限倒退的漩涡。"

在"坠入无底深渊"这一游戏活动中，男人和女人，不论在身体还是其他方面，都不存在主体和客体的明确界定和区分。而当男女两性的界限及其对立在"坠入无底深渊"中变得模糊与不确定时，女性的身体也随之不再成为父权制社会统治与规训的对象、男性因性欲而猎取的对象，以及被任意使用的工具和摆布的对象。

通过对身体背后所隐藏的权力文化机制的挖掘，后现代女性主义的身体观识破了父权制象征秩序把建立在生物学基础上的男女差异转化为社会的文化差异，使男女的差异具有价值上的不平等这一阴谋，突破了西方文化中有关女性身体的生物本质论的藩篱，为女性主义者在思考男女关系问题时冲破传统生理决定论以及二元思维模式，提供了良好的思路，实现了对研究领域的拓展。

（四）后现代女性主义的主体观

1. 主体的含义

能够按照个人的意志或意图自由选择行动是人的主体性所在，也就是说，主体就是具有能动性、主动性且居于主动和主导地位的存在者。

文艺复兴运动打破了上帝的神坛，将其拉向人间；启蒙运动则肯定了"人"至高无上的主体地位，将"人"扶上了神坛。然而，在人类历史中始终作为男人"陪衬"的"女人"却不包括在其中，始终以"他者"的身份存在着，扮演着客体的暗淡角色。

2. 后现代女性主义与女性主体

传统的女性主义在女性主体的建构上都做过努力，但是她们所强调的"主体"仍然处于父权文化下，并且由男性决定，而并未建立在女性自身经验的基础上。因此，界定和构建这种主体的过程中必然伴随着对女性的歪曲与误解,并没有从真正意义上使女性的地位有所改变。因此,在后现代主义对西方传统人本主义中"人"的解构这一点上,后现代女性主义持十分赞成的态度。

后现代女性主义认为,以往的文化、理性、男性、意识将自身树立为"绝对真理",而居于中心地位且作为人类重要组成部分的女性只是作为男性的对照物存在着,并且情感、自然、女性、潜意识始终存在于黑暗之中,对"主体的宝座"可谓是望尘莫及。而后现代主义解构了西方近代一直占据主体地位的"人"的概念,这使得传统人文主义中具有意义派生源头的男性"主体"走到了终点。

历来被边缘化的女性在后现代主义所宣告的"人之告罄"中看到了重生的希望。可以说这为女性构建自身的主体性提供了契机。正如安·布鲁克斯所说的,女性主义分析应当确立一种能够构筑自身的认识。而这种认识既不能全盘接受后现代主义对主体的拒斥,也不能全盘接受顽固守旧的现代主义主体。

在对主体进行构建的过程中会涉及以下两方面:①主体在各种意识、无意识层面的位置;②隐含在其中的心理与情感结构的沉淀。因而,后现代女性主义主张应彻底地摒弃男性出于自身统治需要而言说的扭曲的女性经验,拒绝过去以理性为核心内容的人的主体性,对以真实女性经验为旨归的女性主体进行重新建构。诚如肖瓦尔特所言:"守住自己真实的经验,也就有了建构女性主体的基础","女性主体的建构如果离开和背弃了真实的女性经验,是不可能对女性解放起作用的"[①]。而这种真实的女性经验主要包括以下几点:

(1) 女性因共同的生存方式和生命节律过程而产生的经验。

(2) 女性个体因不同的种族、阶级、民族、国家以及性倾向背景而产生的千差万别的个别性经验。

(3) 女性所受到的性别压迫和性别歧视一类的共同经验。

法国的伊利格瑞通过对弗洛伊德和拉康的精神分析学的解构,颠覆了以往的女性主体形象,确立了新的女性主体形象。她主张女性主体应当建立在女性自身的生理性别特征的基础上,并呼唤在男权长久统治的社会中女性气质的回归。

而简·弗兰克斯则建议借助哈贝马斯的主体间性理论,把女性主体看成发轫于个人经验、经由社会关系和社会话语体系而形成的具有性别特色和社会特征的建构物。

---

① 张广利,杨明光:《后现代女权理论与女性发展》,天津:天津人民出版社,2005年。

通过分析不难发现，两者的理论都反映出了一种以女性主体自身能动性和女性主体经验为基础的后现代女性主义主体观。而这种主体观具有浓厚的后现代气息，结合了女性群体的自身特点。这种主体观既体现了对一切来自"他者"的"善意"反抗，又体现了对一切来自"他者"的控制欲望，站在历史的角度看还是对传统女性主体观的抗辩。当然，这对女性主义主体观的建构及更大方面的女性主义的发展是有着极大的意义的。

二、后殖民女性主义文学批评

（一）后殖民主义

后殖民主义思潮是20世纪70年代以后在西方学术界兴起的一种文化理论和思潮。它主要采用一种全新的视角来审视西方殖民主义的历史事实及其在殖民地所留下的各种不良后果。不得不说，这种思潮是有着鲜明的政治性和文化批判色彩的，因为它旨在改写殖民地文化和殖民主义文化。

（二）后殖民主义与女性主义批评

"黑暗的大陆"曾是弗洛伊德对妇女的比喻，这个比喻鲜明地表现了在白人男性心目中，至少是在他们的潜意识中，在妇女与第三世界殖民地半殖民地民族之间，存在着一种内在的相似性。与白人男性所占据的中心和主宰地位相比，第三世界殖民地半殖民地的民族和西方的女性都处于边缘的、从属的位置，都被看作是异己的"他者"。

从后殖民主义的理论框架来看西方女性主义批评，不难发现二者之间存在着一种密切的亲和力。对西方文化传统进行重新审视，肯定妇女经验的正确性，在各个领域全方位地推翻男尊女卑的"性别定型"论，是女性主义批评给自己提出的任务，而这种任务恰恰具有文化上和政治上的颠覆意义。而后殖民主义与女性主义的这种一致性，对各自的理论建构起着互动的作用，主要表现在以下两方面：

（1）后殖民主义文化采用了诸如女性主义、解构主义、后现代主义等多种理论，其中女性主义理论占有十分重要的地位。

（2）通过与后殖民主义的交流对话，一直处于发展状态的女性主义批评实现了对自我的重新发现和重新认识，并在后殖民主义文化中获取了新的启示和认同感。

在这种内在的相似性的作用下，女性主义与后殖民主义之间产生了一种天然的亲和力，共同挑战西方的主流文化。当然两种理论之间也有着频繁的交流，随之形成了这种新的理论模式和文本阐释策略——"后殖民女性主义"。

（三）后殖民女性主义的理论建设

1. 辨析第三世界妇女状况

在很长一段时间里，后殖民主义理论家和民族主义者都很少对第三世界妇女的独特身份和特征进行研究和论述，即使有相关论述也是歪曲后的呈现，而主要以第三世界的男性为关注对象。而对女性有所关注的西方女性主义者也主要是关注白人女性，第三世界妇女并不存在于其理论话语中。而后殖民女性主义则因殖民主义和女性主义的联合而实现了对第三世界妇女的再认识和再发现。

后殖民女性主义理论家莫汉蒂在其文章《在西方注视之下：女性主义学术研究与殖民话语》中，就以第三世界妇女的立场质疑了西方女性主义。从世界与话语两种角度出发，我们必须对以下两种第三世界妇女有所区分：①呈现在各种话语，例如科学、文学、影视及法律等当中的第三世界妇女形象；②作为真实的物质存在的、作为历史主体的第三世界妇女。并且还应认识到，这两种第三世界的妇女并不存在吻合关系。莫汉蒂指出，西方女性主义毕竟是在西方文化和学术环境中成长起来的，尽管它旨在对抗西方男权文化，但也不可能完全摆脱西方文化霸权主义的阴影。

莫汉蒂指出，西方女性主义者在提到"妇女"这个范畴的时候，有意无意地忽视了它内部包含的阶级、种族、文化等差异，而把它看作一个先验的、统一的、有着一致利益和欲望的整体。例如，在西方女性主义者看来，受压迫作为妇女的一个基本特征，把世界上所有的妇女都联系在了一起。于是，她们便力图在各种各样的妇女集团中寻找这种受压迫的证据。

但她们在对第三世界妇女的特征进行表述时，却使她们（第三世界妇女）存在于这种受压迫之外。第三世界妇女因第三世界的所谓"不发达"（under development）的特征而被塑造为家庭取向的、受到传统严重束缚的、没有文化的、贫穷的、没有权利意识的、信奉宗教的、软弱无能的形象，而西方女性主义者对自身的表述则是受过教育的、具有权利意识的、能够主宰自己命运的、现代的等。西方妇女和第三世界妇女的区别，在西方女性主义者的笔下，变成了政治学和经济学上对第一世界和第三世界的区分。

莫汉蒂认为，如果不对第三世界妇女所处的复杂的历史条件和历史关系做具体的、深入的分析，而仅凭一些未经分析、未加证实的先验的理论来加以推演，是无法正确地认识第三世界妇女的真实面貌和真实处境的。例如，在美国有很多女同性恋母亲，而倾向于单亲家庭模式的妇女也呈上升趋势，随之女性在自己生活方式的抉择上有着更大的空间。很多西方女性主义者在评判一个妇女是否独立和进步时，常常看这个妇女是否能够成为家庭中的家长。然而，这种指标有着其特定的社会文化背景，如果将其应用于第三世界便会呈现出截然不同的情形。如在美国黑人和拉美妇女中，这种妇女家长制情形会进一步加剧妇女经济上的贫困化程度。由此，以妇女作为家长的单亲家庭的增多，一方面不一定是妇女贫困化的标志，另一方面也不一定是妇女独立性提高的标志，而只能根据其具体的社会历史语境进行具体的理解。

此外，一概而论的错误还有：西方女性主义者曾断言，一个社会如果妇女都戴面纱，则妇女在这种社会被控制和隔离的情况就越严重。乍看之下似乎确实有一定的逻辑和道理，因为世界上一些国家和地区的妇女确实处于这样的情形之中。但事实上，妇女佩戴面纱和遭受压迫之间并没有必然联系，如伊朗1979年的革命中，许多中产妇女为了显示她们与其他伊斯兰姐妹的团结而主动自愿佩戴面纱，可见这种情形与西方女性主义论断的妇女戴面纱的情形完全不同。由此可知，对佩戴面纱这一行动的政治含义要根据其具体的历史语境做判断，而不能简单地一概而论。

西方女性主义者往往以一些先验的、未经证实的普遍范畴为依据，来对第三世界妇女形象进行推演，但这些形象与第三世界妇女的真实状况相去甚远。并且在对第三世界妇女的问题上，西方女性主义者仍然带有极其浓厚的文化偏见。正如福柯所言，西方人道主义者和女性主义者无法脱离其寄生的社会文化环境而对第三世界人们和妇女的具体情况予以论述，并且她们所谓的西方妇女的独立形象也不免带有一种发达国家的优越感，因为如果西方妇女真如她们所言能够主宰自己的命运，那么西方女性主义就没有进行任何斗争的必要了。由此我们不难看出，在西方女性主义者关于第三世界妇女的表述中，明显地残留着殖民话语的痕迹。

所以，在殖民地妇女问题上，如果西方女性主义理论不能有一个客观和正确的建树，那么寻求和建立一种适应第三世界妇女文本的新的理论范式和阐释策略，则成为后殖民女性主义者一项最迫切的任务。而事实上，她们为此也进行了多方面的探索，这里不再赘述。

2. 印度与非洲的后殖民女性主义

在《文化的非殖民化：走向一种后殖民女性文本理论》中，凯图·卡特拉克对两个反殖民主义思想家法侬和甘地关于暴力和非暴力革命的理论进行了比较。从严格意义上来说，法侬和甘地的思想都不是文艺理论，但卡特拉克却从一开始就把它与非殖民化的历史任务联系在一起，而没有把这种理论模式的建立限制在文学的意义上。她所关心的首先是：我们如何能使自己的理论和对后殖民文本的阐释挑战西方经典文本的霸权？我们如何能在占支配地位的欧洲中心主义的话语范围内，使我们对后殖民文本的研究本身构成一种对之进行抵抗的模式？

在对这种理论模式进行探讨的过程中，卡特拉克以法侬的暴力与甘地的非暴力这两种反抗殖民主义的政治斗争策略为例，分别进行了思考和论述。她认为，甘地采取的通过道德方式与殖民者达成妥协的策略显然是改良主义，虽然甘地并不属于城市的民族资产阶级，但这种非暴力方式是不可取的。

在对待妇女的态度上，妇女所具有的忍耐精神似乎从行动上正符合甘地所倡导的不抵抗运动，对此甘地也对妇女在运动中的作用予以肯定。妇女所具有的一贯的默默忍耐精神，在日常生活中恰好是一种消极的抵抗，因而在甘地所倡导的不抵抗运动中具有积极作用。然而，尽管不抵抗运动似乎赋予妇女某种特殊的地位，但它却是建立在对妇女的传统道德肯定的基础之上的，因此它并不意味着对男权制度的否定。

在反殖民主义运动中，甘地和尼赫鲁高举着传统的旗帜与外来势力抗衡，而却对家庭中妇女所处的地位很不愿意探讨，这不免含有压迫妇女的一面。印度妇女在民族获得独立之后，被重新送回了家庭，地位并没有根本性的改变。从女性主义角度来讲，甘地的非暴力策略实际上是一种潜在的、文化上的暴力，因为他依然认可男性对妇女的肉体和精神控制。

对比甘地，卡特拉克更加认可另一位著名的反殖民主义思想家法侬的暴力抵抗策略。法侬认为，帝国主义从一开始就对殖民地民族采取物质、心理、文化等各个方面的暴力，而殖民地人民在反抗殖民化的非殖民运动过程中也必然离不开暴力。在法侬看来，殖民者在殖民地所采取的主要是语言、文化、心理等非物质方面的暴力，而这种非物质的暴力中与文学关系最为密切的主要是语言上的暴力，正如非洲作家努济所说："语言承载着文化，而文化又承载着——主要是通过舆论和文学——我们赖以认识自己和自己在世界中的位置的全部价值体系。"[①]

在殖民地国家，英国殖民主义者施行的是与他们的英语教育政策相联系的语言暴力，因而英语和英国文学在英国殖民过程中具有某种文化上的使命。而殖民地中没有自己书写语言的非洲受到这种文化殖民的影响最为

---

① 罗钢，刘象愚：《后殖民主义文化理论》，北京：中国社会科学出版社，1999年。

严重，因为只有自己的口头语言，所以在文化殖民过程中，非洲的语言被否定，进而其文化、历史和文明也被看似彬彬有礼的英国殖民者否定和谋杀了，甚至一些殖民地民族的自我和身份也随之被抹杀。可见，殖民地民族的反抗应当首先从对殖民者语言和文化的反抗开始。由此出发，卡特拉克对后殖民地女作家们在殖民语言暴力方面的有力抵抗进行了评价。她指出，后殖民女作家在书写中有意识地采用了自己所熟悉的本民族的口头文学传统，这在根本上就是对欧洲话语形势的修正。此外，她们还依据自己民族的神话意识对戏剧进行本民族化的修改，依据本民族的谜语、历史和谚语来对长篇小说进行修改。在这种新的语言和形式中，后殖民妇女作家描写了她们所处的社会边缘环境中的生活，她们通过对城市生活中妇女不堪遭遇的描写，来对压迫她们的殖民主义和男权制发起挑战。

可以说，后殖民女作家在反抗男权制和殖民主义上有着明确的自我意识。一个加纳黑人女作家在短篇小说和戏剧创作中，成功地运用了口头文学传统的资源和技巧，并且她曾写道："我完全不同意这些人的观点，他们认为口头文学仅是男人艺术天才发展的最初阶段。对我来说，它本身就是目的。我们并不总是必须写给读者，我们也可以写给听众，一切讲述的艺术都可以轻松地寻找回来，我们并未远离我们的传统。"

在非洲，可以说文学传统主要是由妇女来继承的。如卡特拉克提到的牙买加一个由12个女工组成的、名为"姐妹们"的艺术团体，这个妇女团体专门采用对殖民语言具有颠覆作用的、被认为是"恶劣、粗鄙、庸俗"的英语的方言创作了大量戏剧和短篇小说。巴斯怀特把这种"民族语言"视为当"奴隶"被强迫使用某一语言时，为了隐藏自身、显示自己的个性、保存自己的文化所采取的一种"策略"；一个后殖民理论家把这种不正规的英语称作"民族语言"，以便与所谓方言区别开来，因为后者常常带有贬义。而"姐妹们"这个艺术团体，则采用这种既非纯殖民语言、也非纯本土方言的"民族语言"进行创作和表演，从某种意义上来看，这种修正殖民话语的反话语就是殖民地人民在语言上的"以暴力抵抗暴力"。由此可见，非殖民女作家对自身的处境有着清醒的认识，并且有着积极的、独立的、充满对抗意识的斗争方式。

（四）后殖民女性主义的批评实践

后殖民女性主义批评家不仅对那些直接反映第三世界妇女生活、思想和情感的作品有所关注，还从后殖民女性主义的立场出发，对文学史上的许多经典文本进行了重读，并且对这些早有定评的文本提出了全新角度的解释。这里我们将以斯皮瓦克对《藻海无边》《简·爱》及《印度之行》

的解读为例展开探讨。

1. 斯皮瓦克对《藻海无边》的解读

在英国女作家夏洛蒂·勃朗特创作的长篇小说《简·爱》中，男主人公罗彻斯特的像吸血鬼般的妻子伯莎·梅森几乎得不到多少读者的同情，然而英国当代女作家简·里斯却对这一形象产生了浓厚的兴趣，并以小说《简·爱》中的情节为线索展开了以小说中的"疯女人"为主人公的小说创作。简·里斯根据自己对19世纪英国在西半球的殖民地——这个疯女人出生环境的了解，创作了一部以其身世及遭遇为题材的小说《藻海无边》。

在这部小说中，疯女人安托瓦内特一改在《简·爱》中的恶劣形象，而是作为一个英国殖民者的混血后裔出现。她的童年非常孤独，成年后与罗彻斯特的婚姻也不是自己的意愿，而是父兄的安排。并且这种安排中还有着明显的金钱交易，因为她的陪嫁3万英镑会在婚后归罗彻斯特所有。然而，在这场被安排的婚姻中，丈夫罗彻斯特更为看重的仅仅是她的钱财，对她没有丝毫的爱情可言。面对她的付出与讨好也没有一丝感恩和感动，有的只是对她的厌恶和嫌弃。不仅如此，他还恶意满满地用因精神疾病去世的母亲的名字伯莎刺激安托瓦内特，最后残暴地将其带回英国，像囚犯一样将其囚禁，迫使她走向疯狂。

与《简·爱》相比，简·里斯的《藻海无边》就是一部对伯莎的翻案小说，在书中作者表达出自己鲜明的女性主义立场。通过对这篇小说的分析，斯皮瓦克产生这样的评论：里斯暗示我的是，即便是个人及人类身份这样私人化的事情，也可能是由帝国主义政治决定的。

斯皮瓦克还指出，这部小说中存在着许多镜像的隐喻。如安托瓦内特的女仆蒂亚，她是一个来自牙买加的黑人少女，是陪伴安托瓦内特度过童年时光的伙伴，书中这样写道："我们曾经同吃、同睡，同在一条河里洗澡。我边跑边想，我要跟蒂亚生活在一起，像她一样……我跑近她一看，我看见她手上有一块带棱的石头，但我没有看见她扔。我们互相瞪着，我脸上有血，她脸上有泪，我就像看到了自己，就像在镜子里一样。"

安托瓦内特将蒂亚看成她生命中的一部分，渴望保持她们之间的友谊。但作为奴隶和仆人的蒂亚却不这样想，尽管蒂亚会在打破安托瓦内特的脸颊时流出泪来，但她还是扔出了石头，因为牙买加已经结束了奴隶制。这说明，在安托瓦内特与蒂亚之间，蒂亚对民族国家这一层面上自己民族与英国殖民者之间的对抗更为在意。安托瓦内特作为一个白种克里奥尔少女，处于英国殖民者与黑皮肤的本地居民的夹缝之中，不得不与蒂亚分手。蒂亚代表的是殖民地妇女的处境和心态。安托瓦内特与蒂亚不可能再团聚。安托瓦内特最终进入的是她想象中的英国,而她自身也随着自己文化身份的混乱变成了一个虚构的他者,并且这个他者最终以纵火自焚,成全了简·爱这个英国小说中个人奋斗的女性主义的英雄。

2. 斯皮瓦克对《简·爱》的解读

小说《简·爱》中女主人公简·爱虽然相貌平平,但聪颖独立的女性一直被看作女性实现自身价值、争取平等权利的一个象征,因而这部小说也一直被女性主义者所狂热崇拜。

在斯皮瓦克看来,这部小说是在一系列家庭与反家庭的二元对立关系的演进中展开的,而其中最重要的就是罗彻斯特与罗彻斯特太太所组成的合法家庭和简·爱与罗彻斯特所组成的"非法"家庭的对立。

小说女主人公简·爱一开始处于家庭的边缘,因为在会客室里进行着快乐谈话的人们不欢迎她,她甚至得"偷偷滑进""一间与会客室相连的小小的早餐室"。但是,随着小说的进展,简·爱从对立于家庭的边缘位置,逐渐进入了合法的家庭,而且最终与罗彻斯特和他的孩子组成了一个"和谐"的家庭。斯皮瓦克认为,那促使简·爱的位置发生变化的小说的叙事动力在于,帝国主义的意识形态为简·爱从不合法变为合法提供了话语场(discursive field)。

在小说中,男主人公与合法妻子伯莎·梅森构成合法的婚姻关系和家庭。那么,怎样才能使读者认可简·爱与罗彻斯特的爱情呢?怎样才能从读者心中搬走伯莎·梅森这个障碍呢?斯皮瓦克在小说中发现了两处意味深长、但却常被人们忽视的描写。一处是简·爱第一次看见伯莎·梅森时的印象:

在房间另一头的暗影里,一个人影前后跑动,那究竟是什么?是动物还是人?粗粗一看难以辨认,它好像四肢着地趴着,又是抓又是叫,活像某种奇异的野生动物,只不过有衣服蔽体罢了。①

另一处是简·爱和罗彻斯特的婚礼被打断,真相大白,在简·爱决心出走之前,罗彻斯特对简·爱有一段自陈:

有一天晚上,我被她的叫喊惊醒了……这是火烧火燎的西印度群岛的夜晚……"这一种生活",我终于说,"是地狱!这就是无底深渊里的空气和声音!如果我能够,我有权解脱自己……让我解脱,回到上帝那里吧!"

---

① 夏洛蒂·勃朗特,朱庆英译:《简·爱》,上海:上海译文出版社,1980年。

来自欧洲的风吹过海面，穿过大开着的窗户，大雨滂沱，电闪雷鸣，空气清新了……在那一刻，真正的智慧抚慰了我，向我指明了正确的道路。

来自欧洲的甜甜的风在格外清新的树叶间互语，大西洋在自由自在地咆哮着……"走吧"，希望说，"再到欧洲去吧，如果你让她按照病情需要得到照应，你就已做到了上帝和人类要求你做的一切。"

我们可以从上述描写里，看到一种人与兽、人间与地狱的对立的关系。在简·爱的眼中，伯莎·梅森人兽难辨，甚至就是"披着衣服的野兽"。这样的人，从人性的角度讲，罗彻斯特显然是无法与之生活在一起的，或者说他是受了欺骗，受着委屈的。而与此相呼应，罗彻斯特则把伯莎·梅森所出生和成长的西印度群岛，把这片英属殖民地看成是地狱。他要逃出地狱，争取正常的、文明人的生活；而呼唤他、帮助他做出这一决定的是有法律的欧洲。于是，罗彻斯特将伯莎·梅森带回英国，囚禁在桑菲尔德的黑屋子当中，并无视法律与简·爱结婚。在小说中，简·爱以"人与兽"来区分她、罗彻斯特和伯莎·梅森，罗彻斯特则以"人间与地狱"来区分英国和它的殖民地。斯皮瓦克认为，正是这种区分，为简·爱与罗彻斯特关系的合法性，为简·爱从反家庭到拥有一个合法家庭提供了基础，而这种区分无疑是基于一种帝国主义的意识形态。

3. 斯皮瓦克对《印度之行》的解读

后殖民女性主义批评总是拥有强烈的政治倾向，此外，还有持之以恒的历史性视角这一显著特征。作为一个不断变换理论立场的批评家，斯皮瓦克用女性主义质疑马克思主义，又用后殖民主义质疑女性主义，但在理论立场的转换中，她始终保持着强烈的政治倾向这一后殖民女性主义批评的显著特征。

作为一种历史现象，现在世界上大约四分之三的人口所居住的地区都曾经有过殖民统治的历史，因此后殖民女性主义理论和批评的另一个重要视角，就是结合殖民主义历史对经典文本加以解读。

《印度之行》是英国著名小说家福斯特的代表作，在这部小说中福斯特对殖民地的民族冲突进行了直接描写。小说的矛盾集中于一个来到印度的英国小姐阿德拉对当地陪她出行的印度医生的强奸指控。小说中的女主人公阿德拉以英国殖民地官员未婚妻的身份来到印度，当地的医生阿齐兹陪同其游览当地风景，阿德拉指控这名印度医生在当地名胜乌拉巴莎山洞对其图谋强奸，而阿齐兹（印度医生）却对此坚决否认。小说从头至尾都未对山洞之事进行明确的说明，所以批评家们一致认为是这位英国小姐产生了心理幻觉。从男权主义的角度出发，阿德拉这种幻觉的出现源自于长期的性压抑。因为在他们看来，没有吸引力的女人经常渴望被一个相貌英俊的男人强暴，而阿德拉刚好是一个相貌平平的女人。

女性主义批评家当然对这种阐释大为反对，她们指出，阿德拉对即将到来的与朗尼·希斯洛普的婚姻的恐惧才是她在岩洞中产生被强奸的幻觉的根源。因为无爱的婚姻可以说是一种"合法的强奸"，而阿德拉正是在岩洞里突然意识到她不过是一个性的猎物，意识到她面临的"意味着被强奸的特质和心理现实"。

后殖民女性主义者简妮·莎比则认为，以上两种解释没有顾及殖民压力，没有顾及小说着力展示的殖民者与被殖民者的尖锐冲突，因而是片面的、肤浅的。在她看来，不能仅仅将阿德拉与阿齐兹的冲突看成一场男女之间的冲突，而应当看到，这是一场女性殖民者与男性被殖民者之间的冲突。

1857年，长期遭受殖民统治的印度进行了大规模的反抗运动，这就是声势浩大的民族起义。起义爆发以后，殖民者中流行着许多妇女受害的恐怖传说。无数的新闻报道、私人信件、传闻叙述都在重复英国妇女在印度受到凌辱强奸这一话题。如当时伦敦《泰晤士报》有一则消息说："48名英国妇女，大多数是处女，被剥光衣服通过新德里的街道，并且在被残酷地肢解之前，遭到最低劣的贱民的强奸。"这就是强奸这一殖民话语产生的社会历史背景。

当男人们目睹他们的女人遭受凌辱、蹂躏时，就很容易联想起《印度之行》中英国人的反应：女人是受害者，而男人才是殉难者。在殖民者看来，女人不过是他们的附属品，对英国女人的攻击，不过是对男性殖民者的间接攻击。在整个镇压起义运动过程的殖民者舆论中，英国妇女的自我牺牲、纯洁无辜的崇高道德感代表了整个殖民主义的道德使命和价值系统，这就是在这场镇压运动的舆论中，被强奸的特权只保留给了英国妇女，而从未出现英军士兵强奸印度妇女的报道的原因。

所以，从上述事实可以看出，本身作为一种性话语的强奸在历史的某种特定语境中可以成为殖民主义强制关系的代名词。而这种强制关系具有以下两种含义：①白人男性对白人女性的强制。②殖民者对被殖民者的强制。

在这种关系中，妇女变成了一种民族起义的威胁下殖民主义道德影响的符号，而被凌辱的英国妇女便成了这种符号中的"能指"，而殖民主义价值观则是她们所代表的"所指"。并且，英国妇女也不完全是报道中所描述的温柔的、家庭型的、纯洁羔羊式的受害者。她们中的一些人也曾抛头露面试图平息暴乱、控制造反的民众，但官方的叙述却完全回避和掩盖了这一点，这就是话语和现实的对立。在殖民话语埋没了历史的真实、民族及个人身份后，这似乎成为后殖民主义者及后殖民女权主义者的理论抱负。

再看《印度之行》这部小说的创作过程。1913年作者福斯特告别印度，结束自己的印度之行后开始创作这部小说，最开始他着手写的是一个印度男人和英国妇女之间的罗曼史。1921年他开始了第二次印度之行，并在这次行程中目睹了越发激烈的印度民族矛盾，于是福斯特将这部小说的焦点转变为英国殖民者和广大印度人民的民族冲突。

综上所述可以看出，保存在英国人梦魇中的强奸的回忆困扰着阿德拉并使她产生了幻觉，从根本上说，这其实是殖民话语的力量。

第二节 生态女性主义文学批评

一、生态女性主义批评产生的背景及定义

（一）生态主义的含义

在环境问题日益严峻的现代社会，各国人民都越来越重视保护自然，而生态主义正是在这样的社会背景下产生并发展起来的。从某种角度来讲，生态主义是一种较为激进的绿色政治与哲学理论。在政治学层面上，生态主义可分为生物区域主义、生态寺院主义、社会生态学等派别。在哲学层面上，生态主义可分为自我更新存在的内在价值论、超越个体生态学和生态女权主义等派别。生态主义张扬生态平等和生态中心主义，否定相对于非人自然的人类价值尺度的至上性与唯一性，在自然价值观的角度上，并不肯定人与自然之间存在固定不变的界限。

（二）生态女性主义产生的背景

生态女性主义是妇女解放运动和环境保护运动相结合的产物。20世纪60年代以来，全球生态危机越发严重，面对这一生态情况，很多国家都采取了各种应对措施。并且在学术界，针对生态危机的环境伦理学、深层生态学等为探求环境恶化根源的新兴学科也竞相出现。为拯救人类生存

的自然生态环境，这些学科努力建立一种可持续发展的生存观，为建立和谐的人与自然关系提供理论和观念上的基础。

1974年，生态女性主义（ecofeminism）这一名词出现在法国女学者弗朗索瓦·德·奥波妮的著作《女性主义或毁灭》中。在这本书中，奥波妮引用生态女性主义来唤醒女性在生态中的潜力，呼吁人们对人和自然的关系进行重新思考。20世纪90年代，在美国生态女性主义开始渗透到文学界。

女性主义的生态学和生态学的女性主义是生态女性主义的另外两种提法。生态女性主义反对人类中心论和男性中心论，并认为这一思想来自人统治人的观念，主张对人统治自然的思想予以改变。生态女性主义作为一种充满生机与活力的哲学思潮在西方逐渐传播开来，并随着环境保护运动的壮大和绿色革命的兴起而发展起来。

在生态女性主义者看来，人类生存和发展的本源要追溯到自然与女性。在她们看来，如果没有女性和地球，人类将无法获得生存和发展。但现实社会中男权却占据统治地位，压迫着地球和女性，人类社会危机起源于生态危机和性别压迫，由此，要解除这种社会危机，就要解除社会对自然和女性的压迫，这就很有必要进行一场生态革命。

在生态女性文学批评理论中，自然环境和女性生命的结合点主要有以下几个方面：

（1）以人类社会为中心去看，自然和女性都是因为人类社会父权制文化的主导地位而被迫处于"他者"和"边缘"的地位，因而从这个意义上来说，他们都是父权制社会的牺牲品。

（2）西方文化中的价值二元论，是以男权为中心来对人与自然、男性与女性的对立关系予以确立的，这构成了人们对女性和自然进行统治和压迫的观念基础。

（3）在名著《生态女性主义》中，生态女性主义哲学家沃伦对父权制社会炮制的统治自然和女性的逻辑进行了剖析、揭露和抨击。

人类拥有这样一种植物和岩石所没有的能力，那就是有意识地改变他们生存于其中的共同体的能力，因而要在道德上优于植物和岩石等没有改变能力的存在物，因而人类理所应当地统治大自然。简单点说，在逻辑上对于任何X和Y，如果X在道德上优于Y，那么X对Y的统治在道德上就是合理的（统治逻辑），因此，人类对植物和岩石的统治在道德上是合理的。同样的道理，在父权制文化中，男人被视为属于人类和心灵领域的存在物，妇女被认为是属于自然和物质领域的存在物，而属于自然和物质领域的存在物（女人）则劣于属于人类和心灵领域的存在物（男人），因此，男性对女性的统治在道德上是合理的。

而对于什么是生态女性主义批评这一问题，不同的学者给出了不同的回答。

内奥米·古特曼认为生态女性主义批评一般都具有以下目标：

(1) 重新审视自然写作，将其看作边缘化的、女性化的文学体裁，通过运用生态女性主义文学理论使自然写作跻身传统文学经典的行列。

(2) 从生态女性主义视角阅读文学作品——主要是女性文学作品。

(3) 从文学作品尤其是自然写作中发掘生态女性主义观点。

(4) 参照女性主义批评，逐步建立一种生态女性主义批评[1]。

谢里尔·格洛特费尔蒂指出："生态女性主义是一种理论话语，其前提是父权制社会对妇女的压迫和对自然界主宰之间的联系。"[2]

总之，生态女性主义文学批评是在目前环境日益恶化、生态危机日益加深的特殊语境下，借助长期以来世界女权主义运动的历史潮流，在女性主义文学批评的基础上兴起的一股新的文艺思潮。

生态女性主义批评把文学批评放在性别歧视和生态危机的语境下，在进行文学批评时采用了自然、环境、性别等多个角度，并将性别、自然、文学、文化等因素联系起来进行考察，反对物种歧视和性别歧视，对西方文化中普遍存在的二元对立观念进行质疑和解构，对父权制中心文化和人类中心主义展开批判，是为了提升自然和女性的"他者"和"边缘化"地位，构建一个包容文化多样性和生物多样性的丰富多彩、生机勃勃的世界，这个世界中男女平等、两性和谐、物种平等，人类社会与自然万物能够和谐相处、协调发展。

二、生态女性主义批评的内涵及批评方法

（一）生态女性主义批评的内涵

作为一个文化范畴的生态女性主义批评具有文化的一些属性，具体有以下几点：

(1) 文化研究不承认现存的社会分工以及由此产生的各个群体之间的等级秩序，它关注文化与权力、文化与意识形态霸权的关系，质疑长期以

---

[1] 转引自徐丽萍：《女性与文学——女性主义文学批评与经典重读》，北京：科学出版社，2013年，第58页。

[2] 同上。

来广为接受的普遍真理，反对文化霸权。

（2）文化研究具有跨学科性、开放性和批判性，注重讨论各种文化实践与权力之间的关系，即文化现象和文化实践中的权力运作对文化实践的影响。

（3）文化研究与社会关系、政治制度有着密切的联系，其使命就是分析在具体的社会关系和环境中文化是如何表现自身和受制于社会与政治制度的，并致力于对当代社会文化的道德评价或批判，旨在促使社会和文化的重建与批判性的政治介入。

作为后现代批评的一个流派，生态女性主义批评挑战、解构和批判逻各斯中心主义，具体来讲主要表现在以下两个方面：①在人与自然的关系方面，生态女性主义批判、解构人类中心主义；②在权力与秩序的关系方面，生态女性主义批判、解构菲勒斯中心主义。

因而生态女性主义批评既是"生态"的，又是"女性"的。它倡导人类返璞归真，回归自然天性，建设人的精神生态，对人类中心主义宇宙观这一生态危机的思想根源进行质疑、解构和颠覆，倡导多样性，重建天人合一的宇宙观。

作为一种女性主义批评，它还要对处于社会霸权地位的父权制中心文化进行反抗、质疑、解构和颠覆。母系氏族社会解体、父系氏族社会形成时期，父权制文化得以形成，自启蒙运动后日益突出。它是一种建立在父权制基础上的以男性为中心和主流的文化，这种文化把女性排斥到了边缘和他者的位置，控制和压迫女性。女性、自然、艺术三者在这种以父权制文化为基础的权力秩序中，完全处于男权意志的统治和控制之下。因此，当大自然遭受掠夺和践踏时，女性也受到控制和奴役，文学艺术也走向衰微和颓废。合勒认为："西方现代文明中的一切偏颇、一切过错、一切邪恶，都是由于女人天性的严重流丧、男人意志的恶性膨胀造成的。"在这个意义上来看，生态女性主义批评的内涵包括尊重差异，恢复女性长久以来被压抑、扭曲的天性，弘扬女性美德——合作意识、宽容精神、对生命的热爱、对和平的渴望等。

（二）生态女性主义批评的方法

生态女性主义的批评方法包括四个方面。

1. 对文学经典重读

通过对女性文学传统和自然文学的重新剖析，生态女性主义批评可以实现对一些文学经典的重新评价，从而使得一些曾经受到冷落或者被埋没的作家、作品得到关注，挖掘出这些作品中所蕴含的生态意识、生态智慧和女性意识，并对其进行肯定和赞扬。还可以通过对其中所体现的性别歧视和物种歧视观念的批判和分析，来对文学史进行重新书写，从而实现对文学经典的重新建构。

夏洛蒂·柔·沃克从生态女性主义视角入手，探讨了弗吉尼亚·伍尔夫的短篇小说后认为，伍尔夫的短篇小说，有的试图通过解读大自然这一特殊文本而探询生命、死亡问题；有的在自然状态与父权文化之间建立对话，激烈抨击父权制；有的对自然和文明的界限表现出浓厚的兴趣；有的以动物、鸟类或风景的形式，通过视角转换探讨所有生命形态的相互联系，思考我们与大自然的关系。进而得出这样的结论：伍尔夫的作品中渗透着一种雷切尔·卡逊在《寂静的春天》中所表达的思想：所有生命都密切相关，是巨大生命之网的一部分，都应该（被我们）考虑在内。

2. 从自然和女性的双重视角进行文学研究

对文学作品中自然和女性的"他者""边缘""失语"地进行考察，以对文学作品中自然和女性的错位的寻找为途径，进而唤起人们的生态保护意识和男女平等意识，唤起人们对自然和女性的理解和尊重。

墨菲从生态女性主义的角度，对加拿大当代作家阿特伍德的作品进行了研究。他指出，在阿特伍德的小说《浮现》中，女主人公从环境所遭受的破坏联想到了自己作为女性所遭受的压迫，认识到环境和女性遭受压迫的内在联系，决定不再沉默。在小说结尾，她决定用自己获得的生态知识对下一代的头脑予以武装。这种从全新的视角进行文学批评研究的方法，使许多作品重新显示出被诠释的可能性。

3. 对人类文化重新审视

生态女性主义批评通过从环境视角和性别视角重新审视文学作品，对西方思想中普遍存在的文化—自然、男人—女人的二元对立的质疑和解构，对人类文化进行重新审视、反思和批判。

借助生态女性主义视角，卡默拉·布拉塔（Kamala Plata）对墨西哥裔美国女作家安娜·卡斯蒂洛（Ana Castillo）的作品《离上帝如此遥远》进行了重新解读，认为这部作品对环境种族主义进行了批判，体现出生态女性主义意识。卡默拉·布拉塔指出，尽管生态女性主义对性别歧视进行了着重强调，但在对环境种族主义进行分析时，种族、阶级和性别是密不可分的。

4. 建构交叉互动的多元化文学批评理念

生态批评是生态学（主要是生态学的原则）和文学批评的交叉，以生态哲学和生态伦理学为基础；生态女性主义批评是生态批评和女性主义批评的交叉，以女权主义理论为批评基础。

生态女性主义文学批评的一个重要目标，就是在生态哲学、生态伦理学和女性主义理论的基础上，借鉴西方生态科学、生态哲学、生态伦理学及相应的理性思维和逻辑知识，建构交叉互动的多元化文学批评理念。

三、生态女性主义批评研究的意义

作为一种文学批评，生态女性主义批评采用了环境和性别的双重视角，使被人们遗忘在角落里的"自然"和"女性"从"缺席"变为"在场"，重新回到人们的视野。而且说明文学研究的触角不仅伸向了人类社会的另一半，更重要的是，也开始伸向人类社会之外的自然界。

从文学批评角度来看，生态女性主义批评以性别歧视和生态危机为语境展开批评，展现出一种全新视角下对环境危机和全人类生存前景的终极关怀，为文学研究注入了生机和活力，提供了新的批评视角，丰富和发展了文学批评理论。

从社会学角度来看，生态女性主义文学批评的理论与实践将推动学术界从生态和女性的视角去重新评价文学经典并重新建构文学经典，引导人们以环境和性别的双重视角去进行文学研究，关注生态危机和性别歧视问题，并对生态危机和性别歧视二者的内在联系展开探究，最终使自然环境和社会环境、男性和女性和谐相处，协调发展。

生态女性主义批评作为一种新兴的文化批判理论，其本质是一种伦理批评。并且随着其发展，一些环境主义者和关注生态问题的社会批评家越来越认识到生态危机源于人类中心主义这一思想。而在一些生态女性主义批评家看来，这里的"人类"并不包括妇女、工人阶级、第三世界贫困国家和有色人种等，而单指"男性"，特别是"白人男子"，并认为生态危机其实源于"男性中心主义"。从这个意义上来讲，人类中心主义作为一种价值观念，带有明显的物种歧视、性别歧视、种族歧视、民族歧视的烙印，不是一种被普遍使用的价值观念。生态女性主义这一新的探索，无疑深化和拓展了人们对环境保护和环境伦理问题的思考，也展现了生态女性主义的多维视野。

第三节 酷儿理论与文学批评

一、酷儿理论的兴起

（一）酷儿理论的概念内涵

20世纪90年代，在西方兴起了一个新的性理论——酷儿理论。"酷儿"（queer）是音译词，是从男女同性恋和双性恋的政治和理论中发展起来的。究其根源，"酷儿"原来是西方主流文化对同性恋者的一种贬义称呼，有"怪异"之意，后来被性的激进派借来对他们的理论进行概括，当然其中也存在些许反讽之意。国内著名性学家和社会学家李银河女士指出，在对这一外来词汇进行翻译时，用"奇异"或"与众不同"之类的词语过于直白，丧失了其原来的反讽之意。由于很难找到对应的表达反讽之意的中文词汇来翻译，所以索性采用我国港台地区的音译词"酷儿"。

酷儿理论来自史学、社会学、文学等多种学科，是多种跨学科理论的综合。作为对一种社会群体的指称，"酷儿"这一概念包括了所有在性倾向方面与主流文化和占统治地位的社会性别规范或性规范不符的人，酷儿理论就是这些人的理论。因此，"酷儿"这一概念指的是在文化中所有非常态的表达方式，这一范畴既包括男同性恋、女同性恋和双性恋的立场，也包括所有其他潜在的、不可归类的非常态立场。

（二）酷儿理论产生的社会背景

女权主义者特里萨·罗丽蒂斯（Teresa Lauretis）是"酷儿理论"这一概念的最早发明者，酷儿理论最初见于1991年《差异》杂志一期关于"女同性恋与男同性恋的性"的专号。关于"酷儿理论"的发明，罗丽蒂斯说过这样一段话："有趣的是，魏格曼（Wiegman）谈到了酷儿理论，她正确地将这一用语的发明权追溯到我，那是我为1990年（在圣克鲁兹）召开的一个会议而在《差异》杂志的一个专号中首先使用的。她注意到，从那时起，酷儿理论的建立'实际上将差异中性化了'，这一点的确违背我创造酷儿理论这一用语的初衷。我创造这个词的本意是希望用它来取代无差别的单一形容词'男同性恋'和'女同性恋'，以便将性的多重性放在它们各自的历史、物质和语境中去理解。显然，我是赞同魏格曼的意见的。我也赞同西蒙·瓦特尼（Simon Watney）在一篇文章中的意见。他写道，目前使用酷儿一词的最方便之处在于，它是性别中立和种族中立的。他又说，酷儿表达了这样一种立场：它欢迎和赞赏一幅更宽广的性与社会多样性的图景中的差异。"[①]

酷儿理论的前身是各种与同性恋有关的理论。罗丽蒂斯认为，同性恋如今已不再被视为旧式病理模式所谓正常性欲的变异，不再被视为一种游离于主流的固定的性形式之外的边缘现象，也不再被视为北美多元主义所谓对生活方式的另一种选择，男女同性恋已被重新定义为属于他们自身权利的性与文化的形式，即使它还没有定型，还不得不依赖现存的话语形式。

著名性别和性问题专家威克斯是这样认识酷儿、酷儿理论和酷儿政治的：20世纪60年代以来登上历史舞台的女权运动和同性恋运动可以被解释为对当代世界中主体形成形式的反叛，是对权力的挑战，是对个人定义方式、把个人定义为某种特殊身份以及固定在某种社会地位上的做法的挑战。"酷儿政治"（queer politics）是20世纪90年代在北美及世界其他地区同性恋中产生的一种新的政治力量。新一代人自称酷儿，而不称女同性恋、男同性恋或双性恋。酷儿意味着对抗——既反对同性恋的同化，也反对异性恋的压迫。酷儿包容了所有被权力边缘化的人们。

正像"gay"这一用语在20世纪60年代打破了旧式同性恋运动中那种自我辩护的姿态一样，新出现的酷儿政治打破了70年代和80年代同性恋政治的少数派化和整合策略。具有讽刺意味的是，它的出现正当同性恋运动成功进入主流文化之时。酷儿政治通过将许多互不相通的成分结合在一起，建造出一种新文化。他们也许是接受后现代主义的当代模式的第一批活跃分子。他们运用旧有和新式的成分确立他们自己的身份——他们从大众文化、有色人种社区、嬉皮士、反艾滋病活跃分子、反核运动、音乐电视、女权主义和早期同性恋解放运动中借用风格和策略。他们的新文化是奇妙的、敏锐的、无政府的、反叛的、反讽的。他们绝对认真，但是他们又想从中取乐。酷儿政治之所以是一个重要的现象，不仅在于它说了什么或做了什么，而且在于它提醒人们，性政治这一整体在不断地发明创新，从而走向存在的不同方式。

[①] 转引自徐丽萍：《女性与文学——女性主义文学批评与经典重读》，北京：科学出版社，2013年，第63页。

二、酷儿理论的主要观点与主张

（一）酷儿理论与后现代理论

酷儿理论出现于后现代思想盛行之时，以后结构主义和后现代理论为哲学背景，可以说与后者有着千丝万缕的联系。后现代理论解构了所有的分类和身份，因而取消了所有现实斗争的可能性，所以它常常被人们误解为要取消一切实际行动和现实斗争。

有些女权主义者就认为不可与后现代主义有过多的联系，因为后现代主义是社会变革的敌人。这种态度与女权主义对酷儿理论的复杂感觉有相似之处。其实，这是对后现代理论的一种误解。后现代解构主义并没有使任何事物变成"不真实的"或"暂时的"，且认为"男性"和"女性"、"同性恋者"和"异性恋者"作为一种身份的划分是不正确的，并不会使它们因此变得"不真实"，不过是一种模式转换而已。实际上，它对于反抗压迫的斗争是极为有益的，它可以使人们获得一种摆脱现存的僵化的社会文化机制的力量。

（二）挑战男性和女性的两分结构

酷儿理论向一切严格的分类发出挑战，向男性和女性的两分结构挑战。西方占统治地位的思维方法，即两分思维方法是它的主要批判目标。有些思想家认为，这种两分的思维方式是压抑人的自由选择的囹圄。

酷儿理论通过解构对性身份或性欲的非此即彼的划分这种中心逻辑，实现了对各种性类型的尊卑顺序的自觉跨越。这个具有反讽意味的概念指这样一种过程：性身份和对欲望的表达能够摆脱这样的结构框架。酷儿与现代主义话语中的两分核心观念相对立，提供了一个本体论的类型，并不是一个新型的固定的"性主体"的标签。它抛开了单一的、永久的和连续性的"自我"，是由不断重复和不断为它赋予新形式的行为建构而成的，具有表演性、可变性、不连续性和过程性的特征。

巴特勒是酷儿理论中反对性别的两分结构（男性与女性）方面的权威理论家。她延续福柯的理论脉络，质疑固定的女性身份的必要性，对一种批判各种身份分类的激进政治的可能性进行探索，认为性别和性欲的内在能力、本质或身份的概念，不过是一种重复的实践。通过这种反复的实践，"某种表象被沉淀、被凝固下来，它们就被当成某种内在本质或自然存在的表象"。

不仅异装和易性，而且既不异装也不易性，但是喜欢像另一个性别的人那样生活的人都是超性别的内容。在酷儿理论挑战各种身份分类的过程中，超性别（transgender）具有特殊的重要性。除易性行为外，异装行为是超性别中另一个重要形态。异装行为从某种角度来讲，质疑了男性和女性这种分类法，挑战了两分的简单概念，这也是其意义所在。男角的女同性恋者和女角的男同性恋者的存在，可以说是一种对生理性别、社会性别和性倾向的全部定义的质疑，他们的自我社会性别认同与生理性别、性倾向存在极大差异，是超越性别角色这一社会潮流中的另一个重要形式。

双性恋倾向由于对超性别现象的重视，而在酷儿理论中拥有了特殊的重要性。在酷儿理论看来，取消同性恋和异性恋的区别是构成自由解放的新方法；如果实行了这一方法，所有的人将不得不承认他们自己的双性恋潜力。双性恋者的存在本身就是对"正常人"、女同性恋者和男同性恋者的区分的质疑，双性恋的形象就是一个重要的越轨（transgressive）形象。这是双性恋之所以非常重要的原因所在。

双性恋之所以能够实现对社会性别与性的两分结构的解构，原因在于以下两点：

（1）双性恋占据了一个在各种身份之间暧昧不清的位置，所以它能够昭示出所有身份之间存在的缺陷和矛盾，表明了某种身份内部的差异。

（2）因为身份不定，双性恋揭示出所有政治化的性身份的特殊性质。一方面是个人性行为和情感选择随时间不同的巨大不连续性，另一方面是个人政治身份的不连续性。

目前，有些酷儿已经幽默地自称为"弯曲的直线"（straight with a twist）。"直线"本是英文中"正常人"或"异性恋者"的通俗说法。"弯曲的直线"这种说法充分揭示了各种分类界限正在变得模糊起来的新趋势。

（三）挑战社会的"常态"

对于学术界和解放运动活跃分子来说，把自己定义为"酷儿"，就是为了向所有的常态发出挑战，异性恋霸权是其锋芒指向。所谓常态，主要指异性恋制度和异性恋霸权，也包括那种仅仅把婚内的性关系和以生殖为目的的性行为当作正常的、符合规范的性关系和性行为的观点。

在长期的社会结构规范中，同性恋没有得到社会的认可，被批判是一种变态。异性恋者憎恨同性恋者，同性恋者也因为自己的"不正常"而长期自我憎恨。20世纪70年代活跃的同性恋群体打破了异性恋自然秩序的观念。而发展到现在，酷儿理论则提出了使性欲摆脱性别身份认同的可能性。

一个人的生理性别决定了他的社会性别特征和异性恋的欲望,这是传统的性和性别观念中,异性恋机制最强有力的基础所在。而酷儿理论则挑战了生理性别、社会性别和性倾向的严格分类,如巴特勒的"表演"理论提出,人们的同性恋、异性恋或双性恋的行为像演员一样,是一种不断变换的表演,而并非来自某种固定的身份。巴特勒认为,异性恋本身是被人为地"天生化""自然化"了的,用以当作人类性行为的基础,而事实上没有一种社会性别是"真正的"社会性别。从遗传角度来看,性身份的两分模式是不稳定的,而正是循环定义才使得这种截然的两分的结果得以出现。由于对"表演"理论的强调,巴特勒的思想被称作激进的福柯主义。它被认为是一种新的哲学行为论,其中没有实存(being),只有行(doing)。

巴特勒认为,"连续性的幻觉"(illusions of continuity)是异性恋将其自身在生理性别、社会性别和欲望之间天生化和自然化的结果,异性恋的性统治是生理性别强迫性的表现。而这种幻觉靠的是这样一种假设,即"先有一个生理性别,它通过社会性别表现出来,然后通过性表现出来"。而为了实现异性恋的身份建构,异性恋要求一种社会性别的连续性表演。在巴特勒看来,生理性别、社会性别和欲望三者之间的联系建构了强迫性的和脆弱的异性恋。通过扼杀掉一切其他选择的可能,铲除异性恋以外的一切欲望,异性恋霸权的社会建构了一种性欲与性感的主体。社会性别的表演,仅仅承认身体的一部分器官是快乐的来源。

在异性恋倾向的建构过程中,社会性别的表演和性活动连在一起。而易性者如果自己没有相应的性感器官,就不可能拥有某种社会性别身份,从而不得不通过植入或切除某些器官以表明他或她的身份。在这一过程中,人们的注意力全集中在适当的性别表演上,而不是性感的性活动上。而这种表演就是"社会性别"关于男性气质和女性气质的表演,使人理解了什么是生理性别和社会性别的两分体系。因此,在巴特勒看来,一个男扮女装的表演是"一个对模仿的模仿,是一个没有原件的复制品"。

将酷儿的性建立在一个不断改变的表演的系列之上,是对异性恋霸权的挑战。酷儿理论造成了以性倾向或性欲为基础的性身份概念的巨大变化,这也是对性别身份与性欲之间关系的挑战。

(四)对传统的同性恋文化发起挑战

酷儿理论和酷儿政治既要颠覆异性恋在社会上的绝对统治地位,还要推翻以往正统的同性恋观念。不难看出,这是一种全新的具有极强的颠覆性的文化。此外，酷儿理论还提供了一种欲望的表达方式，这种表达方式将对性身份和性别身份予以彻底的粉碎。

在酷儿理论看来，男女同性恋身份不是一种具有固定不变内容的东西，而是一种局部的、变化的和弥散的东西，并提出一种流动和变化的观念，质疑男女同性恋身份本身批评静态身份的观念，尝试将个人身份政治转向意义政治。传统的同性恋理论在身份问题上往往具有排他性，酷儿理论对此展开了批判，并揭示了异性恋是如何在尝试建构男女同性恋身份的过程中被正规化的。

此外，酷儿理论还坚决否定和抨击了对异性恋和同性恋的区分，指出了这种两分论的隐蔽运作方式，并对其进行了批判。司德维克（Sedgwick）作为一名酷儿理论家，认为文化中两极对立的分类实际上处于一种动态的和不稳定的关系之中，所以应保护人们做酷儿的权力。

瓦特尼和万克尔·沃纳（Michael Warner）将酷儿政治定义为伪装神圣的道德主义的男女同性恋身份政治的对立面。瓦特尼指出，传统的同性恋身份政治为了向人们对同性恋的刻板印象和熟视无睹挑战，创造出一套关于同性恋生活方式的高度正规化的图景，有一种以"同性恋社群价值"的名义压抑在酷儿性行为中大量存在的差异的偏向。而酷儿文化则是对这种高度正规化的同性恋价值的否定，其性多样化的图景囊括了从奥斯卡·王尔德到芬兰的汤姆，甚至包括麦当娜这样的人。瓦特尼宣称，酷儿文化是对"占统治地位的性认识论权威"的挑战。

酷儿理论的出现造成了使所有的边缘群体联合起来、采取共同行动的态势。酷儿理论相信，在个人和个性的发展中，民主原则同样适用。酷儿政治建立了一种关于性方面的政治联盟，这个联盟中既有双性恋者、异性恋者，也有女同性恋者和男同性恋者，还包括一切拒绝占统治地位的生理性别、社会性别和性体制的人。在这种新政治文化中，一个人既不能成为一个同性恋者，也不能是或不是一个同性恋者。但是一个人可以使自己边缘化，可以改变自己，可以成为一个酷儿。

"酷儿"一词不是指称某种具有永久性意义的身份，酷儿性（queerness）出现在那些孤立的个人当中，与一夫一妻制的家庭相对立，与异性恋霸权相对立。酷儿性这一概念之所以吸引人，并不是因为它是一种新的本质主义的身份，而是因为这些人们拥有共同的经验，以及他们共同作为性越轨者（sexual outlaws）的生活方式。

许多酷儿活跃分子不再将自己定义为女同性恋者、男同性恋者、双性恋者，甚至不说自己是异性恋者，而是简单地自称为酷儿。酷儿的性活动很难在传统的性结构领域中加以定位，它是一些更具流动性、协商性、争议性、创造性的选择。女同性恋者、男同性恋者和双性恋者也许需要"走出来",但是酷儿身份却是"走进去"的。酷儿还创造了他们自己的分类方式:酷儿、较酷儿、最酷儿(queer, queerer, queerest)。这种分类方式与以往的任何一种分类方式都不一样。

酷儿理论的多重主体论(multiple subjectivities)造成了在不同社会和种族的历史背景下,生理性别和社会性别的不连续性,为男同性恋者、女同性恋者、超性别者、易性者和双性恋者等社群之间更强有力的联合,为他们改造制度化的异性恋霸权的共同努力创造了条件。

三、酷儿理论向传统价值提出的挑战

酷儿理论以创造新的人际关系格局、创造人类新的生活方式为最终目标,因而可以说酷儿理论是一种具有强大革命性的理论。它的做法是挑战所有的传统价值,具有很强的颠覆性,它将彻底改变人们思考问题的方式,使所有排他的少数群体变得狭隘,使人们获得彻底摆脱一切传统观念的武器和力量。

酷儿理论向传统的性别规范和性规范发出挑战。对于酷儿来说,他们的亚文化为他们提供了广大的有意识的、表演性的性与性别角色的天地,他们可以从男性角色变为女性角色,从异性恋角色变为同性恋角色。对于一个酷儿来说,即使是一个有易性倾向的人,也没有绝对的必要做变性手术。按照酷儿理论,他完全不必受这个罪,生理性别和社会性别完全不必一致,想穿哪个性别的衣服,就去穿;想过哪个性别的生活,就去过;想做哪个性别的人,就去做。没有必要先改变第一性征,才有资格做某种性别的人。按照酷儿理论的理想,在一个男人不压迫女人的社会中,性的表达可以跟着感觉走,同性恋和异性恋的分类将最终归于消亡;男性和女性的分类也将变得模糊不清。这样一来,性别和性倾向的问题就都得到了圆满的解决。

酷儿理论挑战传统的家庭价值观念,一位酷儿理论家曾说:"我认为,传统的家庭价值不会延续到未来,随着人的寿命的增加,我不相信人们能保持50年的一夫一妻制婚姻生活。我想我们会找到某种既不是一夫一妻制,也不是通奸活动的生活方式。"

第五章 20世纪英美女性文学作品赏析

20世纪的女性主义文学作品从诗歌、小说到戏剧,可谓异彩纷呈,并且相较以前的女性文学,这一时期的文学作品有着更为明显和清晰的女性文化诉求。本章将以这一时期英美两国的一些文学作品为例,展开深入分析和讨论。

第一节 20世纪英国女性文学作品赏析

一、诗歌

(一)海伦·邓莫尔诗歌中的异伦理学

英国诗人海伦·邓莫尔(Helen Dunmore,1952—),1952年生于约克郡,除了诗人这一身份,她还是一名小说家和儿童故事作家,并且最先因小说为人们所知。2010年3月,她以一首匿名参选的诗歌《胡说》(*The Malarkey*)摘取了全国诗歌竞赛的桂冠。至今日邓莫尔已经发表了九部诗集,最新诗集为《这个时代的快乐》(Glad of these Times,2007);《动物寓言集》(Bestial,1997)则提名T·S·艾略特诗歌奖;《原始花园》(The Raw Garden,1988)曾入选诗歌图书协会书目;她的第二部诗集《海上溜冰者》(The Sea Skater,1986)荣获诗歌协会的爱丽丝·亨特·巴特利特文学奖(Alice Hunt Bartlett Award)。

邓莫尔的诗通常讨论诸如儿童、家庭生活、婚姻等家庭话题,但往往内涵深刻。结合了现实与神秘的第五部诗集——《重获身体》,通过诗歌探索诸如性、衰老、死亡和繁殖等与身体不稳定性相关的话题,充分展现了邓莫尔的诗歌魅力。在《重获身体的三种方法》(Three Ways of Recovering a Body)这首诗里,邓莫尔创作了一个女人奇迹般地失去身体的故事,而在"她"寻找身体的过程中,邓莫尔以女性的眼光对神话里被贬低的女性夏娃和被尊崇的女性圣母进行了重新审视，最后使这个女人在妻子的身份上重新获得自己的身体。这里我们主要讨论邓莫尔对妻子身份的肯定，是接受了克里斯蒂娃的异伦理学。

1. 克里斯蒂娃的异伦理学

朱莉娅·克里斯蒂娃（Julia Kristeva）从母性的话语中探索女性的意义，其女性主义观点主要呈现在《自我的陌生者》（*Strangers to Ourselves*）《女性的时间》（*Women's Time*）和《圣母哀歌》（*Stabat Mater*）等著作中。她在《圣母哀歌》的开头写道："如果不能定义女人是什么（这样不至冒险泯灭她的差异），或许可以解释母亲，因为这是我们明确定义'异性'（opposite sex）存在的唯一功能。"[①] 在这里，克里斯蒂娃通过对圣母的嬗变（transfomation）进行追溯，对父性基督教话语根基里的母性特质进行了揭示。与以往象征只属于父性秩序的观点不同，在克里斯蒂娃看来，象征秩序包含于母性身体之中。

由此，克里斯蒂娃呼吁应当对母性身份进行重新建构。克里斯蒂娃把"hérétique"（异教的）和"éthique"（伦理）拼在一起杜撰了"héréthique"一词，意思为"异教伦理"，用来表达她对传统伦理的颠覆。

伦理讨论的是主体对他者的责任，涉及主体和他者之间的关系，可以说与道德不同。在凯莉·奥利弗（Kelly Oliver）看来，传统的伦理理论假设主体为自主的个体，他对他者的责任往往建立在"和我相同"（self-same）的意识上。而克里斯蒂娃认为，母亲与婴儿的紧密联系模糊了主体/客体的划分，所以母性身份会取消我/他的对立。

在《自我的陌生者》中，克里斯蒂娃把这种对孩子的母爱泛化成社会伦理。它像母亲一样，把他者纳入主体，把自我和他者等同，明白自我和他者并非结果，而是各种因素相互作用的过程。"这不是简单地从人文的角度让自我接受他者，而是让自我处在他者的位置，这就意味着让自我把自己想象成自己的他者"。克里斯蒂娃认为思维与身体、文化与本质、语言与肉体的二元对立都是基于形而上学对身份和异同的定义，即某一概念要基于它的对立面来产生意义，因此导致两性成了对立面。克里斯蒂娃没有完全规避这种对立结构，而是提出应将这种对立予以内化。

在《女性的时间》里，她写道："自此，他者对于我不再是邪恶的、异族的，也不再作为外部因素，诸如另一性别、阶级、种族或民族等的替

---

① Julia Kristeva, *Stabat Mater*. Tales of Love, trans. Leon S. Roudiez. New York: Columbia University Press, 1987.

罪羊。我同时既是攻击者也是受害者,相同的也是不同的,一致的也是异样的。我所做的只是不断去分析自我内部基础元素的分裂所形成的不稳定的身份。"

因此,克里斯蒂娃的异伦理学不再纠结于女性和男权之间的对立,而是倡导既接受父性象征秩序也不压抑母性符号秩序的主体。

2. 《重获身体的三种方法》中的异伦理学

在《重获身体的三种方法》这首诗中,邓莫尔通过神话叙述批判父权制在展现女性时存在的根深蒂固的厌女症(misogyny),回顾了女性话语消失的文化根源,还讨论了如何对被压抑的女性身体进行恢复。

Three Ways of Recovering a Body

By chance I was alone in my bed the morning
I woke to find my body had gone.
It had been coming. I'd cut off my hair in sections
so each of you would have something to remember,
then my nails worked loose from their beds of oystery flesh.
Who was it got them?

One night I slipped out of my skin. It lollopped
hooked to my heels, hurting. I had to spray on
more scent so you could find me in the dark,
I was going so fast. One of you begged for my ear
because you could hear the sea in them.

First I planned to steal myself back. 1 was a mist
on thighs, belly and hips. I'd slept with so many men.
I was with you in the ash-haunted stations of Poland,
I was with you on that grey plaza in Berlin
while you wolfed three doughnuts without stopping
thinking yourself alone. Soon I recovered my lips
by waiting behind the mirror while you shaved.
You pouted. I peeled away kisses like wax
no longer warm to the touch. Then I flew off.

Next I decided to become a virgin. Without a body

it was easy to make up a new story.
In seven years
every invisible cell would be renewed
and none of them would have touched any of you.
I went to a cold lake, to a grey-lichened island,
I was gold in the wallet of the water.
I was known to the inhabitants, who were in love
with the coveted whisper of my virginity:
all too soon they were bringing me coffee and perfume,
cash under stones. I could really do something for them.

Thirdly, I tried marriage to a good husband
who knew my past but forgave it. I believed in the power
of his penis to smoke out all those men
so that bit by bit my body service would resume,
although for a while I'd be the one woman in the world
who was only present in the smile of her vagina.
He stroked the air where I might have been.
I turned to the mirror and saw mist gather
as if someone lived in the glass. Recovering
I breathed to myself. "Hold on! I'm coming."

重获身体的三种方法

偶然早上我独自在床上
醒来发现我的身体不见了
它一直都来的。我已把头发截成数段
这样你们每位都有记忆的东西
然后我的指甲松动，脱离它们犹如蚝肉般的床。
谁拥有了它们？

有一晚我溜出我的外皮。它慵懒地拖着
挂在我的脚跟，很疼。我不得不喷上
更多的香气，这样你们能在黑暗中找到我
我走得太快了。你们中有人恳求要我的耳朵

因为你们能够从那里听到大海。

首先我计划把我自己偷回来。我是雾气
在腿间、腹部和臀部。我曾和很多男人睡过。
我陪着你在灰烬弥漫的波兰车站，
我陪着你在柏林灰暗的广场，
而你狼吞虎咽地啃下三个油饼，毫不停顿
只想着你自己。很快我重获了我的双唇
在你刮胡子时 我等在镜子后面
你噘着嘴。犹如刮蜡般，我刮下亲吻
它已不再有温润的触感。然后我飞走了。

然后我决定化作处女。没有了身体
编造一个新的故事轻而易举。
七年后
每一个无形的细胞将会复原
而没有一个曾经和你们任何一个接触过。
我去到一个冰冷的湖，一个铺满灰色地衣的岛屿，
我浑身金色　沐浴在一皮夹水中
我在居民中很知名，他们沉迷于
对着我的童真渴望地窃窃私语：
很快他们给我奉上咖啡和香水
现金塞在石头下。我真的可以为他们做点什么。

第三次，我尝试和一个好丈夫结婚
他知道我的过去但不介意。我相信他的力量
用他的阳具熏走所有那些男人
这样一点一滴我的身体性能就重新恢复，
虽然只是一会儿我是世界上的一个女人
只在她阴道的微笑中存在。
他轻抚着我可能存在的空气
我转向镜子 看见雾气聚集
就像有人在玻璃里活了。恢复了
我独自喘气，"坚持！我来了。"

诗篇的开头，写身体的来和去是对身体、灵魂的二元性的凸显。这里不禁要提到诺勒·麦克菲在对克里斯蒂娃并非本质主义者进行论述时提出，女性消失的原因在于形而上学。在他看来，父权制以笛卡尔的二元论崇尚思维，贬低物质，把思维看作人的本质，把男性思维推崇为理想的理念，而女性由于历史原因被等同于身体，属于外延，因此被看作是没有本质的存在（beings without essence）。父性基督教话语是联系女性和身体的基础，因为它把女性的身体归因为原罪、性和死亡。

诗歌中对头发、蚝肉般的肉体和皮肤的放弃暗示着对女性的否定，克里斯蒂娃把这种否定称作卑污（abjection），是对原始母亲的生殖力和破坏力的原初恐惧（primary abhorrence）。对身体的肢解（截断的头发、松动的指甲、挂在脚跟的皮肤以及被人们渴求的耳朵）的刻画，正是重现了神学话语对女性的分割。

皮肤是身体存在的表象，所以会引起人对存在与否的恐慌。在古希腊神话中，蚝肉代表着女性生殖和性爱欢愉，是爱神阿佛洛狄特的食物。宗教话语把性和原罪、死亡相联系，因而性被视为对道德自我的威胁。头发在诗歌里隐喻着原始母亲的生殖力（"我已把头发截成数段"），同时也是女性的诱惑（"这样你们每位都有记忆的东西"），所以头发也暗示着失去自我的危险。这些想象的神秘危险（uncanniness）被意识强制地排除，然而它们却无法彻底被驱除掉。皮肤"慵懒地拖着/挂在我的脚跟，很疼"体现的自虐（masochism）和"我不得不喷上/更多的香气，这样你们能在黑暗中找到我"所透露的女性痕迹，展现了压抑和反压抑之间的张力。

这里女人的耳朵是被渴求的。克里斯蒂娃在分析圣母的身体时提到，"我们唯一有权拥有的是圣母的耳朵、眼泪和胸脯。女性的性器官被转变成一个天真的贝壳，声音收集器，由此产生把听力、声音甚至理解欲化（eroticized）的潜在倾向"。因此，对耳朵的接受是为了满足或阻止原初欲望（primary desire），并确保把异质性冲动纳入菲勒斯—逻各斯的象征秩序中，它有助于使女性认同父权社会对女性的身份定位：消失和非语言。

重新建构女性身份要以消失为前提。诗歌的第二节刻画了一个毁誉的女人（the denigrated woman），相对于圣母被表现为耳朵、眼泪和胸脯，这个毁誉的女人是"在腿间、腹部和臀部"的雾气，而且"曾和很多男人睡过"。正如前文提到的，性暗示着原罪和死亡。波兰和柏林暗示了二战中的死亡和反犹太情结。克里斯蒂娃把这种情结看作是卑污的病理，因为潜意识把卑污的幻觉转化成一个可鄙的、仇恨的对象。"我"虽然始终陪伴着"你"，"而你狼吞虎咽地啃下三个油饼，毫不停顿/只想着你自己",所以,卑污的"我"始终被排除在主体的"你"的意识之外。很快,"我"采取了报复,威胁着主体的自我性。"我"等在镜子的后面,把吻像蜡一样刮下来,从而获取了嘴唇。镜子象征着拉康的镜像阶段,是主体和客体分离的重要阶段。像蜡一样没有温存的吻,象征着死亡,也见证了爱和原初欲望的终止,因此代表母性的符号秩序被分离和压抑。虽然女人获得了嘴唇,但是却没有得到声音。

第二个身份是贞洁女人,暗示着圣母。克里斯蒂娃认为,圣母是父性话语建构的母性表现,"基督教无疑是最精巧的象征构造,它不断渗透女性特质,使之聚焦成母性特质"。诗歌里的"我"把圣母的身份戏谑成"编造一个新的故事轻而易举"。克里斯蒂娃在《圣母哀歌》中追溯了玛利亚被神圣化的历史过程,她写道:"圣母的人性并不总是明显,而我们将会看到她怎样通过和原罪脱离关系从而使自己脱离了人类。"原罪首先指的是性,教会通过四个世纪的禁欲主义把死亡和性联系在一起,所以,要把毁誉的女人升华成圣母,首先要做的是使她和性分离。如果毁誉的女人曾和很多男人睡过,那么,圣母则是"每一个无形的细胞将会复原/而没有一个曾经和你们任何一个接触过"。接着,就是让她远离人类,"我去到一个冰冷的湖,一个铺满灰色地衣的岛屿"。最后,通过一个仪式来完成升华,"我浑身金色/沐浴在一皮夹水中",这无疑在暗示着基督教中的施洗礼。人们似乎"沉迷于/对着我的童真渴望地窃窃私语"。对于"virgin"一词,克里斯蒂娃认为,把它翻译成"贞洁"是一种误译。因为在犹太语中,它指的是年轻未婚女性的社会地位,而希腊语的翻译则注重生理和心理的状态,和"virginity"("处女身份")同义。事实是西方的基督教策划了这个误译,并把自己的幻想投射进去,创造了一个文明史上最有力的想象结构。

诗歌里的"我"对崇拜的蔑视,通过"钱包""渴望"和"金钱"暗示这种升华背后的利益动机。同时,诗人也认同,"我真的可以为他们做点什么"。克里斯蒂娃认为,圣母作为母性身份的象征,是社会和母系社会残余妥协的结果。虽然建立在交换和生产增长基础上的新社会需要超我和象征秩序的父性代理(the symbolic paternal agency),但是,圣母是无意识中原初自恋(primary narcissism)的需要。女性虽然被升华,被崇拜,但这种表面上的满足隐藏着自虐,因为从此她被禁止了性和声音。

为了寻找一个令她满足而不致自虐的身份,这个女人把自己化作一个妻子。这个身份的前提是有"一个好丈夫"。当克里斯蒂娃讨论进入象征秩序的必要性时,她提到卑污可以被某种父性代理所克服。她把这种父性代理称为想象父亲(imaginary father)。和拉康的严厉父亲相反,这是一个仁慈的父亲，因为他是母亲和父亲的二重体。对父母二重体的认定，是存在于自恋结构中（narcissistic structure）的原初认定，也是形成自我的过程中一系列认定的基础。奥利弗认为对想象父亲的情感转移是基于母亲的欲望：她对父亲的欲望，她渴望满足的欲望，她对菲勒斯父名的渴望。所以，父母二重体也是母亲和母亲的欲望的结合体。但是，这种欲望只能在她结婚以后才能得到真正的满足，因为丈夫是女人的阳性母亲（phallic mother），而妻子可以满足男人内心对母性的渴望。所以，这个"好丈夫"正是想象父亲，他的仁爱体现在他的谅解，以及他能够驱散这个女人被认为是卑污的过去并且恢复她身体的功能。

不同于远离人性、压抑性愉悦的、抽象的圣母身份，这个女人认为，作为妻子，她只是"一个女人"，她可以承认自己的愉悦。吉恩·格雷比尔（Jean Graybeal）把愉悦解释为"体验自我分裂的真实的喜悦"，因为主体既可以言语，参与象征秩序，也可以接触符号秩序。所以，这个妻子的愉悦在于，通过拥有好丈夫，她能满足自己对父权法则和性的欲望。在享受愉悦中，她转向镜子，这面镜子可以联系到第二节中暗示分离的镜子。如果前文的镜子是拉康严厉父亲的象征，那么，在这里它成了克里斯蒂娃想象父亲的象征，因为它见证了结合。随着雾气的聚集，这个女人最终发出了呼声，也找回了自己的身体。

邓莫尔的诗歌通过追溯女性身份的嬗变过程来建构一个满足的、愉悦的女性主体。通过对父权神话把女性表现为夏娃和圣母的否定，邓莫尔把女性身份表现为一个妻子。与丈夫的结合，既满足了女性对父权的原初欲望，也使得女性能够正视自己身体的性愉悦。这种对女性的表现既拥有语言也不压抑肉体，既接受思维也不排斥身体，因此体现了克里斯蒂娃异伦理学所倡导的"内化对立"的辩证理念。身份的建构成为自我内部对立的成分之间相互作用的过程。克里斯蒂娃和邓莫尔理想中的男女和谐首先肯定了象征秩序的必要性，同时肯定了女性身份的可分裂性、异质性和复杂性，并接受女性的身体及其所代表的符号秩序。

（二）达菲《光之语法》中身体语言的革命

1. 达菲简介

卡罗尔·安·达菲（Carol Ann Duffy, 1955—），2009年5月被正式任命为英国的桂冠诗人，她的第一部诗集《站立的裸女》（*Standing Female Nude*, 1985），一举荣获1986年苏格兰艺术协会"年度图书奖"（Sconish Arts Council Award）、1988年"毛姆文学奖"（Somerset Maugham

Award）和 1989 年"狄兰·托马斯文学奖"（Dylan Thomas Prize）。自此，她成为各类文学奖的宠儿。获奖的诗集还包括：《出售曼哈顿》（*Selling Manhatmn*, 1987）、《另一个国度》（*The Other Country*, 1990）、《卑鄙时刻》（*Mean Time*, 1993）、《世界之妻》（*The World's Wife*, 1999）、《女性福音》（*Feminine Gospels*, 2002）、《狂喜》（*Rapture*, 2005）等。

1955 年，达菲在苏格兰的格拉斯哥出生，六岁随家人搬到位于英格兰西部的斯塔福德。达菲的父亲时任斯塔福德的工党议员，同时是一名天主教的忠实信徒，所以她生活在具有浓厚的政治氛围和宗教信仰的家庭环境中。而六七十年代风起云涌的民主运动则构成了诗人成长的社会背景。

达菲的诗歌创作题材涵盖宗教、政治、哲学、记忆、时间、语言、两性关系、女性和弱势群体的生存状态等，十分丰富。而作为一名女性诗人，她更加注重在诗歌中对两性关系和女性经验的展现。她的诗集以其广泛的社会主题、直接生动的生活语言和极富表现力的叙述结构为读者所接受，运用睿智的表达和巧妙的修辞来唤起人们对诸如爱、失去、怀旧等人生命题的哲学思考也是她的特长，因而她的诗集连续多年成为畅销书。

2. 达菲和克里斯蒂娃

保加利亚裔法国后结构主义理论家克里斯蒂娃被称为当今最伟大的思想家之一，她的思想理论涉猎心理分析、文学批评、哲学、女性主义和解构主义，她革命性地把语言定义为"动态的意指过程"。凯莉·奥利弗认为克里斯蒂娃将身体体验引入语言，就像把鲜活的身体注入语言，语言的力量来自导入语言中的生命之驱动力。因而，人们运用语言表达时所表现的身体驱动力和冲动（她把这种冲动称为情感），成为克里斯蒂娃的解析符号学理论（Semanalysis）研究的主要内容。

达菲以诗歌为语言运用潜力探索的基础，奠定于她在利物浦大学攻读语言哲学时期。达菲努力寻求着一个更能成功表现人类真实欲望的介质，达菲对情感和体验的注重呼应了朱莉娅·克里斯蒂娃在《诗歌语言的革命》（*Revolution in Poetic Language*, 1984）中提出的主张：意义并不存在于语法、句法或词汇，文本的可读性在于其"诗性和情感的方面"。2005 年，她接受温特森的采访时说："男性小说家和剧作家现在越来越变成记录性的了，是吧？好像那样会比较严肃一样。诗歌不可能是记录性的。我不认为任何艺术形式应该具有记录性——但诗歌，首先是一系列激情的时刻——它的力量不在于叙述形式。我处理的不是事实，我处理的是情感。"

达菲和克里斯蒂娃对诗歌语言中的情感的认同，是运用克里斯蒂娃的理论解读达菲诗歌中的语言命题的基础。因此，这里我们主要以达菲的

《光之语法》(The Grammar of Light)为例,对语言、感官体验和意指过程的关系进行解读。

3. 克里斯蒂娃的解析符号学

克里斯蒂娃的解析符号学结合了语言研究和心理分析。在她看来,象征和符号是表意的两种运作模式,"符号界包含的是原初过程(primary process)里与驱动力关联的、情感的意义,属于感官层面,往往是非语言的(声音、音调、韵律、颜色、气味等)……而语言表意则表现在语言符号及其逻辑性、句法性的结构"。

因此,象征界是逻辑有序地表达意思,符号界是通过非语言方式宣泄情感,但这两个层面辩证统一于一个过程的不同阶段。如果没有符号成分,语言就失去了情感色彩,而变得单调和无意义;如果没有象征成分,语言就只有声音而无法成意。

在诗歌语言中,符号表意往往通过节奏、拟声、韵脚、重复、押头韵、音调变化、语气、文字游戏和眼泪来表现,而心理学把这些表达都归类为情感。

对意指过程中从符号向象征转化的中介,克里斯蒂娃将其命名为"穹若",而又因其与女性密切相关,因此常被认为是女性子宫的暗喻。在这个暗喻子宫的"穹若"里,婴儿对母亲还没有清晰的界限,也就是自我和他者的区分还没有形成。但婴儿已经能感受到各种驱动力,这些驱动力一方面得以宣泄,另一方面则被家庭和社会体系制约。所以,这种宣泄和制约所形成的节奏就构成了非语言体系的符号界的表意。在内在冲动的作用下,婴儿发出不同的音调,并受到母亲语言节奏的引导,某些音调内化成某种属性,最终形成语言。由此可见,"穹若"是一个由驱动力组成的不可言说的统一体,有自动力(motility),也有停滞,充满运动又被制动。而表意的过程就形成于这个没有命题、没有定位、充满节奏的空间里。

而婴儿开始与母亲分离、具备自我意识的阶段被称作"规约分裂"。在这一阶段,符号界和象征界"打开大门"成为一体。象征界与语言和主体的社会化相关联,而符号界可被看作是无意识过程的表现。象征界与符号界有机结合,所有的想象性实践都表现出符号界和象征界的辩证关系。例如,艺术和诗歌,克里斯蒂娃把这种辩证关系称作"愉悦(jouissance)的真实状态"。

4.《光之语法》的符号意指过程

现在,我们来细读一下达菲的《光之语法》,审视诗人如何运用语言

符号展现意指过程:

The Grammar of Light

Even barely enough light to find a mouth,
and bless both with a meaningless O, teaches,
spells out. The way a curtain opened at night
lets in neon, or moon, or a car's hasty glance,
and paints for a moment someone you love, pierces.

And so many mornings to learn; some
when the day is wrung from damp, grey skies
and rooms come on for breakfast
in the town you are leaving early. The way
the waiter balances light in his hands, the coins
in his pocket silver, and a young bell shines
in its white tower ready to tell.

Even a saucer of rain in a garden at evening
Speaks to the eye. Like the little fires
From allotments, undressing in veils of mauve smoke
As you walk home under the muted lamps,
perplexed. The way the shy stars go stuttering on.

And at midnight, a candle next to the wine
slurs its soft wax, flatters. Shadows
circle the table. The way all faces blur
to dreams of themselves held in the eyes.
The flare of another match. The way everything dies.

光之语法

甚至几乎没有光却找到嘴巴
互相赐予彼此无意义的 O, 教育着,
拼写着。以那种方式窗帘在夜里被掀开
透入霓虹, 或月光, 或汽车仓促的窥探,
一瞬间描绘出你所爱的人, 洞悉。

接着是许多要学习的早晨；有时候
当白天从潮湿、灰暗的天空中拧下来
在房间里用罢早餐
你早早地离开这个城镇。
以那种方式
侍应把光平衡在手上，硬币
在他的口袋里闪烁银光，而一个年轻的钟闪耀着
在它白色的塔楼上准备诉说。

甚至傍晚花园里的一小滩雨
也向眼睛诉说着。像一小团火
在其领地，掀去紫红色烟雾的面纱
当你在沉默的路灯下回家，
困惑着。以那种方式羞怯的星星结结巴巴地在说着。

然后在午夜，酒旁边的一支蜡烛
滑下软软的蜡，奉承着。影子
圈着桌子。以那种方式所有的脸模糊地
进入了他们的梦
却又被看在眼里。
燃起另一根火柴。以那种方式一切消逝。

(1) 诗歌题目

诗歌的题目"光之语法"中"光"属视觉体验，是帮助我们看东西的媒介；"语法"是语言逻辑化的理性表态，诗人通过奇喻（conceit）的方式将"语法"和"光"进行了结合。如果将语法和光理解为认知的两个范畴，它们则是象征和符号的意指过程的代表。符号表意是无声的，要使其见容于文化框架中，就需要依赖象征的编码结构。同理，属于非言语范畴的身体对光的体验借助语言表达的方式构成了《光之语法》的主题，为对符号的异质性进行展现，诗歌颠覆了传统的句法和语义规则。

(2) 第一节

克里斯蒂娃在《时间和意识：普鲁斯特和文学体验》（*Time and Sense：Proust and the Experience of Literature*）一书中做过如下比喻："文学活动犹如一间黑暗的房间，这里感官体验可以在人际经验这个更大的背景下慢慢被处理、被看到和被理解。"第一节通过"几乎没有光"和"窗帘

在夜里被掀开"暗示了一间黑暗的房间,这里通过"黑暗房间"这一母题,暗示了促进意指实践的符号"穹若"。在这个非言语的空间里,欲望通过声音和动作来宣泄。

(3) 第二节

第三节中,主体进入语言阶段的成功体验的早晨是愉快的。"流畅"暗示光线的充足和语言表达的流畅。诗人通过"在广场上思考着鸟儿,心灵感应",将作为音响—形象的能指(鸟)和作为概念—意义的所指(思想)相联系,诗人将这种联系称作心灵感应,这里的心灵感应,相当于克里斯蒂娃的"情感转移"(transference,或称"移情")。由此,情感转化为语言,主体因而进入象征秩序。克里斯蒂娃认为,进入象征秩序之前,规约分裂过程的主体运用的是带有暗喻和转喻特征的符号式断语。诗人在该节中刻意运用文学性的描述,以暗喻和转喻来对字面的逻辑性予以破坏。侍应手中的光(盘子的转喻)、在口袋里闪光的硬币(移就或修饰置换)、年轻的钟(拟人或实体隐喻)都是符号情感向象征语言转移的标志("在它白色的塔楼上准备诉说")。

(4) 第三节

第三节虽然同样以雨做背景,并充满沉默和抑郁的气氛("沉默的路灯""困惑着"):"甚至傍晚花园里的一小滩雨/也向眼睛诉说着。"但和第二节相反,这里展现的是回归,并隐约透露着乐观("像一小团火/在其领地,掀去紫红色烟雾的面纱""羞怯的星星结结巴巴地在说着")。在达菲看来,忧郁是主体无法内化规约分裂的结果。抑郁者通常无法言语,因为他(她)把自己的缺失看作是无法名状的东西,或"无法描绘的光"。克里斯蒂娃把这种无法名状的光等同于拉康的真实界。因此,前面沉默的主体必须通过在第三节中回归母亲来治疗忧郁。只是他(她)并不是回归原始母亲,而是重新建立自恋结构,从而进入象征秩序,"星星结结巴巴地在说着"暗示了抑郁主体同样可以进入象征秩序。

(5) 最后一节

最后一个诗节中"slur"既表示蜡烛融化下滑的情景,也表示喝醉酒说话的含糊。诗人巧妙地运用"slur"这一词语,再一次完美地将视觉体验和言语予以结合。"奉承"一词也加强了言语中情感的效果。因此,这里酒成了非理性的情感驱动力的象征,通过把蜡烛、酒、言语三者结合,展现了视觉体验、情感冲动和语言表达之间的关系。经过瞬间言语的感觉,诗歌的气氛重新回归沉默和死亡。

"影子圈着桌子"表现了时间流逝的质感,随着蜡烛的燃尽,黑暗蚕食着光芒。"梦中模糊的脸"暗喻着堕入无意识的过程。而"点燃另一根火柴"暗喻着生命的短暂。这里逐渐蚕食光芒的黑暗、眼中的梦境和火柴燃烧时的光圈都营造了圆的意象,呼应了第一节中无意义的0。因此,这暗示了从意识状态回归无意识,从理性回归非理性,从象征秩序回归符号秩序,最后以"那种方式一切消逝"。

这节是对午夜的光的展现。诗歌在追寻了从符号界的表意发展到言语的产生,进入象征界秩序的过程后,最后又以回归符号秩序结束,完成了一个循环。这正是达菲对母亲的诠释,她认为母亲是最终的能指,是压缩和置换情感的冲动的空间,所以,符号界是象征界的基础。只有理解符号界的异质性才能窥探真实界,了解能指如何衍生为对象,主体如何构建身份,了解语言异质成分,并发现文本中多层的表意实践。

在《光之语法》这首诗中,达菲通过光的视觉体验,把身体体验和言语表达联系起来,通过属于象征界的语言表达展现出属于非言语的符号界的表意过程。为了在诗歌语言上展现出符号界的非逻辑(而不是不逻辑)的异质特点,诗人对诗歌中的句法进行了刻意破坏,以制造断语和指称模糊的现象。在诗歌中,"那种方式"重复了五次,这是为了让读者超越文本表面的语义,把注意力放在感官体验上。诗歌以无意义的0开始,以圆的意象结束,认为表面没有意思、没有逻辑、不构成言语的符号同样具有表意的实践和效果。因此,诗歌对非言语层面的注重是运用克里斯蒂娃的解析符号学理论的前提。借用克里斯蒂娃的理论视角,我们可以挖掘诗歌里的双关语、多义词、典故、韵律、模糊等语言特征背后的深层含义,并由此来解释《光之语法》如何颠覆父性语言逻辑,重新建构发生在象征秩序之前,属于非言语层面的符号界的表意过程。诗歌没有描述感官体验而是通过语言构建感官体验,因此,这种把身体引入语言的方式正是达菲弥补语言表意不足的途径,同时肯定了符号在象征表意中所发挥的作用。

二、小说——莱辛的《第三、四、五区域间的联姻》

这里我们主要对英国女作家莱辛的小说《第三、四、五区域间的联姻》中的两性问题展开探讨。

(一)莱辛简介

当代英国女作家多丽丝·莱辛(Doris Lessing,1919—2013)在1950年以其处女作《野草在歌唱》(*The Grass Is Singing*)一举成名,至今共发表了50余部长、中篇小说和短篇小说,两部自传以及大量诗歌、剧本、散文、文论和纪实文学。莱辛的作品题材广泛,既涵盖了种族矛盾、美苏冷战、原子战争、环境污染等当代社会具有重大意义的问题，又有女性所面临的家庭、生育、情爱等精神困惑。与此同时，在其作品中还涉及20世纪的种族主义、共产主义、现代心理学、女性主义和神秘主义等重要的社会思潮。她以不断创新的作品跻身于20世纪英国最优秀作家之列，被誉为继伍尔夫之后英国最伟大的女作家，并于2007年获得了诺贝尔文学奖。

（二）莱辛与女性主义

莱辛对女性问题的密切关注使她成为人们所公认的最出色的女性主义作家。莱辛的许多作品，都从另一个角度揭示出男人和女人之间错综复杂的关系及当代社会中女性所面临的问题。她在作品中以女性的独特视角关注女性的心理和生活，并对女性精神上的压抑和痛苦进行了描述。

通过她的小说，我们可以看到在当代社会现实生活中女性的精神状态和生存危机。如《一个男人和两个女人》（*A Man and Two Women*）对当代知识女性的心理状态以及其所面临的两性关系进行了形象的刻画；小说《去十九号房间》（*To Room Nineteen*）则讲述了一位职业女性如何在为妻为母的婚姻生活中失去了对自己生存意义的把握，最终因精神失常而自杀的故事；莱辛最著名的长篇小说《金色笔记》，不仅反映了女主人公的社会政治活动和个人情感生活，同时也体现了她对有关历史和艺术的观察和思考。该小说被研究者誉为女权主义运动的奠基石，成为女权主义者的一部"圣经"。莱辛曾讲到她写的是那个时代最普遍的女性生活。她不赞同自己的作品被贴上女性主义的标签，但女性所面临的现实和问题无疑是她作品中的重要主题之一。她的很多作品都可以定义为"女性文学"，但并没有局限于感性的情感题材。莱辛关注的不仅是女性所遭受的不公待遇或男性的粗暴不忠，而且她的作品更注重对与女性相关的社会、心理、文化等具体问题的探讨，并强调男女之间平等而理智的对话与交流。此外，莱辛还尤其关注现代女性特别是女权主义理想下的女性，在追求自由中所面临的自我迷失与人格分裂的困境。

当然，作为一名作家，莱辛认为女性解放只是人类各大主题中很小的一部分。在1971年《金色笔记》的再版序言中她曾提到，女性解放是世界进步中的一个部分，会随着其他问题的解决而解决。莱辛的目的不是宣扬女权主义，而是通过对个人尤其是女性命运的描述，对更为广阔的社会背景和人生经验进行展示。

不难发现，莱辛小说的宗旨实际在于揭示一个事实，即现代女性在获得经济独立和行动自由后仍然面临着困境和抉择，仍然在寻找自我的道路上艰难前行。并且,莱辛还在序言中申明,她的目标是以 19 世纪的欧洲文学大师为榜样,创作一部全面描绘时代精神和社会道德的力作,这种巨大的包容性也使她的写作有着极其广泛的题材和多样化的意义。而莱辛笔下的个体也是生活在特定历史文化氛围之中,有关主人公个人人生经验的叙述也涵盖了社会生活的方方面面,甚至还涉及重大的政治历史事件。莱辛关注个体的人,特别是女性的处境、责任和抉择,更关注个体与社会千丝万缕的联系以及社会整体和全人类的长远命运。

(三)《第三、四、五区域间的联姻》:幻想的乌托邦

1979 年至 1983 年间,莱辛推出了著名"太空小说"系列——《南船星系中的老人星座:历史档案》,这个小说系列对巨大的银河星系中各星球,特别是地球的命运进行了讲述,塑造了一个全新、神秘的宇宙。《第三、四、五区域间的联姻》(*The Marriages between Zones Three, Four and Five*) 便是其中的第二部。这部作品将虚幻与现实、历史与预言融为一体,带给读者无尽的遐想和启迪,也深为莱辛本人所喜爱。她曾说:"没有哪部小说能和它媲美……当写到结尾时,我都忍不住觉得悲伤。"小说发表之后,在社会上引起了广泛反响。《纽约时报》(*New York Times*) 的评论家罗伯特·陶尔斯(Robert Towers)则对书中充满想象力的事物、独特的叙述以及栩栩如生的形象塑造给予了高度评价;《周日时报》(*Sunday Times*) 的玛丽娜·华纳(Marina Warner)感叹被书中"如猫一般柔软诡异"的笔触所吸引;而《时报》(*The Times*) 的盖·菲尔斯(Gay erce)将此书称作是一部幻想的神话,充满了强有力的、浪漫的思想。

这部小说中的故事主要围绕外太空几个神秘区域之间的抗争和交融而展开。第三区是一个由女人掌权的平静安宁、人民生活富足、倡导自由平等的先进国度。而第四区则是一个由男人统治的、常年混战、野蛮落后的区域。第四区的国王被命令迎娶第三区女王,因此开始了两个国王的结合和自省。最终几个区域间也实现了广泛而持续的交流。而随之宇宙间新的秩序也逐步形成。

此外,这部小说也展现了两性间的关系,在一个非常特别的空间里,莱辛对两性之间的相互需要和彼此支配进行了详细叙述。书中不仅创造出了超越传统的两性世界,也塑造了与传统观念格格不入的性别角色,从而成功颠覆了传统的性别模式,并对传统观念中存在的对两性关系的理解进行了质疑。

小说主要以第三区和第四区的描述为中心,并且从一开始就似乎有意

形成两个区域之间的鲜明对比。三区地处高原地带,各个大小城镇散布在广袤的绿地上,城镇周围时而是连绵的山脉,时而是涓涓溪谷,整个区域错落有致,充满生机。这里人民生活和平而富足,男女平等,在性情上没有明显的差异。他们的社会分工也不存在明确的区分,他们共同协作,一起抚养小孩,一同建设社会,而性生活也同样强调能为双方都带来愉悦。虽然女王 Al Ith(多名孤儿的母亲)是这里的女王,掌管着国家事务,然而这里拥有绝对的民主,广大人民的利益是一切决定的出发点。

与三区完全相反,四区一眼望去却是一块缺乏生气的平地,运河和军营整齐规则地分布在这片平地上。这里男人是主宰,掌握着军队和政权(国王传位于自己的儿子),并且常年混战,人民生活困顿。这里男女分工差异明显,男人勇猛善战,但女人却不允许在战场上出现,女人只作为男人的助手和服务工具而存在。

对比之下,四区显然是一个典型的男权社会,男人控制着包括女人在内的一切,以 Ben Ata 为代表的统治者满腹侵略和占有的欲望。社会利益、等级及统治秩序都以男人为主;而在三区,国家事务的管理以及重要的使命主要由女人来完成,由一位女性同时承担多个孩子的抚育和培养任务,更体现了充满母性的博爱。从某种意义上来看,这两个人物是作为两个典型符号出现的,代表了各自不同的两种社会意识形态。从表面上看,三区似乎是个近乎完美的社会。然而事实上,它却面临着生物无法继续繁衍的尴尬局面。小说中,三区被描绘成一个全封闭区域,这样一个停滞自人的文明社会一直处于盲目状态,直到女王 Al Ith 与 Ben Ata 相遇。

(四)《第三、四、五区域间的联姻》:两性和谐共处的理想

两个国王的结合并不为当地人民所接受,他们将其看作是一种奇耻大辱。但是两位主人公由最初的相互戒备甚至敌视的状态到最终达到灵与肉完全交融的过程,体现了两性间的相互制衡和影响。Al Ith 以一种居高临下的姿态,带着传播科学技术和现代文明的使命来到四区与 Ben Ata 结合,并且从未期望能从中获得什么。而 Ben Ata 带着男权意识的深深烙印,最初仍以对女性轻视的态度来对待 Al Ith。

但在相处的过程中,他们逐步感受到相互间无法抗拒的影响力:一种带给女性保护和安全的男性力量;一种征服了霸道的男权文化的女性智慧和勇气。故事中,Al Ith 确实将三区的技术和文明带到了四区,为该区拟订了改造发展计划,并成功转变了 Ben Ata 统治王国的观念。于是,四区从此解散了所有军队,Ben Ata 不仅学会了尊重和爱护女人以及自然界的一切生命,并开始了改造第五区域的征途。与此同时,Al Ith 也对自己王

国的生活和管理进行了反思，深深体会到了自己国度停滞、自我封闭的危险，认识到必须打破区域界限的重要性。

这部小说虽然反对男性中心论的观点，但并没有向我们展示一个女强男弱的社会，而是通过三区和四区的例子建立了两性之间的辩证关系。这种关系的形成基于两性在传统观念中的作用被放进了两个分离的区域里，从而表达了两性相互依存、相互交融的主张。

小说开始首先构建了两个在表面上对比鲜明的区域，并分别赋予它们传统文化中男权意识和女性意识的一些表象特征。同时通过一系列描述，引导读者对第三区域及其代表人物 Al Ith 产生认同感，从而体现出一种明显的女性主义倾向。然而，随着故事的发展，通过 Al Ith 的眼睛和思想，读者看到之前几乎完美的三区闭塞狭隘，存在种种瑕疵，如争权夺利（这在 Al Ith 重返故土而遭遇其姐妹的无情放逐中尤其得到体现）以及对异己的打击和排斥等种种不良社会现象。并且，在两个国王结合之前，三区已经开始面临生命无法继续繁衍的威胁，而正是两个区域的联姻开启了他们进一步认识和拯救自我的步伐。

小说中，两个区域都封闭且自大。三区人民始终不屑身居其下的四区，强调本区域自我的独特性和优越性，表现出明显的排他意识，非常唾弃 Al Ith 与 Ben Ata 的这场婚姻，认为 Al Ith "下嫁"给四区国王之后堕落成了脆弱低级的性奴隶，以致后来将 Al Ith 驱出境外。四区在 Ben Ata 的带领下侵略了很多弱小地区，然而，这里却明确规定所有人都不准向上仰望（即指地处更高的三区或二区的方向），否则将受到严重惩罚。

而 Al Ith 在与 Ben Ata 最初的接触中也一直保持着强烈的自我意识。一开始她并不了解四区，也不了解真实的自己，不知道自己也会妒忌，会恨会爱，也同样有所欲求。通过 Ben Ata，她发掘了自我既坚强又脆弱的两面性。而通过与四区女性的接触，Al Ith 看到她们在男权社会受到重重压迫，然而却保持着坚韧和睿智。这是一种在三区早已被遗忘的品质。与此同时，强悍自大的 Ben Ata 在这个过程中却时而敏感，时而感到自卑，最终产生了对 Al Ith 强烈的依赖感。

小说中的不同区域和王国里充满了形形色色的人物和关系，有传统意义上的男权社会和女性意识，但却没有确定的两性本质区别。因此，不论是两个区域间，还是 Al Ith 和 Ben Ata，都在这场联姻中创造了"通过其他人（others）来发现自我身份的新的可能"。

故事的结尾，Ben Ata 通过与第五区域女王新一轮的联姻结束了两个区域间的长期混战，而 Al Ith 又逐步进入了第二区域。并且，双方的骄傲自大和排他意识都消失了，四区居民朝上仰望的禁令被解除了，女人们还自发组织到三区去参观。总之,结局实现了两个区域间持续交流互动的新秩序。正是通过男女超越了传统的性别界定,尝试了真实的精神和肉体的交流,才创造了两性间的新视野,发掘了区域之间新的活力和潜力,从而实现了新的可能。

通过分析不难发现,这部小说从一开始便构建了很多诸如女人和男人、文明和野蛮、高级和低级等传统意义上的二元对立面,并一步步将它们进行了推翻和消解,从而表达了宇宙间你中有我、我中有你的错综复杂的关系。故事通过男女主人公的联姻以及区域间的交流,说明了秩序与自由、理智与情感、男人和女人对于一个和谐健康的人类社会都一样重要。

莱辛的作品反映出一种个体自我、个体之间以及个体与全局之间动态和谐发展的生态观。她认为,女性因男性的自我中心主义而产生痛苦,而女权主义者对性别歧视的过分关注,演变成了一种偏执的教条,白白浪费了女性的精力。因此,无论是男人与女人、东方与西方,还是第三世界和第一世界,都应该打破隔绝的状态,通过不断的文化交流,彼此取长补短,共同发展。一个真正和谐的世界,应建立在整个生态系统中各个子系统、各种物质因素和精神因素相互平衡的基础之上,唯有如此,整个人类社会以及万物的生存和延续才有可能得以健康维持。

三、戏剧——卡丽儿·丘吉尔的《优秀女子们》

(一) 卡丽儿·丘吉尔简介

20世纪60年代,卡丽儿·丘吉尔作为最成功、最著名的英国社会主义和女权主义剧作家在西方第二次女性运动中崛起,她也是第一位本人的剧本在伦敦一流的皇家剧院演出的女戏剧家。她先后获得过多项戏剧奖,其中三度获得奥比戏剧奖(Obie Award for Playwriting)和苏珊·史密斯布莱克本奖(Susan Smith Blackburn Prize),两度获得最佳喜剧晚会标准奖(Evening Standard Award for Best Comedy),一次获得奥利维亚最佳戏剧奖(Lawrence Olivier Award for Best Play),是世界当代主要剧作家之一。

作为英国最主要的后现代女剧作家,卡丽儿·丘吉尔的创作主要包括广播剧本、电视剧本和舞台剧,其作品在全世界上映,从英国、美国到朝鲜和日本,她的作品常被选入当代戏剧文集,被列为学生的必读书目。她致力于戏剧创新,探讨日常生活,在作品中讨论暴力、政治和性压迫的问题。

驰骋文坛30多年来，丘吉尔将社会义务与戏剧实验结合起来，在作品中常表达难以实现自己愿望的、处在社会下层的人的欲望，尤其是受压迫女性的欲望。其作品《优秀女子们》（Top Girls，1982）因关注女性和别具一格的后现代主义写作风格而备受人们关注。

（二）丘吉尔的女性关注

丘吉尔在其经历中逐步开始对女性进行关注。丘吉尔成长于一个正统的英国中产阶层家庭，父亲是一位政治漫画家，母亲是一位模特。"二战"时全家迁居加拿大，她的少女时代是在蒙特利尔度过的。后来，丘吉尔回到英国接受大学教育，并在牛津大学获得英国文学学位。

在学生时代她就开始进行戏剧创作并由同学们演出。1961年大学毕业结婚后，即使在养育三个儿子的同时，她还做着当作家的梦。但由于孩子的拖累，导致她不可能有充裕的时间写长剧。用伍尔夫的观点来说就是："一个女人如果想要写作，就得有钱，还得有自己的房子。"同伍尔夫一样，丘吉尔认为，作家的生活与女人的生活不可分离，并且她逐渐认识到："女性在家务上的真正解放在于，必须教育男人与女人分担抚养孩子的义务。"而她的丈夫确实有6个月暂时中止工作，帮助她照顾家庭，使她有更多的时间进行写作。从自身经历的对事业的追求与家庭之间的矛盾中，丘吉尔体会到了做女人的难处，她开始关注女性的生活状况。

她在作品《反对性别与暴力》中引入了女权主义主题。此外，她早期的作品十分简洁，不受舞台和场景的局限，时常进行时空跳跃。在这之后，在七八十年代，随着孩子们逐渐长大，丘吉尔有越来越多的时间从事创作。她写了许多舞台剧，如《九霄云外》（Cloud Nine）、《优秀女子们》和《满口鸟》（A Mouthful of Birds），这些作品都展现了她的现实主义主题和后现代写作风格。丘吉尔的作品关注性别角色和女性的地位、资本主义、阶级和家庭，向有支配力的社会和文化传统发出挑战。其中，《优秀女子们》包含有许多有关现代女性的社会观察。该剧通过展现不同时期六位优秀女性的各种曲折经历，反映了世界各地女性的整个屈辱史。从历史长河中女性遭受的苦难、压抑、牺牲和矛盾，读者可以窥见传统男权观念的强大威力和对女性的束缚力。丘吉尔以其深刻的思索，对当时所谓的"女性解放"提出了女性在历史上的地位、成功对于女性意味着什么和她们解放的出路问题。

（三）《优秀女子们》：展现女性关怀

丘吉尔在这部剧作中实现了对一个女性世界的描写和对一个情感空间

的创造。男性虽然也占据着情感空间,却不在舞台上显现,从而为女性之间的互相交流提供了自由的空间,以突出女人们单独在一起时使用语言、沉默和潜在思想的方式。丘吉尔这样做的目的是希望这些女性人物能够共享其他人的经历,否则她们不可能认识到女人作为一个整体所遭受的共同苦难。可以说,丘吉尔的创作,从历史的角度展现了不同类型的女性的命运。

在第一幕第一场,现代女子玛琳新近晋升为"优秀女子"职业介绍所董事。她邀请了五位女子相聚在一家饭店共同庆祝这一盛事,她们的形象取材于历史、传说、艺术和文学中,来自不同的历史时期,有不同的文化背景。六人相互讲述各自的生活历程,玛琳的这五位客人跨越文化、时代和政治空间,从她们的谈话中可以窥视到她们在追求人生时所做出的抉择、做出的牺牲和经历的欢乐,最后以全部酩酊大醉而告终。可以说,这五位女子代表了历史上与其有相似生活经历的某一类女子的命运。

1. 伊莎贝拉

伊莎贝拉饱受男权思想禁锢,但她受过教育,有知识文化,在思想上比尼娇进步得多。她前半生受男权思想的影响,按照父亲的意志行事,做一些琐事;但是她学过音乐、拉丁语和诗歌,勇于追求智力和精神自由,这使她一度拒绝结婚。

在伊莎贝拉40岁时,全身伤痛和整日的体力劳作,使她倍感精神压抑,生活没有依靠,一度想要自杀。不仅如此,她的感情经历坎坷:她的第一个情人自杀而死,嫁的一位医生也因病而亡,这导致她终生没有情感归宿。

可以说,一系列的生活挫折导致她毅然向命运抗争。在后半生,她决定要按照自己的意志生活。到世界各地旅游使伊莎贝拉感受到了生活的美好和精神的愉悦。

对于伊莎贝拉来说,她没有孩子,喜爱马,每次旅行回到英格兰家中后,她都去做一些公益的事情:护理病人,到青年女子基督教会做讲座,告诉人们在东方国家见到的女婴被卖掉换口粮的事情。到70岁时,她到了非洲的摩洛哥,是当时唯一见过摩洛哥皇帝的欧洲女性。她整个人精神矍铄,充满活力。

可以说,伊莎贝拉代表了19世纪部分受过一定教育、有自己独立思想但又受社会传统习俗影响的西方女性。她们因读书而思想觉醒,有自己的精神追求,但因处于强大的男权社会环境中,又无力挣脱,内心更加痛苦,只能进行有限的反抗。

2. 克丽赛达

克丽赛达是历史上温顺妻子的典型，她对丈夫唯命是从、服服帖帖。在完全受男权势力控制、支配的社会中，她是丈夫的私有财产，没有一丝自主权。在不知情的情况下，她被侯爵娶走，还得答应两个条件："心甘情愿地按他的意愿办事；即使对她造成痛苦，对他发出的任何命令指示，她都不得抱怨或皱眉。"

对克丽赛达来说，她要完全按照丈夫的意志行事，其根源在于，她认为子理所当然地应当事事听从丈夫的安排。丈夫为考验她的忠诚，要把她6周大的女儿从她身边带走，尽管她心如刀绞，仍毫无怨言地回答道："我的孩子和我本人都是属于你的——你爱把我们如何处置就如何处置吧。"

最后一次吻别孩子之后，她一如既往地欢快、谦逊、忙碌着，仿佛什么事情也没有发生过一样。四年后，当丈夫又一次以同样的方式把她的儿子抱走时，克丽赛达同样表现出极大的忍耐力，仍对丈夫死心塌地、忠贞不渝。当侯爵为最后一次考验她，假装将她休回家要另娶新人时，她仍然以极大的忍让之心，忍辱负重地回到了父亲家里。一段时间后，克丽赛达又被侯爵招进宫，为他的婚礼帮忙。她忍受着内心极大的痛苦回来了，并把一切安排得十分妥当。在婚礼上，侯爵才告诉她真相，她的儿女安然无恙，他所做的一切只是证明她有"女性的美德"，他恢复了她在宫中原有的地位。

在这里，丘吉尔借用《圣经》中耶和华与亚伯拉罕的故事，来隐喻侯爵与克丽赛达的关系。侯爵之所以像对待动物一样对待克丽赛达，其实就是将自己摆到了耶和华的地位，将克丽赛达当作亚伯拉罕一样任意摆布。他为了满足自己无足轻重的心愿，置克丽赛达的个人利益和感受于不顾，随意摆布、支配她，根本未将她当作平等的人看待。

而就克丽赛达来说，她的行为所展现出的"美德"，使她从未意识到自己的自主权，她从未意识到自己是和丈夫一样平等的人。丈夫像对待动物般对待她时，她却百般忍耐，毫无平等和自我可言。也因此侯爵才会再三地提出无理的要求，而这些要求是建立在她百般的痛苦之上的。

可以说，克丽赛达是封建婚姻体制下可悲的牺牲品，是大批愚昧已婚女子的代表，是玛琳的客人中最顺从而又从未觉醒的一位可悲可叹的女性。

3. 布鲁格尔

画家布鲁格尔作品中的人物格莱特比其他女性大胆了许多。虽然她也曾做过家庭主妇，但是她最终冲破了男权传统的藩篱，成为反抗男权压制的女勇士。

在画中，格莱特头戴钢盔，勇敢地带领一群女性冲出男性控制的地狱，与压制她们的男性作战。无论结果如何，她的行为毕竟为其他女性指明了一条光明的出路。在六人的宴会上，她不时为其他女性的悲惨命运深感气愤，显示出无畏、反叛的性格。丘吉尔借这样一个画中人参与这个代表各类女性的集会，表明了她对女性解放道路的困惑。这主要表现在，她一方面暗示女性要得到解放需要采取强硬手段，同时又显露出对这条出路的前景朦胧、不明朗的态度。

在本剧第一幕第一场，丘吉尔通过描述几位女子的命运，展现了历史上的女性在男权社会备受压制的地位，表现了众多处于劣势的女性，因无力挣脱社会的束缚而甘受凌辱，当然也有很多人采取了有限的反抗手段。这一幕反映出丘吉尔对于历史上女性生存状况的关注，可以说是她对于历史上各类女性同样悲苦命运的一个展示。

4. 尼娇

与克丽赛达相比，贵妇尼娇敢于做一些自己想做的事情。虽然她也受男权意识左右，但她敢于以反抗行为表达自己的不满，她的生活并没有完全受别人的支配。

在书中，尼娇生活于13世纪的日本，作为皇帝的小妾，她的经历代表了封建社会中作为皇族权贵玩物的东方女性的悲苦命运。尼娇从小听从父亲的教诲，相信女人生来是为男人服务的。14岁做了皇帝的小妾后，她却落了个独守空房的命运。她整日穿戴薄纱，忙于打扮，甘做男人观赏的客体，生活的目标就是能够成为皇帝最宠爱的女人。

从她的经历中，不难联想到中国历史上，皇帝后宫中众多独守空房的后宫嫔妃的悲苦命运。对尼娇来说，她将生活希望全寄托在皇帝身上，当得不到皇帝的恩宠时，她以不忠为武器报复皇帝的忽视，公然与一位僧人相爱。但皇帝对她早已视为敝屣，反而在一个夜晚将她送给另一个男人，可见皇帝只不过将她当作一个招之即来、挥之即去的玩物而已。

在这样的境况下，尼娇看不到一丝生活的希望。皇帝死时，她甚至没有权利穿孝衣，不能进宫送葬，对皇帝死心塌地的她便偷偷躲在棺材后，光脚跟着送葬的队伍，到那儿后却只看到了一缕青烟。不仅如此，尼娇的悲苦命运还在于她是男人生育的工具：她为皇帝生下的婴孩不幸夭折；她为一位爱她四年的僧人生的女儿被人带走；她的第三个孩子出生后，她再未见过孩子的面；她的第四个孩子出生前，她的情人已死。

书中描写的尼娇，以这种放荡的生活方式反抗社会习俗，控诉男权社会对女性的压制。她的生活没有依靠，所以不得已进庙宇做了尼姑。可是，在庙里，她仍旧找不到精神归宿，所以她决定解放自己，赤脚游览日本诸岛，欣赏自然风光，寻求精神自由。

可以说，尼娇的一生备受歧视，这不仅因为她是女人，还因为她是小妾，是东方国家中备受唾弃的妓女。就现实来说，许多像尼娇这样的女性可能一时享受荣华富贵，但当她们对于男人没有利用价值后，就会被无情抛弃。

5. 琼

琼与前几位女性有所不同，她曾涉足男人控制的公共事务，与男人平分秋色，也享受到了拥有支配权的痛快与愉悦。琼从小女扮男装，在学校接受平等的教育，从未接受过男尊女卑的思想教育。因此，她的经历反映了历史上女性长久以来被男权文明排斥于教育领域之外的史实。

她追求真理，醉心于读书，成绩斐然，被选为罗马教皇。这有力驳斥了女性在智力上劣于男性的传统观念，证明了这样的事实：在同等教育条件下，若有机会展露才华，女子可以与男人一样有成就，甚至比男人更优秀。

然而，当琼享受到了爱情的欢愉之后，因为不懂得生育知识，她竟然在众目睽睽之下将孩子生到了正在举行盛大宗教活动的大街上。她因为暴露了女性身份，立即和孩子一道被人们当作异端乱石投死。

这惊人的一幕表现出男性支配一切的社会状况：女人没有权利在公共场所掌管权力，否则迟早会被驱逐出去。不仅如此，琼的经历还显示了男权社会的双重道德标准的强大威力：在男女交往的过程中，男人的不轨行为可以被原谅，而女性一旦"堕落"，必将遭受严厉的惩罚。

通过对琼的塑造，丘吉尔以此表达了对男权社会中男女不平等的受教育权的不满，并谴责了那个社会有失公允的双重道德标准。

6. 玛琳

在这些女子酩酊大醉以后，剧本的其余部分回归现实，观众跟随玛琳经历了她在20世纪80年代的生活场景。

玛琳在宴会的第二天走进办公室，与同事们闲聊，会见求职者，并应付外甥女的不速来访。丘吉尔的观点表达得十分明朗：当玛琳面对她的姐姐、外甥女、同事和自己的抉择时，这位现代女性的观念及其生活方式，都与生活于不同历史时代的女客们相差无几。尽管从表面看好像这个宴会在庆祝成就，其实本剧是在探讨：女人事业成功的意义到底是什么？

在这个庆祝宴会上，只有玛琳是现代女性，而且她只是一位听众，不断发出愤慨的叹息，她并未讲述自己的经历。

但当发展到第一幕第二场时，丘吉尔将镜头从历史上的女性转向了现代女性，展现了现代生活中不同女性的各种命运，主要围绕玛琳担任董事的职业介绍所里发生的故事展开。

霍华德太太、乔易丝和詹尼属于那类受传统观念的束缚而任劳任怨、贤良、顺从的女性典范，不过，她们受束缚的程度不同。其中，霍华德太太是最为被动、顺从的一位，她的生活以丈夫为中心。当丈夫为落选职业介绍所董事一职而发病住院时，她不顾尊严，哀求玛琳将职位让给霍华德。遭到拒绝后，她气急败坏地咒骂玛琳不正常。在她的观念里，男人应该领导女人。

而乔易丝是玛琳的姐姐，她为了家庭成员，宁可牺牲自己的利益。当玛琳未婚生下女儿安姬时，已婚的乔易丝替玛琳收养了安姬。乔易丝的生活负担十分繁重，她独自赡养年迈的父母，因养育安姬过分劳累而导致自己的孩子流产。不仅如此，丈夫出走之后，她以做清洁工为生，经济状况虽不好，却从未接受过玛琳的经济资助。

16年来，玛琳只来看望过安姬两次。安姬并不知情，不知道乔易丝是在代替玛琳行使母亲的职责。她性情古怪，反而恼恨乔易丝，出走伦敦去找寻生母玛琳。乔易丝为家人遭受了许多苦难，付出了许多，却从未期望得到回报，只是抱怨玛琳为父母、为安姬付出的太少。从描述来看，乔易丝比霍华德太太的思想提高了一步，她思想上有所觉醒。

相对而言，詹尼又前进了一大步。她走出家庭，走向社会求职。然而，她接受的是秘书和助手之类的工作，而且求职的目的是能够与男友一起工作，攒钱结婚。詹尼工作仍旧是为了结婚并回归家庭，她仍然属于传统女性，未意识到自己的社会价值。她的经历反映出当代社会相当一部分现代女性的思想。她们的基本生活状态已与从前大相径庭，有些人走向社会自食其力，享有社会发展带来的机遇。但同时，詹尼的经历又反映了传统社会对女性从事工作的歧视态度：女子只能从事一些次要部门的职业，如秘书、打字员、护士、职员、幼教之类的工作。这种思想影响、抑制了她们的潜能和工作热情，导致她们对自己没有信心，对事业没有追求，从而导致其没有进一步的长远发展。

在玛琳的职业介绍所里，一些有魄力的女性已从家庭中解放出来，将事业当作她们生活中的重要组成部分。但是，依旧可以窥见当今女性在工作中遭受排挤的社会状况。

因此，在当今社会，许多有才华、对事业有追求的女性，即使工作干得比男性好，也得不到相应的赏识和提拔。长期以来，社会观念普遍认为，女性只能被领导。她们的经历显示出一部分事业型女性所面临的窘境：她们放弃家庭，将事业当作生命的全部，但在男人控制一切的社会环境中，她们并不得志，在事业上得不到同等的地位和待遇。因而其才华被埋没，热情被浇灭。男权意识的威力和影响仍旧非常强大。

可以说，在作品中，玛琳得到提升是丘吉尔塑造的一个现代女性事业成功的理想例子。丘吉尔以此向具有传统男权意识的用人观念发起挑战，显示出蔑视世俗、树立成功女性形象的决心和勇气。

与此同时，玛琳的形象也反映了丘吉尔对于女性事业成功后出现的问题的思考和困惑。玛琳看似事业有成，但她付出了巨大代价。从乔易丝、安姬与她的谈话中可以看出，玛琳的个人生活有很多遗憾之处：她从未结婚，没有自己的家庭；从未赡养过父母，抚养过女儿，也从未帮姐姐乔易丝度日，极少探望女儿；甚至当安姬独自来找她时，她一心只想着工作上的事情，对安姬十分冷淡。换句话说，她从未想过自己对女儿还负有责任和义务，她是在牺牲家人利益的基础上获得事业成功的。

在这个剧本中，丘吉尔通过玛琳的个人经历提出了她对女权主义运动的疑惑：女性若想事业成功，就必须抛弃家庭吗？如果将女性的事业与家庭割裂开来的话，事业将对像霍华德太太之流的传统女性毫无吸引力，因为她们不愿意像玛琳一样为了事业而抛弃家庭。因此，玛琳的形象不利于其他女性普遍接受女权主义思想。

女权主义运动一方面提倡女性应当自立；另一方面，它未能帮女性解决实际生活中的难题，使得部分女性只能采取某些不光彩的手段，以达到工作的目的。这反映出丘吉尔对女性前景的怀疑态度。

总之，《优秀女子们》是一出女权主义和社会主义剧作，它提出了关于阶级关系和女性在家里和工作单位的双重角色的问题，对女性运动进行了自我批判。如果女权主义意味着成功女性踩在男人或者其他女人头上和失去家庭的话，那它就失去了意义。获得与男子平等的社会权利是丘吉尔笔下的女性梦寐以求的，获得解放是她们为之奋斗的理想。然而，她们在向男权社会发出挑战、走出家庭、参与社会的同时，付出了昂贵的代价，遭遇了不幸和悲哀。

对女性而言，虽然在精神上做到了自尊、自信、自强和自立，但她们并未获得真正的解放。她们反映出女性主义的主导思想。丘吉尔的剧作使读者面对人类本性、西方价值观、社会组织或历史进步的真相时不能释怀,这些问题使读者不得不面对女人的真实存在,再次进行认真思考。

第二节 20世纪美国女性文学作品赏析

一、诗歌

(一) 西尔维娅·普拉斯诗歌中女性身体的重现

西尔维娅·普拉斯(Sylvia Plath, 1932—1963),美国著名女诗人,因其富于激情和创造力的重要诗篇留名于世,是继艾米莉·狄金森和伊丽莎白·毕肖普(Elizabeth Bishop)之后一名重要的美国女诗人。1963年,年仅31岁的她自杀。生前,普拉斯只出版过一本诗集《巨人及其他诗歌》(*The Colossus and Other Poems*)和一部自传体长篇小说《钟形罩》(*The Bell Jar*, 1966)。

普拉斯去世后,她的丈夫泰德·休斯(Ted Hughes)编选了几部普拉斯诗集,奠定了普拉斯作为一名诗人的重要地位,其中包括《爱丽尔》(*Ariel*)、《渡湖》(*Crossing Waters*)、《冬树》(*Winter Trees*)以及《普拉斯诗全集》(*The Collected Poems*)。其中《普拉斯诗全集》于1981年获得普利策奖。

在西尔维娅·普拉斯的诗歌中,诗人总是有一种写作的焦虑,而这种焦虑产生的根源不仅仅是她对内容的构思上,更是她对女人、妻子、母亲和女性作家这几者间的关系的协调上。桑德拉·吉尔伯特和苏珊·格巴认为这种"作家身份焦虑"是因为女性作家生活在男性主导的男权社会的压抑下,进而内心产生一种冲突和女性作者身份的焦虑。此外,还有众多的女性主义理论家和批评家都对当时女性所遭受的压迫进行了具有否定释意的分析,从中可以看到当时的女性地位如何;而现当代女性作家和女性主义批评家对"重写""自由""重新创造""逃离"以及"重新定位身份"等词语的使用,可以说明女性地位以及女性作家的地位与当时相比已经发生了巨大变化。而当时的普拉斯运用了各种积极、特意的技巧和策略来逃脱前面所提到的女性"作家身份焦虑";普拉斯通过对女性身体的重现,在她的诗歌中展现了一个多元化的自我,也呈现了她艰难地探索自我的性别书写历程。可以说，普拉斯就是因为对女性作家和女性在家庭中的传统身份的矛盾无法协调，而走上了自杀的道路的。

西苏在《美杜莎的笑声》中说，女性始终处于被压制的地位，她们的一切正常生理心理能力、一切应有的权利都被压抑或剥夺了，她们被迫保持沉默。而女性的身体长期以来却被男性所描述、注视和封锁。在西苏看来，女性写作的意义在于其能够解放被束缚和压抑的女性身体，"通过写她自己，妇女将返回到自己的身体"。而获得自由和解放了的女性身体，无疑会使女性释放和发挥无限的潜能和力量。

在普拉斯的诗歌中经常会出现不同的女性身体形象，并且这种女性身体形象是打破了菲勒斯语言秩序描写的女性身体形象。而如果把普拉斯诗歌中的女性身体形象的重现做一个轨迹记录，我们会发现，有些诗歌中重现的女性身体形象是相对消极的，例如，她描述对于自己身体的厌恶、羞耻和恐惧；而有些诗歌中的形象是非常积极的，女性身体变幻莫测，是有着无穷能量的源泉；还有一些诗歌描述的是前面两者之间的紧张关系。但这个轨迹并非螺旋式上升式或者前进式的线状轨迹，而是迂回于三者之间的，一直在变幻的。总之，普拉斯诗歌中的女性身体重现的轨迹是一个流动的、像水银一样的轨迹。也许这恰恰可以说明，为什么普拉斯没能在诗歌写作中解决她生活中面临的这种两极的矛盾关系，而最终选择用死亡来结束这个痛苦的探索自我的历程。

1. 对于自身女性身体的不安

西苏认为，在以菲勒斯语言为中心的父权社会，女性没有自己的语言，她们只能将自己的身体作为一种语言："它的肉体在讲真话，她在表白自己的内心。事实上，她通过身体将自己的想法物质化了；她用自己的肉体表达自己的思想"[①]。作为自白派诗人的代表，普拉斯用重现女性身体的诗歌来表达她的思想。她的诗歌中经常体现出对于自己女性身体的不安和厌恶，这是她的真实自我的体现。

在诗歌《郁金香》(Tulip)中，她试图抹掉自己身体的女性特征，"我没有脸，我要抹掉自己"。而在小说《钟形罩》(The Bell Jar, 1966)里，女主人公埃斯特则试图在热浴缸里擦洗和净化自己的身体。在诗歌《生日之诗》(Poem for a Birthday)中，女性身体与诗歌的创造力之间是那么的格格不入，身体被秘密隐藏起来，就像普拉斯说的，她住在一个

---

① 埃莱娜·西苏著：《美杜莎的笑声》，选自张京媛主编《当代女性主义文学批评》，北京：北京大学出版社，1992年，第195页。

"自己的蜡像身躯,一个玩偶的身体"里①。而在诗歌《养蜂集会》(*The Bee Meeting*)中,女性身体被裸露在外且容易受到伤害,就像是"夏天穿没有袖子的连衣裙""没有了保护"。

女性身体被父权社会所压制的同时,女性呼吸和言论的权利也同时被压制了。因此,在普拉斯的诗歌中,女性身体作为女性作家生活和文学创作的源泉,以及创造力的来源,经常受到威胁或被遗失和漏失。如诗歌《三个女人》(*Three Women*)中,诗人写道:"如果两个生命在我的腿间漏失了/该如何是好?"又如她在《死产》中所写的,生出了一些发育迟缓或畸形的诗歌,而这些诗是"不能存活的"。而在另一些诗歌中,女性身体则被描述成了"一具刚刚从医院走出来的受伤的躯体"。普拉斯不断地在诗歌中把女性身体渲染上鲜血的颜色,无论是在诗歌《无子女的女人》(*Childless Woman*)中象征着不育症的女性身体——"除了鲜血无法生产其他";还是在小说《钟形罩》中,埃斯特大出血时,鲜血成了痛苦的指代物,她的心脏的"每次跳动"都会"让鲜血再次涌出"②;又或者是在诗歌〈在鸡蛋岩上的自杀〉(*Suicide On Egg Rock*)中,鲜血成了逃离身体失败的一个记号,"拍打着(身体上的)旧文身/是我,是我,是我"。

2. 多元化的女性身体

普拉斯响应了西苏的号召,主张女性要"充分地享受身体的快乐"。不仅如此,她的诗歌让女性身体变得适应力极强,它具有多重变形,可以在《生日之诗》中变成"浑身是嘴"或"一个石头眼睛",也可以变成一粒无生命的米:"待在锅盖的下面,微小而无生命",又或者是"一个根茎,一块石头,一个猫头鹰嘴里反刍的食物颗粒";并且变得可以压缩,甚至缩小到可以"坐在一个花盆里"。

另外,在普拉斯诗歌中出现的裸露的身体经常是丑陋和恐怖的,因为它总是在试图打破被男人偶像化的女人身体牢笼。但是在《拉萨路夫人》(*Lady Lazarus*)中,普拉斯展示了一具鲜明的尸体,而不是被剥去了围巾包裹的躯体;也并非令人感兴趣的肉体给人所带来的启示,她呈现的是只有"皮肤和骨头"及"眼窟窿"的一具尸体,好像是一个传统的女魔头形象。女性身体因为暴怒而变形,幻化成诗歌《蜇》(*Stings*)中的"红

---

① Ted Hughes, ed., Sylvia Plath: The Collected Poems (New York: Harper Perennial, 1981) 135. 下文所引用的普拉斯的诗歌均出自此处,以下只在正文标明页码。

② Sylvia Plath: The Bell Jar (London: Faber and Faber, 1996) 244. 本书所引《钟形罩》原文均出自此处,以下只在正文标明页码。

色狮子的身体"，一颗"红色的像天空疤痕的红色彗星"。而在诗歌《面纱》（Purdah）中，后宫的妻子向她毫无疑心的丈夫坦白自己是一个克莱特曼丝特拉（Clytemnestra），覆盖身体的塑料被撕去，身体从"蜡房子"里、"钟形罩"里和"坟墓"里逃离出来。她对自己身体的戏谑，正是用一种矫枉过正的方法来撤销男性话语权的影响。在《钟形罩》中，普拉斯拒绝传统的女性角色，拒绝保持自己的容貌或者给自己的身体抹圣油，拒绝装饰和膜拜自己的女性身体。相反，在她的诗歌中，身体成为令人震惊和恐惧的形象："从灰烬中/我站起身，满头红发/我吃男人，像吃空气"（"Out of the ash/I rise with my red hair/And I eat men like air"）。

普拉斯自己的身体经常成为她富有想象力的自主体的出发点，被她创新成一个精神和身体的新形式出现。由于女性身体可以成为一个新的启示，普拉斯获得了重生并在诗歌《整容》（Face Lift）中创造了这个奇迹："我是我自己的母亲"，重新生出了新的"粉红色，光滑的像婴儿一样的身体"。在《到达那里》（Getting There）一诗中，普拉斯"让流血的身躯生下了孩子；像女的上帝一样起死回生，让死人复活"，而她自己的身体则成了人类从过去历史中获得救赎的一个神圣中介，就像耶稣一样；她的身体也曾遭受了无穷的苦难，但是最终她希望通过牺牲自己的身体来救赎自己以及世人。

普拉斯通过在诗歌中对女性身体的重现来重新获得自己的身体，就像艾德里安娜·里奇说的，女性诗人的作品和艺术家的习作都有能力通过一种能量和欲望的自由形式的体现来改变大自然。而普拉斯的自传式诗歌作品中女性身体的多元化重现，其实是诗人多重主观叙述的体现。她尝试用各种暂时的甚至是矛盾的身体伪装来炫耀身体的多变性，普拉斯的多重主体通过她的身体语言来实现，以期达到她在写作中寻求自我的目的。

普拉斯曾在《散文家书》中写道："我是在努力地，经常是像生孩子一样痛苦地创造一个自我"①。诗人利用自己的身体能够成为有着"棕色头发"或是"金发"的"有丰富创造力的""好学的自我"。而这种寻找自我的诗歌创作通过女性身体的各种变形，得到的只能是一个灵活的自我的存在形式，即一个不确定的自我的身份，就像是"我破碎成碎片，在空中飞翔"（第192页）。

---

① Sylvia Plath, Letters Home: Correpondences1950-1963, ed. Aurelia S. Plath (London: Faber and Faber, 1975) 233.

3. 寻求自我的书写——"杀死假女人，寻找完整的女人"

西苏认为，女性"不敢享受"她们自己"被殖民化"的身体，她们也许已经"内化了"男性对于"女性神秘的躯体和性征"的恐惧。这种对于女性身体的恐慌在普拉斯的诗歌中转换成了浸满鲜血的躯体，就像"烧毁了树枝的僵硬的树木"和"猩红"的郁金香"跟我身上的伤口—它的对应物谈话一样"。然而前面所提到的普拉斯诗歌中所表达的她对女性身体的憎恨，对女性身体和女性文学创作之间不融洽关系的恐惧，在她的其他诗歌中，又转变为对女性身体的庆祝，因为女性身体本是文学创作的源泉。普拉斯在诗歌《在石膏中》（In Plaster）意识到"遮住我的嘴巴和眼睛，完全把我包裹起来的"像"木乃伊箱子"的身体外壳会消亡。因此，她响应了西苏的号召，认为女性必须"杀死那个阻止我们呼吸的假女人/让我们作为一个完整的女人呼吸吧"。普拉斯在《钟形罩》中，放弃了曾掩盖"麻木迟钝躯壳"的"冷酷而平静"的声音，那个声音"从嗓子眼里回到口中"，诗人喷出了已经在体内存在良久的这个假面具。西苏对女性文本的阐释就像是"呕吐"时的"喷涌"，"大量泻出"，而身体就成了这个泉涌的巨大来源。普拉斯在《散文家书》（Letters Home）中曾经提到，她自己如何试图"吐出那些阻塞我脑子思维的腐烂物"，也提到了"灵感和想法如何流淌，就像是她囤积了一年的间歇喷涌的泉水"。她写道："一旦我开始写作，灵感和想法便一直涌现，一直涌现……"。这些话跟西苏对女性写作的观点如出一辙。

在普拉斯血管里流淌的血液被女诗人转化为了诗歌，她在《仁慈》（Kindness）一诗中写道："血喷就是诗歌/它无法停止下来"，再一次和西苏对于女性写作和鲜血的对应相吻合，西苏说："那些曾安静地流淌在我的血管里的字句，现在已经变成了疯狂的血液，欢呼的血液"；而来自女性身体的诗歌就像西苏说的，那是"鲜血的字句，永远流淌，永不停歇"；普拉斯寻找自我的艰难历程的真实体现为作品中身份的质疑、舞台表演及身体的各种变形，甚至是身体的消失。她渴望得到某种启示，能够找到"真我"或者希望在诗歌中呈现出完美的女性形象。她在诗歌中表现的多变的自我是不可能被简单定义的。正因为这样，女性身体就如西苏所言："那是一个有着巨大空间的歌唱者的肉体；那上面被移花接木了（各种特质），所以没人知道我是谁！"①

---

① 埃莱娜·西苏著：《美杜莎的笑声》，选自张京媛主编《当代女性主义文学批评》，北京：北京大学出版社，1992年。

在普拉斯的诗歌中，也可以看出女性作家从最初被当作一个形象被男性消费，到重新获得自己的身体，并同时成为自身形象的创造者和消费者这一变化过程。而在传统的思维、身体二分法中，原来被男性注视的女性身体，让女性自身也会恐惧的对象，现在转变为主体，从女性身体中可以发现女性的特质，叙述女性的身份。这样看来，普拉斯也可以并入到后现代女性作家的行列，与安吉拉·卡特（Angela Carter）、简妮特·温特森（Jeanette Winterson）和卡罗尔·安·达菲（Carol Ann Duffy）一样，她也是把女性身体作为叙述发展的一个工具，用女性的主体性来对抗男性的语言。在普拉斯的诗歌中，她不仅用女性身体的重现为自己增加了独立的创造力，更通过重现女性身体打破已经被世人接受了的传统女性形象，她赋予了女性身体一个崭新的女性写作的身体。

（二）安妮·塞克斯顿诗集中变形的童话故事

20世纪60年代，出现了一场声势浩大的自白派诗歌运动，其发起人为美国诗人罗伯特·洛厄（Robert Lowell）。这个诗歌派别如其名称，在诗歌中无保留地对自己进行坦白，将自己的意识流、生活方式等各个方面无保留地展现在读者面前。对这个诗派的诗人来说，写作的原因主要有以下两点：

（1）因为他们相信所处的时代要求他们以极其坦率的方式来表现自己；

（2）自白派诗人大都患有或轻或重的精神疾病，他们都接受过心理治疗，写作也是为了解除种种心理负担、治疗所患的精神疾病。他们在诗中对自我的探索过程类似于心理治疗的过程，他们大胆地在读者面前对自我进行暴露，邀请读者分享他们对自我的寻找过程。

1971年，安妮·塞克斯顿（Anne Sexton）的诗集《变形》（Transformations）出版，诗中她以一种全新的视角重述了16个脍炙人口的格林童话故事。她没有采用自白派诗人常用的方法，改而采用艾德里安娜·里奇所提倡的"用书写再现"的手法，并期望在这些再现的文本中找到女性是如何被社会化的。在这本诗集中，诗人并没有完全抛弃自白派诗人将个人因素写进诗歌这种方法，而是对其进行了升华，将"个人的因素转变为了超个人的因素"[①]。其具体做法如下：

（1）在故事的叙述上使用一个"中年女巫"的声音，而诗人则变形

[①] Estella Lauter, Women as Mythmakers: Poetry and Visual Art by Twentieth Century Women. Bloomington: Indiana University Press, 1984.

为女巫这个叙事者来重述故事。

(2) 在每个童话故事中,诗人运用每个诗歌人物的戏剧独白带出作者隐藏在背后的声音。诗人自己也曾说过:"这本诗集,其实是与我最密不可分的一部作品,因为那些非常个人的东西现在用了一种不同的语言,不同的节奏说出来而已;但是这些故事(用这种方法所叙述出来)就像是从一个很深的地方发出的声音一样"①。

在这本诗集中,诗人对原格林童话故事中的男权意识进行了揭示,并对其中的男性价值观和男性中心论进行了讽刺性的解构,同时也从女性的角度对其进行了阐释。

1. 童话故事中的女性主义

神话、民间传说、童话故事和传奇故事、寓言故事一样,一直在以不同的形式被转述着,在这个过程中,人们生活中的点点滴滴得到一代又一代人的理解。并且在童话故事中常常隐含着某种社会结构中特定的文化价值观,通过童话故事这一形式渗透并成为对社会主体具有指导作用的文化价值观。这些故事中大多都包含着权力中心对一个人行为的微妙影响。可以说,作者在这些故事的创作中运用了大量的技巧和策略来实施米歇尔·福柯(Michel Foucault)所说的非暴力的规训统治,即露丝·布雷尔(Ruth Bleier)所归纳的知识控制,这种规训性权力对人的肉体、姿势和行为进行精心的操纵和训练,进而制造出只能按照一定的规范去行动的驯服的肉体(docile bodies)。女性主义批评家苏珊·波尔多(Susan Bordo)和桑德拉·巴特奇(Sandra Bartky)曾经对这种统治关系是如何在女性身上作用的进行过分析,并认为它直接导致了女性的自我监控,进而成为被男权社会所驯服的人。而社会和文学的叙事建构恰恰是对这种统治关系的顺应,体现出这种关系是如何被引入女性的集体无意识之中的。因此,在女性文学评论家看来,这些叙事建构实质上是对父权至上观念进行强化的一种机制。童话故事正是这种叙事建构的一个例子,而女性正是在这些故事中不自觉地被驯化了,成了父权社会模式所期望的"女性"。

而在对神话传说和童话故事等的重写或重述过程中,源文本势必会发生改变。于是越来越多的女性作家和诗人通过这种方法来改写那些经典的文学作品,以此对自己作为女性的身份进行重新定义,甚至重新定位我们的社会文化传统。在这种重写或重述过程中,作者的女性经验得到重新记

---

① Anne Sexton: A Self-portrait in Letters, eds. Linda Gray Sexton and Louis Ames. Boston: Houghton, 1991.

忆。而在阅读过程中,现代女性读者也能够从中发现和她们的身份相关的一些重要事实和真相。

2. 对女性性别社会化的思考

塞克斯顿在诗集《变形》中对童话故事的重述,强调女性被塑造成了两极化的形象,如白雪公主、小红帽、灰姑娘像天使一样温顺、善良,但是很脆弱,容易受到伤害;而《白雪公主》里的皇后、《灰姑娘》里的继母和《长发公主》中的老女人则是独立而以自我为中心的、邪恶的、残忍的、像巫婆一样的女性形象。诗人在故事重述过程中对这些形象进行了讽刺性的批评,并从中进行了自省。如那些不顺从或者那些跟善良、自我牺牲及顺从等女性气质不符合的人物,都被塑造成了邪恶和令人憎恶的角色,且最后受到了惩罚。

而在对源文本故事的文化内涵进行评价的时候,诗人用黑色幽默和讽刺的手法让源文本故事中的话语潜台词变得不再隐晦。如卡罗尔·莱文腾(Carol Leventen)所述,"塞克斯顿的诗集《变形》的最大成就是诗人对女性被社会化过程的认同以及她决定把重点放在故事中的主人公们如何被社会文化背景所驱使而承担并演绎那些社会角色"。[①]

此外,塞克斯顿还抨击了原来童话故事中的男性英雄形象。在这些故事中,男主人公大都具有英雄气质,并具有很高的社会地位,如王子;并且他们总是在女主人公危难时救其于水火之中或把她们带回到正常生活之中,最后和她们结婚并幸福地生活在一起。这种叙述无形之中会使女性读者产生一种"诱惑的幻想"。在这些故事中,作者似乎在尝试建立一个将男性和女性价值观及特质对立起来的社会秩序。而塞克斯顿重述后的童话故事,既没有给出一个她所描述的故事中女性对自己处境的选择性的结果,也没有鼓励女性更积极地去反抗,而是主要对与女性生活方式有关的那些传统社会价值观(如爱情和婚姻、美貌、家庭、善恶和道德责任等)重新做了一个审视;同时她还在这些重述的故事中批评了那些被女性不自觉和无意识中认同的传统角色。

塞克斯顿的诗集《变形》所重述的童话故事,让读者在阅读该诗集里的诗歌的时候,重新认识和审视人们集体无意识中的上述内容。因此,这部诗集具有重要意义,正如琳达·瓦格纳·马丁(Linda Wagner Martin)所说的:"这本诗集中的诗歌详细地对女性被社会化这一事实和过程进行

---

① Linda Wagner Martin, ed. Boston: G. k. Hall and Co. 1989.

了分析，远远地超出了读者期望从安妮·塞克斯顿的作品中所能看到的"①。

3. 以诗集《变形》为例

塞克斯顿在诗集《变形》中并没有直接参与到对童话故事的重新叙述中，而是将一个"中年女巫"作为第一人称的叙事者来对故事进行重述。每一个故事的开头都会有初设的语境来介绍故事背景，从而让诗歌中重述的故事同诗人所生活的时代联系起来，或者跟读者的生活经验联系起来。叙事的女巫和每首诗的序言好像是诗人故意建立的一种虚拟关系，变身为女巫的塞克斯顿一会儿作为观察者观察故事中的人物，一会儿作为评论者对自己的幻想故事进行评论。

在诗集的第一首诗《金钥匙》(The Gold Key) 中，女巫这样开始了她的故事：

I have come to remind you,

All of you:

Alice, Samuel, Kurt, Eleanor,

Jane, Brian, Maryel,

All of you draw near.

Alice,

At fifty-six do you remember?

Do you remember when you were read as a child?

Samuel,

At twenty-two have you forgotten? （第223页）

而在第三首诗《白蛇》(The White Snake) 中，这个叙事者称呼自己为"塞克斯顿夫人"(Dame Sexton)，就好像塞克斯顿在诗集中变形为"中年女巫"这个叙事者来代替自己重述故事。

而在叙事技巧方面，塞克斯顿主要运用了瑞切尔·杜普勒西斯 (Rachel DuPlessis) 总结的以下两种叙事技巧：

技巧一：通过扰乱源文本原有的故事内涵，让原有故事的最初设想无效；

技巧二：通过"叙事位移"，即作者在调查源文本故事中的文化禁忌等主题时，致力于认同这些被边缘化事物的差异性。

这里我们选择诗集《变形》中的三首诗歌来对塞克斯顿重述的童话故

---

① Linda Wagner Martin, ed. Critical Essays on Anne Sexton. Boston: G. K. Hall and Co. 1989.

事进行具体分析,其中《长发公主》(*Rapunzel*)中,诗人运用的是技巧二,《灰姑娘》(*Cinderella*)及《白雪公主和七个小矮人》(*Snow White and the Seven Dwarfs*)运用的是技巧一。

(1)《长发公主》

在塞克斯顿的重述中,长发公主的故事变成了一个年长女人和一个年轻女人的感情故事。塞克斯顿对同性关系的描写大大削弱了异性恋在道德和生理上是正确的假设。故事的开场这样写道:

A Woman

who loves a woman

is forever young.

The mentor

and the student

feed off each other.

Many a girl

had an old aunt

who locked her in the study

to keep the boys away.

They would play rummy

or lie on the couch

and touch and touch.

该故事在以下三个方面对传统的童话故事进行了全面颠覆:

①叙事者在开场白直接提到了女性之间的同性恋,打破了童话中异性恋的禁锢(特指童话故事中的)。

②故事中的同性恋发生在一个年长女人和年轻女人身上,这使得同性恋这种逾越禁忌恋情的尺度更大了,因为这会让读者联想到母女之间的乱伦关系。

③故事中描述的两个女人之间的亲密动作是对男权社会规范的挑战。

塞克斯顿在对《长发公主》这个故事进行重述时,采用了与原故事完全不同的方法和角度,让不同于源文本故事所预期的阅读和理解成为可能。此外,在故事中她还揭示了一个已经存在但却被传统故事版本试图抹去的事实,即历史上一直存在的女性之间的感情关系。

但是当长发公主遇到了王子时,塞克斯顿对于同性恋的态度也随之更加清晰了。长发公主发现,她与王子之间的男女情爱跟之前她与另一个女人之间的情爱不同,这种差异性产生了一种规劝统治关系,以让长发公主回到正常的男女情爱的生活中。塞克斯顿对《长发公主》故事的变形,让读者的注意力转移到强制性的异性恋上——无论男性还是女性，他们都被迫承认异性恋是正常的、自然而然的事。这个故事的结尾跟《灰姑娘》那首诗的结尾极其相似：

They lived happily as you might expect

proving that mother-me-do

can be outgrown,

just as the fish on Friday,

just as a tricycle.

在这首重述的诗中，长发公主最后并没有在同性恋和异性恋之间做选择，故事中叙事者的声音似乎暗示着重述故事中王子的角色地位远没有源文本故事中王子的角色重要。换句话说，塞克斯顿从一个全新的角度来叙述这个故事，这在某种程度上说明，塞克斯顿是在强调女性之间的这种紧密联系。

（2）《灰姑娘》

在灰姑娘仙度瑞拉的故事重述中，塞克斯顿将为王子物色新娘的舞会变成了一个"婚嫁市场"，而仙度瑞拉却无比向往这个舞会。但即使她再怎么"乞求继母同意让她前往"，邪恶的继母还是让"甜美的、像圣女一样"的仙度瑞拉留在家里做杂活。重述故事里的继母还是一个折磨善良女孩的残忍又恶毒的女人形象，而仙度瑞拉的姐姐们甚至比继母还要坏。这里的继母和姐姐其实就是前面提到的艾德里安娜·里奇所说的"水平暴力"的实施者：女性为了在以男性为主导的社会里取得特权，而不惜以伤害其他女性为代价；而她们却全然没有意识到这个男权社会是怎样影响她们的自我认知的。

而这个故事中出现的几乎所有的女性，都变成了男权社会文化的权力关系中的受害者：继母相信她的女儿们的未来和幸福都跟这个稳定的婚姻有关；两个姐姐认为那个王子会给她们带来幸福和个人生活的最大成就。仙度瑞拉好像不完全是一个受害者，在她的身上体现了男权社会文化要求女性必备的女性气质和品德。但是，这样一个被完完全全社会化了的女性角色其实已经失去了自己的身份。

塞克斯顿对两个姐姐是如何为了让她们的大脚穿进水晶鞋而努力进行了着重描写，其中一个竟然"削掉了自己的大脚趾"。正当她的计谋即将成功、骗过王子的时候，一只白鸽飞来告诉王子："看她脚上涌出的鲜血。"叙事的女巫这时用极其讽刺的口吻说："看，这就是截肢手术啊！"另一个姐姐干脆"削掉了自己的脚后跟"，但是"鲜血骗不了人"。王子这时非常疲惫，但最后还是让仙度瑞拉试穿了鞋子，她的脚"一下子穿进了鞋子/就像是情书放进了信封里"。

塞克斯顿在她重述的童话故事中,批评了女性为迎合男性为婚姻设计的种种条件而不惜做出种种牺牲,甚至包括自己的身体的行为。这其实是女性已经掉进了男权社会文化所设的圈套——让女性为了符合已经被内化了的男性注视的审美标准去伤害自己的身体。女性的这种自我约束和对自我伤害的无意识行为,证明女性已经被男权社会文化"驯服"了。但是,塞克斯顿好像没有注意到隐藏在这个故事背后的女性被社会化的过程,因为该故事的女主角"没有对这个过程做出反抗,她们是被动的、无助的受害者;她们注定了要去扮演男权社会已经给她们安排好的社会角色"①。

在故事的最后,塞克斯顿嘲讽了童话故事中传统式的幸福结尾:

Cinderella and the prince
lived, they say, happily ever after,
like two dolls in a museum case
never bothered by diapers or dust,
never arguing over the timing of an egg,
never telling the same story twice,
never getting a middle-aged spread,
their darling smiles pasted on for eternity.
Regular Bobbsey Twins.

虽然诗人仍然承认婚姻对女人的重要性,但是,她在结尾营造的却是一种死气沉沉的婚姻生活。仙度瑞拉和王子生活的世界好像是静止的,缺乏生活气息;两个人就像是被放在博物馆里的洋娃娃,完全没有自己的思想。事实上,塞克斯顿在这里特别强调了传统童话故事里的世界是不真实的,如果女性愿意相信或被这样的幻想世界所引诱,她们就必须认识到这一点。

(3)《白雪公主和七个小矮人》

在这首诗中,塞克斯顿将白雪公主描述为"脸蛋像香烟纸一样弹指可破,/四肢像法国利摩日生产的瓷器一样白皙,/嘴唇像卢瓦河的红酒一样红润和香甜"。她"转动着蓝色的像洋娃娃一样的大眼睛,/一眨一眨,/睁大双眼说,/日安,母亲"。这种描写其实讽刺了白雪公主像个没有生命的洋娃娃,像机器人一样机械地眨着眼睛,跟她的继母道日安。读者对于所熟悉的白雪公主故事的期望即刻被塞克斯顿讽刺性的叙事破坏了。接

---

① Linda Wagner Critical Essays on Anne Sexton. Martin, ed. Boston: G. K. Hall and Co. 1989.

着,变形为女巫的塞克斯顿这样讲述白雪公主的故事:

Once there was a lovely virgin

called Snow White.

Say she was thirteen.

Her stepmother,

a beauty in her own right,

though eaten, of course, by age,

would hear of no beauty surpassing her own.

……

The stepmother had a mirror to which she referred

something like the weather forecast

a mirror that proclaimed

the one beauty in the land.

故事一开始就展现给读者继母和白雪公主之间的冲突:一个年轻美貌,一个风韵犹存。而她们的容貌在女性潜意识的男性注视下恰恰导致了女性之间的相互隔阂,并导致女性成为敌对的双方。换句话说,使女性成为敌对双方的其实是前面所提到的,男权社会所运用的规训统治关系的一个技巧,这样就保证了女性成为男权文化权力下的被统治者。艾德里安娜·里奇称这种现象为"水平暴力",她强调说,女性的自我认知在这样的情况下退化了,并且会由此伤害到其他女性。

白雪公主受到了来自社会生活中化身为动物的种种性的威胁,在森林里她遇到对着她"猥亵地大叫的鸟",或者是对她垂涎三尺的"饥饿的狼",又或者是想要用它们环形的身体挂在她"甜美的粉颈"上的蛇。即使是原来格林童话中和蔼可亲的小矮人们,在塞克斯顿的故事中,也变成了奴役白雪公主、让她替他们做家务的坏人。当故事讲到白雪公主几次三番被继母所设计的陷阱伤害时,叙事者再也无法忍耐她的愤怒,称白雪公主像一个"愚蠢的兔子",总是上当受骗。

然而,塞克斯顿重述的童话故事的结尾并没有太大的变化,最后白雪公主和王子结了婚,继母受到了应有的惩罚。这时的白雪公主和故事开头描述的差别不大,仍然"转动着蓝色的像洋娃娃一样的大眼睛",一眨一眨的,有时也会"像其他女人一样/照照镜子"。这样讽刺的结尾其实是塞克斯顿在诗集中贯穿始终所要表现的自己对女性被社会化的一种评价,即"女性自恋的原因(如照镜子),其实是因为以男性为主导的文化把女性当作注视的对象,所以导致女性也逐渐内化了这种男性的注视而把自己作为对象看待"。

通过对塞克斯顿诗集《变形》中三首具有代表性的诗歌进行分析之后，我们不难发现，诗人并没有在重述童话故事的同时呈现出鲜明的女性主义态度和观点。这本诗集出版后引起了评论界和读者的广泛关注。诗人从传统的自白诗歌类型转向女性主义写作的模式，但是，诗人在最后做决定要写一本什么新体裁的书的时候，还是犹豫了。就好像塞克斯顿在创作的过程中，透过一个可以调焦距的小望远镜来观察她周围的事物和她所处的时代：这个望远镜的焦距一端可以调到父权社会信条，另一端可以调到女性主义运动。在塞克斯顿最后对准她要分析的这些父权主义的童话故事时，她也许仍然在犹豫是否完全采用女性主义的观点来解构这些童话故事。

就像诗集的题目一样，塞克斯顿重述的童话故事在很大程度上只是一种变形。她的这些故事就像是格林童话变形为现代寓言故事。不能否认的是，诗人把她的个人经验和源文本故事中人物的经验结合在一起，的确对神话和童话故事中女性的社会化过程有所扰乱，诗集《变形》呈献给读者的是诗人对家庭、性别和它们之间关系的反思和忧虑。然而，让人遗憾的是，这部诗集中变形了的童话故事只不过是给原来的童话故事在现代社会生活中找到了对应，原来故事中男性和女性之间的关系只不过是被强调了，而没有发生根本变化，两性之间所存在的矛盾并没有得到缓解或改变。

二、小说

（一）乔伊斯·卡罗尔·欧茨的《约会》

1. 乔伊斯·卡罗尔·欧茨创作简介

作为当代美国文坛最有活力的女作家，乔伊斯·卡罗尔·欧茨具有小说家、诗人、剧作家、评论家、大学教授等多重身份。在40余年的创作生涯中，她硕果累累，迄今已出版50余部短篇小说集、长篇小说、诗集和剧作，以多部力作跻身于当代美国主要严肃作家之列。

欧茨作为当代美国最多产、最多才多艺的著名作家，不但长篇小说创作卓有成就，其短篇小说创作也独树一帜，赢得一片赞誉。早在20世纪70年代，欧茨就获得了短篇小说艺术鉴赏家的美誉。艾瑞卡·荣格说："欧茨是我们的精神分裂症、被诅咒的童年和任意的暴力行为的桂冠诗人。""芝加哥论坛"称："欧茨的美国短篇小说浸透了活力和未加工的社会表面。"此外，她获得了欧·亨利短篇小说成就奖和马拉默德笔会短篇小说终身文学成就奖。各种文集都争相收录她的短篇小说。

2. 小说《约会》中的困惑、悔悟和批判

《约会》(*Tryst*) 是欧茨在1980年出版的短篇小说集《一次情感教育》中的一篇短篇小说，戏剧性地表现了传统观念上"强奸"一词的多层次含义。在这个当代美国郊区居民的寓言故事里，殴茨以有妇之夫莱丁格·约翰和安妮的约会为题材，剪辑出美国当代中产阶级情感生活的缩影，在探讨人类不断有欲望的本性特征的同时，批判了美国20世纪七八十年代普遍存在的婚外恋现象。

由于故事的技巧性强，叙述方式复杂，故事情节显得松散、模糊。其实，故事里直接出现的人物只有约翰和安妮两人，约翰的妻子和女儿只在他的幻觉和梦里出现。故事以约翰为中心，以第三人称的视角，讲述他与安妮的幽会过程。当中穿插了他的意识流，回忆他的家庭生活和他与安妮的交往。

在约翰眼里，安妮模样俊俏，性格豁达，无所畏惧，生活杂乱、随意，得过文史硕士学位，但看上去一副寒酸相。她说不想再见到他了，他明白就要失去她了。这一次他趁妻女外出带她去了自己家，就是在那里发生了她意欲割腕自杀的事件。当时她给他讲起了她孩童时代的记忆，当她去卫生间的时候，他酣睡起来。醒来时没有见到安妮，他推开洗澡间的门后，看到"血滴到粉蓝色的洗澡盆的瓷上，马桶上，黑绒地毯上，镜子上和淡蓝色的瓷砖墙上"，她身上沾着血。他气愤地帮她缠住伤口，骂骂咧咧。之后，血止住了，他把她送上了出租车。

粗略读来，这篇小说给人极其简单的初步印象，而仔细研读后会发现其中蕴藏着极其丰富的意义。从不同的角度对其进行研究，如伦理道德、女性主义等角度，就会发现作者分别探讨了人的精神困惑、女性悲剧、宗教意蕴及道德悔悟等问题。此外，通过这篇小说，我们还能对当代美国女性的生存困境、精神困惑等略窥一二，其中蕴含着作者对当代美国"开放式婚姻"观念的强烈否定态度。

作为中产阶级的一员，约翰有温馨的家庭和舒适的房子。但是，看到秋季一片肃杀的景象，他想到的是不如早早离开人间，也想起了诱人的肉欲和美的东西，想起他生存在这个世界上就像是玩捉迷藏。他感到十分无聊，常常发呆，偶而也会期待周末的到来，痛痛快快地娱乐一下。他感到生活"真烦死人了"。他悲观厌世的生活态度为他的人生观奠定了一个基调：约翰是一位存在主义者。生活在这个世界上，他不明白生活有何意义，他的精神世界极度空虚，因此感到无聊。他由于对日常生活的厌倦而在外拈花惹草。

《约会》首先是一个婚姻与不忠的故事。约翰声称自己"爱这个家",但是他讨厌"这些娘们怎么都这么爱婆婆妈妈的"。他对妻子早已失去了兴趣,貌合神离,几年前他到亚特兰大出差时差点勾搭上一位金发女郎。他敢发誓,"自打他爱上安妮以后,就没有再爱过其他的姑娘"。因此,他"十分想念她"。约翰长时间的"光棍汉"生活使他养成了无情、残忍的个性倾向,他迷恋上年轻貌美的安妮,开始了与她的私下约会,甚至将其带回家,这无疑是一种对婚姻不忠的行为。

然而,约翰其实并没有自己想象的那样对自己的情人很真诚。虽然在没有安妮的夜里他会因为思念而难以入眠,他盘问安妮与其他男人的交往情况,但他却没有安妮对他那样坦率、诚实,因为他明白:"男人一旦让女人牵着鼻子走,那就得永远俯首帖耳、唯命是从。这样倒是既新奇又快乐的,不过有时候也叫人心神不宁、烦躁不安。"这些充分显示出他的传统大男子主义思想。当安妮对他说不想再看见他时,他感到脸上火辣辣的,感到自己男人的权威受到了挑战。

约翰背叛妻子与安妮偷情,却没有真心对待她,但是日常生活的无聊又使他盼望着与安妮约会,以满足自己的情欲。对于安妮所讲的找他不是为了要钱,而是要借款付房租的事情,约翰嘴上应承道:"我想是这样吧。"然而其实他内心并不这样想。这里隐含了他的男权思想,这点充分暴露于他因经济地位所产生的各种对安妮的猜测之中。在他看来,安妮因为赤贫而应是他施舍的对象,安妮为自己买昂贵的大衣时他怀疑是别人给她买的;而在家里和安妮幽会时,醒来不见她马上就怀疑她是否偷了家里的东西跑掉了。安妮因为贫穷平日里非常拮据,这使得他在找不见她的时候立刻怀疑,她是不是偷了什么。约翰对安妮没有基本的信任,更别说尊敬和爱护她了。也正是因为这点,他对他们关系破裂的原因了然于心。当听到安妮在洗澡间的叫声时,他马上想到:"必须把这个婊子养的弄出来,把她赶出房子。"看到安妮拿刮胡刀片割破了手臂,血流得满地时,他疯狂、愤怒地骂她"混蛋""神经病""泼妇",不明白她这么做的原因,告诉她"自残是一件很险恶的事情"。仓促打发完与自己决裂的情人上了出租车之后,约翰又变得内心空虚和茫然,无所寄托。这是一个典型的精神处于迷茫状态的当代美国人形象,他对眼前自己的行为和将来自己的生活毫无理性头绪。

在这篇小说中我们看到了两类女性的悲剧故事,她们都曾屈从和反抗,是美国当代社会生活中两类完全不同的女性的代表,并且是普遍存在的。从某种意义上来看,莱丁格太太和安妮是女性心理互补期的象征。以月亮做类比,安妮是近地点的满月,而莱丁格太太则是最远点的新月。一个是传统意义上明媒正娶的妻子,面对丈夫的不忠忍而不发;另一个是敢于挑战和反抗传统婚姻观念的"第三者",最终惨淡收尾。

安妮是一个性格开朗、敢于打破世俗传统的女性,她追求自由,在约翰眼里有一股粗野味道。并且她不指望男人生活,有自己的独立意识,面对约翰有着自己的自由宣言,声明自己只是从他那里借钱,并且用途正规。因而安妮决不会在他面前低声下气,非常有自尊。

对安妮的社交圈,约翰试图严密监控,尤其限制她与其他男人来往。她对此视若无睹,并不害怕且表现得不卑不亢。而当她知道约翰带她去的是自己的家中时,她站到约翰妻子的立场上意识到自己对他人造成了伤害,于是陷入了精神困境,为此而感到恐惧,产生了激烈的反应,试图到洗手间割腕自杀,并用胳膊打进入卫生间的约翰。

莱丁格太太在小说中的形象是模糊的,从未正面出现过。她的名字自始至终都只出现在约翰的意识流回忆中,而没有出现在小说里。这从另一个角度反映出她在生活中只是丈夫约翰的附属。在约翰看来,她总是不停地唠叨一些他不喜欢的陈词滥调。对安全的婚姻的看重,使得她在面对丈夫的不忠、面对名存实亡的婚姻时低头保持沉默,继续扮演自己传统的妻子角色。而爱情的向往、婚姻的重心逐渐被物质的欲望和享受所替代。在她的一再退让隐忍下,约翰竟然将情人安妮带回到家里的床上。而她则懦弱到从未当面指责过丈夫的不忠,竟然只是在梦里对丈夫进行指责,指责丈夫的行为是对自己的侮辱,但梦里的丈夫面对她的指责也只是哈哈大笑。在这里作者用一只大苍蝇来象征约翰的肮脏行为,对其不忠行为进行了道德意义上的讽刺和谴责。

显然,作者欧茨在这篇小说中对男主人公的婚外情着重用笔。男主人公约翰的行为对两位女性都造成了伤害,显然是不符合现代社会道德规范的。由此出发,小说在这一层面上具有道德教育意义。约翰夫妇的婚姻生活如一个纸壳,在安妮的自我伤害行为中随时可以被撕碎。虽然这对夫妇表面上看起来是很幸福的,是因为他们在物质生活上的富有,但两人的精神世界如同一堆废墟。浮士德式的欲望是这段婚姻矛盾的根源,约翰因这种欲望而对婚姻不忠,发生婚外情;而莱丁格太太则因为这种浮士德式的对物质的欲望而选择忍气吞声。可以说,这种浮士德式的对性和物质的欲望毁坏了约翰夫妇看待事物的能力。

换个角度来看,从叙述学角度出发,这篇小说是一个反讽式的自我效仿。作者以开放式的情节表达了自己对20世纪七八十年代美国一些破坏道德规范的行为,尤其是"开放式婚姻"的尖锐批判。欧茨批判现实的目的是改良社会,美国长期存在的社会批判制度是她作品中批判现实主义传统的来源。这种批判直接指向社会中存在着的不公正与不平等现象,表达了社会弱势群体的情绪诉求,也反映了当代美国社会中知识分子对社会正义和公平的期望,而欧茨就是其中的一员。

(二) 现代黑人女小说家的创作

美国黑人女性文学自诞生之日起,在很长一段时间内都被排斥在以男性文学为中心的所谓主流文学之外。黑人女性文学在经历了以自我描述为主的早期文学阶段和寻找黑人妇女身份的文艺复兴阶段之后,终于在20世纪下半叶迎来了黄金时期,一批杰出的黑人女性作家涌现了出来。她们的作品完美地实现了思想性和艺术性的统一,预示了21世纪黑人女性文学的繁荣。

美国的黑人文学是其文学史上不可磨灭的一道亮丽风景线,而在美国黑人文学发展史上,黑人女性作家始终占据着重要位置。由于种种原因,在美国,种族歧视导致了黑人一直受到主流社会的排挤和压迫。美国的黑人女性作家,她们同黑人男性一样具有黑人的属性。而作为男权社会中的黑人女性,她们一方面受到主流的白人社会的排挤,另一方面还受到黑人和白人男性的性别歧视。在文学上,她们以美国黑人的生活为主要的表现对象,而女性的身份属性又使得她们在对社会进行透视的视角、文本的建构及文本的内涵等层面上与黑人男性作家不同,在美国文学史上独树一帜。

1. 自我找寻——"文艺复兴"时期

纽约的哈莱姆从20世纪20年代开始成为美国黑人心目中的"首都"。卓拉·尼尔·赫斯顿(Zora Neale Hurston,1891—1960)是一位早期没有被读者和评论家发现的美国黑人女性作家。著名的黑人女作家爱丽丝·沃克(Alice Walker,1944—)在70年代发表的《寻找卓拉》一文中对其给予大力肯定,于是这位默默无闻的黑人女作家的作品和成就被重新挖掘出来,得到了重新认定和解读。

《她们的眼睛望着上帝》(*Their Eyes were Watching God*)是卓拉·尼尔·赫斯顿在1937年就发表但未被重视的作品。这是一部浪漫的爱情小说,并带有较浓的悲剧色彩。混血儿珍妮·克劳毛德是小说中的女主人公,而这种混血血统则是两次暴力强奸的结果(其母亲是外祖母被白人奸污的结果,而其自身又是母亲被白人奸污而生)。起初毫不知情的珍妮对生活充满着憧憬和希望,但在知道真相后,她变得和外祖母一样对婚姻极其重视,并将其作为寄托,渴望稳定的婚姻生活。

小说中反映出 19 世纪这样一种普遍流行的观念:婚姻和家庭不仅是妇女理想的归宿,甚至还是治疗心灵创伤的良药。小说中,主人公珍妮共经历了三次婚姻,她的前两任丈夫并未将她看作一个完整的女人。可以说,珍妮在前两次婚姻中不具有很强的存在感,似乎只是丈夫的一种工具和陪衬。而当第二任丈夫去世后,在与梯·凯克的交往过程中,珍妮才真正感受到了爱情的浪漫和温馨,感受到自己作为一个自由、独立、真正的女人的快乐。

从某种角度来看,女主人公正是通过这三次婚姻才逐渐摆脱束缚,获得自由并发现自我的。作者以女性的视角对故事展开讲述,以探讨婚姻主题为线索,描写了黑人女性丰富的内心世界,展现了黑人女性找寻自我的心路历程。

此外,赫斯顿还发表了黑人民间故事集《骡子和人》（*Mules and Men*）、短篇小说《光浴》（*Drenched in Light*）、《告诉我的马》（*Tell My Horse*）。黑人女性作家可以从《光浴》、《告诉我的马》这两部小说中获得丰富的创作素材。正如作家爱丽丝·沃克所说,赫斯顿是一位"走在时代的前面"的黑人女性作家,她的创作对后来黑人女性文学的发展产生了深远影响。

2. 自我定义——黄金时期（1970—）

继赫斯顿之后,托妮·莫里森、爱丽丝·沃克等优秀的黑人女性作家出现在美国文坛。在她们的创作中会发现赫斯顿式的"并不弱小的人的意识",并对这种意识进行积极的定义。其中莫里森 1970 年发表的处女作将黑人文学推向了新的繁荣时期。

在"哈莱姆文艺复兴"之后,埃里森、赖特、鲍德温又将黑人文学推向了一个新的高潮。与前一阶段的文学作品不同,在这一时期的黑人女性文学作品中出现了经典之作,我们在这些经典作品中会发现这批优秀作家的超前意识、社会洞察力以及出色的艺术手法。与以往黑人女性作家不同,这一时期的黑人女性作家多以种族歧视下的黑人男性为描写对象,视角多聚焦于充满男性意识的种族冲突,作品中几乎找不到黑人女性人物的典型,只出现了一些作为陪衬或点缀式的黑人女性。

而不同于传统的男性作家,当代黑人女性作家笔迹所至并未出现种族冲突,甚至很少有白人出现。她们往往聚焦于黑人社会的家庭、男女及女性之间等种种关系上,以独特的视角来对女性经验展开描写,对社会关系尤其是黑人社会关系展开研究,以展现美国黑人真实的生存现状,对美国黑人历史进行重构。当然，这并不是说她们的作品完全不涉及种族歧视，种族歧视依然是她们作品的主题，以此为基础她们还进一步对性别歧视下的黑人妇女问题进行了探讨。

她们认为美国黑人女性是美国社会的"他者"，是受到双重压迫的弱势群体中的弱势群体。在对自我进行定义的同时，黑人女性作家指出了黑人妇女获得人格独立和精神自由的途径：在黑人妇女之间应当保持和发展一种亲密的姐妹之情，彼此互帮互助，同时也不能忘却其自身独特的黑人文化，以这种文化为基础来了解和认识自身的价值，打破社会强加给自己的双重枷锁。

（1）托妮·莫里森

托妮·莫里森是位才华横溢且极富思想的黑人女性作家，自1970年以来，她相继出版了《最蓝的眼睛》《秀拉》《所罗门之歌》《柏油娃娃》《至爱》《爵士乐》等优秀小说，成为黑人女性作家中一颗璀璨的明珠。其作品的优秀之处主要体现在以下几点：

第一，其创作以黑人读者为关注点，重在通过对生活在种族歧视下的美国黑人的喜怒哀乐描写和探索来重构广大美国黑人的文化历史，寻求美国黑人的文化渊源，并重视对黑人妇女的声音进行凸显。这比向白人解释或证明什么的以白人读者为关注点的文学创作高明一步。

第二，在小说创作过程中，莫里森还较为广泛地融进一些非洲文化中的仪式、神话与传说，具有独树一帜的艺术风格和艺术特色。莫里森将非洲黑人的神话、寓言、传说和现实主义进行融合，重新构建美国黑人的文化框架，她的小说有着一种独特的超现实的神秘与魔幻色彩。

第三，莫里森的小说在语言上不仅做到了清晰流畅、富有诗意和乐感，她还通过精雕细琢赋予了看似陈腐的语言以新的含义。

在小说《至爱》中，作者从不同的叙述角度出发，讲述了逃亡黑奴玛格丽特·加纳的故事。主人公宁愿将自己的儿子杀死，也不愿他成为奴隶，作者通过描述主人公经历的逃亡、被抓、杀婴、被囚的片段，对内战前后美国黑人历史进行了重新构建，揭露了长期以来官方（白人）历史操纵与篡改真实历史的做法。

在她的第一部小说《最蓝的眼睛》中，莫里森以黑人女孩皮特拉的悲剧对自己的黑人姐妹予以告诫：不论何时何种情况下都不要放弃自己种族的价值观念，否则最终会失去一切。可以说这是一部探讨主流意识对边缘意识的操纵以及由此所产生的恶果的作品。

综观莫里森的作品，我们可以发现，她完美地实现了思想性和艺术性的统一，在创作过程中她始终坚持自己的原则，并始终以探索黑人历史、命运和未来为主题，维护和弘扬黑人文化。

（2）爱丽丝·沃克

爱丽丝·沃克凭借《紫颜色》获得美国文学界普利策奖和全国图书奖，是一位可以与莫里森比肩的当代著名黑人女性作家。在小说《紫颜色》中，作者以当时欧洲流行的书信体对黑人妇女遭受黑人男性迫害的问题进行了探讨。这部小说在揭露种族歧视和压迫的同时，也强调了黑人男子也是黑人妇女遭受歧视和迫害的一个重要因素。

作者采用书信体小说形式是别有用意的，因为这不仅挑战了男性写作的权利，还颠覆了男权社会规定。作者通过主人公西丽的成长，表达了妇女要想获得真正的独立和自由，就必须保持自我意识、维护精神世界的完整，同时依靠妇女间的相互关心和支持这一主张。

继《紫颜色》这部作品之后，沃克又发表了长篇小说《我亲人的庙宇》和《拥有欢乐的秘密》，从而确立了其在当代美国文学中的地位。

以人类共有的、千古不变追求自由的精神为指引，美国黑人女性文学创作经过长期的积淀后，以成熟的姿态进入20世纪70年代。她们为我们展示了黑人妇女追求尊严、实现自我的艰难历程，并以杰出的作品为当代黑人重构了源于历史又融于现代美国生活的黑人文化。黑人女性文学的发展展现了美国社会的进步，虽然这种进步伴随着痛苦，但我们完全有理由相信，21世纪的黑人女性文学将会更加繁荣。

（三）现代南方女小说家

在美国众多文学流派中，南方文学可谓别具特色。在美国的作家群中，南方作家对宗教、传统道德和家庭极其重视，并且对南方的发展历史有着深刻的思考。他们有着传统的农业情怀，重农业轻工业，对资本主义文明极其排斥。南方文学可谓是美国最有特色的文学流派。绝大多数的南方作家重视家庭、宗教和传统道德，在创作过程中对南方的过去和现在有着深刻的思考。他们重农轻工，强烈疏远和排斥资本主义文明。他们描写南方景物、记录南方历史、歌咏南方生活、创建南方传奇。

因历史和文化的原因，南方可以说是美国最为丰富多彩的地区。这里的人们有着极重的南方口音，极其珍视自己的传统文化和观念。南北战争的失败给南方人的生活以罪恶感、失败感。20世纪20年代后的南方文学体现出其对过去的怀念，对这块土地的眷恋，对新南方的憧憬，南方知识分子的骄傲与恐惧、爱与恨及执着与怀疑。

美国的南方文学是在20世纪20年代兴起的，福克纳铸造了美国南方文学的辉煌。而在"二战"后出现的南方作家群中，才华横溢的女小说家却占据了大多数，尤其是尤多拉·韦尔蒂、卡森·麦卡勒斯和弗兰纳里·奥康纳。韦尔蒂是南方普通人物喜怒哀乐的"摄影者"；奥康纳则进入南方人的精神世界，用痛苦的反思来警世喻人。这几位女作家的文学生涯代表了南方文学连绵不断的传统和成就，她们的影响十分深远，使得南方文学在美国文学史上几十年长盛不衰。

虽然这一时期的女作家已经远离农耕生活，但却还有着明显的"南方人"意识。她们通过不同的文学手段，从不同的角度对南方的点点滴滴展开描写，表达着自己对这块土地的热爱、担忧、期盼和反思。她们的作品中，人们生活的处所多为城镇，乡间只是偶尔才涉及的地方。女性并非南方女作家写作的唯一主题，她们有着开阔的视野和广泛的兴趣爱好，作品主题多元化。其中20世纪80年代备受美国人关注的安妮·泰勒也是这些女作家中的一员。她们通过自己的笔触，在写出了20世纪60年代以来南方社会种族观念变化的同时，还反映了南方时而微妙、时而急剧的男女关系变化。

1. 韦尔蒂的平凡世界

尤多拉·韦尔蒂是美国最受重视和欢迎的现代作家之一，她的写作主题和风格独树一帜，其影响已经超越南方文学的地域性，成为世界级的作家。她笔下小人物的悲喜剧正是动荡不安的南方社会的真实写照。韦尔蒂没有突出蓄奴罪恶带来的怪诞悲剧和历史诅咒，出现在她作品中的是朋友的闲谈、家人的口角、私人的经历，是平凡而又富有戏剧性的日常生活。她一生著作颇丰，获奖无数，从1938年开始几乎年年获奖。她多次获得美国最佳短篇小说奖、普利策奖、欧·亨利小说奖、美国图书评论奖、美国文学金质奖章、美国国家图书奖、国家艺术金质奖章等美国文学界的重要荣誉，韦尔蒂的成就使她在美国当代文坛令人瞩目，并获得南方文学中仅次于福克纳的作家的美誉。1998年，美国图书馆选编的代表美国文学最高成就的《美国文学巨人作品》系列书籍收录了韦尔蒂的作品。这打破了过去这套丛书只选已去世作家作品的规矩，引起美国文学界的轰动，也使她跻身于海明威、詹姆斯、福克纳等大师行列。

与美国著名作家福克纳类似，韦尔蒂的书写也具备着深刻的历史感和浓厚的乡土气息。而她作为南方社会的一个兼具局内人和局外人双重身份的作家，其写作更加冷静和客观。通过《失败的战争》《三角洲的婚礼》《乐观者的女儿》这三部长篇小说，韦尔蒂表现了南方世家在与外部较量中由盛而衰的过程。她的创作更加关注传统与现代的冲突中人与人的关系，因而不同于福克纳作品中对南方社会全景式的展现，而是通过琐碎的题材来表现人生的真谛。

与其长篇小说相比，韦尔蒂的短篇更具代表性。她常常以极具后现代主义特点的写作技巧来表现蕴含着浓厚的乡土气息的主题。20世纪30年代密西西比州偏僻落后的小镇居民常常是她小说中的主人公，他们受教育程度不高，但作家常常以无限同情的笔触发掘出这里的居民喜怒哀乐背后的含义，以高超的讽刺手法对无聊又粗俗的小市民展开批判。小说中日复一日的琐事常常蕴含着发人深省的寓意，而平凡的小人物的脸上常常挂着含泪的笑容。

从某种角度来说，韦尔蒂的第一部短篇小说集《绿帘》创造了现代南方文学"南方哥特"这一风格。黑人、穷人、边缘人、畸形人等众多不同的人物一方面在睁大眼睛看世界，另一方面也展示着自己的形象。

《绿帘》共有十七个故事，其中有不少成为世界级优秀短篇小说的杰出代表，集中代表了韦尔蒂短篇小说的特色，从这些短篇小说中可以管窥到其短篇小说创作的主题特色和丰富的社会内涵。它的第一个主题是爱的失落和人性的隔阂，表现出对人生价值和爱的关注。韦尔蒂笔下的爱既不是性的吸引也不是浪漫爱情，而是对人与人之间爱的沟通的渴望。

小说的第二个主题表现了现代工业社会中小人物的痛苦和挣扎。韦尔蒂的作品总在讲述密西西比河沿岸平凡的生活故事，从来没有在作品中直接对社会进行批判。在韦尔蒂看来，作品的意义并不受地方色彩的局限，反过来地方色彩能够表现人类经验中带有永恒和普遍性的东西。在南方大变革的过程中，韦尔蒂深刻感受到了南方社会生活的变化，她也将在这种变化中所看到的时代弊病写进了自己的作品中，这也是其作品的优秀之处。

在作品《一个旅行推销员之死》中，作者描写了一个普通推销员的遭遇，展现了20世纪30年代南方穷人的困苦和绝望，以及现代与传统的冲突中心灵的脆弱和孤独。她在对小人物进行观察的过程中，进入他们的内心世界，通过细腻的心理描写表达出她对南方社会的思考。与此同时，韦尔蒂还是一名摄影记者，不管是作为记者还是作家，她都致力于对平凡普通人的生活进行记录，遵照生活的原样来进行描写。

韦尔蒂1949年出版的《金苹果》一节特色突出，讲述了密西西比州一个小镇40余年的变迁过程。旧式南方乡镇正在解体，然而现代大都市却并不是值得向往的未来处所。她的闲话技巧使得书面的语言结构趋向于口语化。在当时的南方小镇中，人们的生活非常沉闷，人们也几乎没有其他娱乐活动。因此，有的闲话故事本身就是一种娱乐，只是用来打发时间的。但是小说通过一些琐事和日常细节向我们展示了它的所有内涵，因此，韦尔蒂向我们展示了一幅更加丰富多彩的画面。除此之外，韦尔蒂还在作品中大量引用神话典故。这一现代主义的写作技巧受到了广泛关注。《金苹果》中的大部分神话都来自凯尔特民间传说和古希腊神话。通过对神话故事的引用，韦尔蒂使我们得以从神话视角来看待这些南方小镇上的美国人。

继小说《绿帘》取得巨大成功之后，韦尔蒂又推出了《宽网》和《金苹果》两部小说集。这两部作品有着更为成熟的思想和技巧，人物的自我探索和对生活意义的追求成为其中的突出内容。小说中的人物常常怀有自己的希望和梦想，并为之不断努力，但现实的残酷常常浇灭他们的梦想，加重了这些小人物在茫茫人海中的孤独感和陌生感，因而小说中还再现了美国梦的幻灭。

韦尔蒂的创作生涯跨越了"二战"，这使得她成为南方文学发展历史上承上启下式的作家。

2. 奥康纳的畸形世界

弗兰纳里·奥康纳是"二战"后南方文学的代表人物，被称为"南方地区天主教小说家"。她自认为她的创作源泉是宗教。

奥康纳出生于一个虔诚的天主教家庭，她所生长的南方地区被称为"圣经地带"，宗教习俗和观念根深蒂固，因此在她短暂的一生中，习惯用宗教对人的命运和社会问题进行解释。她的父亲于44岁时患红斑狼疮于死亡，她自己也在25岁时染上了红斑狼疮，从此身心受尽折磨。

奥康纳的创作要晚于福克纳和韦尔蒂，她的思想是在南方经济迅速发展的过程中逐步变得成熟的，所以她笔下的南方已经与福克纳和韦尔蒂笔下的旧南方完全不同。在她看来，南方不是健康和充满活力的，而是处于一种病态。受到"二战"的影响，人们的价值观和信任被动摇，出现社会危机，整个南方都弥漫着恐惧、愤怒、绝望和怀疑的负面气息，而人们也处于各种各样的情绪病态之中。因而，与以往多愁善感、苍凉的南方文学不同，奥康纳的作品中既没有南方的全景画，也没有真实的小人物的悲欢离合，而是有着更多辛辣的幽默和阴冷恐怖气氛。她从宗教的角度对南方社会展开剖析，着重表现自己所信仰的天主教教义与南方新教思想的冲突。在她的作品中我们会看到各种各样的"畸人"。从某种角度来讲，这也是对韦尔蒂等人的"畸人"群像的丰富和发展。这些"畸人"的病态体现在他们有的固守着荒谬的旧传统，有的严重缺失信仰，与自己所处的社会不能相融，因此采取各种偏激的手段来宣泄自己的不满。

暴力、死亡、原罪与救赎常常成为奥康纳作品的主要题材，她笔下的那些精神和肉体都残缺不全的"畸人"中，既有用玩世不恭的手段宣泄自己愤恨情绪的，也有用狂热的宗教信仰给自己套上沉重精神枷锁的，更多的则是诉诸暴力，用死亡来毁灭冷酷的现代文明世界，正是这种毁灭构成了奥康纳作品的主要题材。如作品《好人难寻》中，从狱中逃出的罪犯因在社会中看了太多不公平的事情而对"好人""坏人"没有区分，最终指挥同伴杀死了老祖母一家五口，亲手杀死了老祖母。

从韦尔蒂温暖诗意的南方小镇到奥康纳描绘的冷酷畸形的心灵世界，南方文学步入了一个反思的高峰。她用冷静、不动声色的笔调描绘了暴力和死亡，使读者觉得更加毛骨悚然，更震惊于资本主义社会中的邪恶和病态。奥康纳的作品能够真正警世喻人。

3. 麦卡勒斯的孤寂世界

卡森·麦卡勒斯自小性情较为孤僻，且富于理想，常常被同龄人视为"怪人"。成年后因婚姻的离合而饱受感情的折磨，且得不到他人的理解和同情，30多岁就患上风湿性心脏病，后发展为半身不遂，直到50岁离开人世。所以，她几乎所有作品中都以怪人为主人公，描写爱情婚姻给人带来的痛苦和灾难，并不厌其烦地展现人类的孤独。

评论家不仅将韦尔蒂和奥康纳并置于南方的背景下进行评论，还将卡森·麦卡勒斯与这两位女作家同时放在一起进行评论。有人把麦卡勒斯的作品归为通过制造恐怖场景、刻画"怪异"人物来反映孤独主题的"哥特体小说"。有人认为她把孤独的成因从对政治、经济方面的探讨转移到对个人原因和心理方面的探讨。麦卡勒斯不仅擅长探索人类的内心世界，更是一位严肃的道德分析家，致力于反映现实、揭示社会问题。

在麦卡勒斯看来，当时的南方文学创作已走到道德现实主义的尽头，而作家就要像托尔斯泰这样的道德分析作家一样，对文学承担起询问原因、提出答案的"哲学责任"，只有这样南方文学才能继续保持繁荣。麦卡勒斯也正是意识到了文学创作者应当肩负这种崇高责任，因此她在创作中对笔下的"怪人"寄予人文主义的关怀，在竭力展现人类难以名状的孤独的同时，有意地引导读者挖掘产生孤独的种种社会原因。

麦卡勒斯重要作品中的人物往往都带有一种精神隔绝症。《婚礼的成员》与《伤心咖啡馆之歌》是麦卡勒斯被评论界誉为最杰出的两部作品，其中《婚礼的成员》采用了青少年成长小说的传统模式，集中叙述了十二岁有着男孩性格的南方女孩弗拉西斯·亚当斯四个夏日的经历。

中篇小说《伤心咖啡馆之歌》讲述了一个南方小镇上两男一女的三角关系。女主人公爱密利亚是这个南方小镇上极为富有的女人，但却性格冷漠而又苛刻。马文·马西是镇上的一个恶棍青年，因对爱密利亚的迷恋而痛改前非，两人最终结婚。但他们却没有过上幸福的婚姻生活，在结婚的十年间，爱密利亚对他极尽冷落和挖苦，最后将他赶出了家门。流落街头的马文·马西重新变成一个恶棍，并因抢劫和谋杀而坐牢。六年后，马文·马西出牢并被李蒙所青睐，于是两人联手展开了对女主人公爱密利亚的报复行动。爱密利亚不堪忍受处处被前夫和李蒙为难，决定与他们展开决斗……最终感到幻灭的女主人公从小镇上消失并过起了隐居的生活，小镇又变得安静和沉闷了起来。

作者在创作中采用了现实主义的叙述风格，其作品中的主人公虽然都有自我的狭小天地，她却并没有过多地探讨人物心灵的无意识领域，而是让每个人物用他（她）特有的语言和行为展现自己的思想及情感状态，这也显示出了作者高超的写实主义技巧。也因此格需厄姆·格林对麦卡勒斯有着高度评价，认为她的诗意深情比福克纳还技高一筹。

通过麦卡勒斯的小说我们发现，作家对一些处于孤独的精神畸形的人物总是情有独钟，并且这些人物形象还往往有着极为丰富的情感，因得不到精神解脱而离开，给读者一种荡气回肠之感。

麦卡勒斯的作品基本以人之孤独与爱之无能为主题，而在对她的评论中常常见到"精神隔绝"一词，这使得她的作品成为一个具有主旋律的多个变奏体，虽然显得狭窄和单一，却成了普遍人性的象征，超越了特定的历史文化语境。

当然，麦卡勒斯的创作绝不只是为了反映和描写孤独，而是更深一层地探究人与人之间隔绝关系的根源。对社会现实的关注以及敏锐的直觉和深刻的思考，使得她对美国现代文明社会对人性的异化有着深刻的认识。而作为一名道德分析作家，她肩负起了自己严肃的社会责任，对不道德、不合理、不人性的因素进行了全面而深刻的挖掘。

三、戏剧——玛莎·诺曼的《晚安，妈妈》

（一）玛莎·诺曼创作简介

玛莎·诺曼（Marsha Norman，1947—）生于路易斯维尔的一个原教旨主义家庭，从小父母对她的管教非常严格，如禁止她接触电视和电影，甚至不让她与同龄孩子交流，因而书本和戏剧成为她成长道路上的长期伙伴。因此，她从小便对戏剧产生了浓厚的兴趣，从某种角度讲，这为后来她的剧作家生涯打下了基础。在求学时期的研究生阶段，诺曼作为志愿者服务于肯塔基中央医院，教学对象是一个有心理问题的13岁少女。基于该少女的真实经历，诺曼于1977年创作、出版的处女作《出走》(Getting Out)使她一举成名。

玛莎·诺曼的作品向来关注女性的生存状况，1983年她凭借著名剧作《晚安，妈妈》(Night, Mother)获得普利策戏剧奖。诺曼认为，自己写作的目的在于给世人"展现那些极少被关注、常常被消音的人群"，而在她看来，该"人群"很大一部分指的便是女性。而无论是最初的《出走》，还是后来的《晚安，妈妈》，都揭示了社会对女性的禁锢，她也因此被称为当前活跃在美国的、最成功的严肃女权主义剧作家。

(二)《晚安，妈妈》：女主人公的生存困境

剧中的故事发生在美国一个平凡的夜晚，一个普通家庭中的女儿杰茜平静地向妈妈表明了自己打算自杀的想法，毫无疑问妈妈对她极力劝阻，而杰茜则为了让母亲理解自己的决定，努力与其进行沟通。最终在安排好妈妈的生活起居之后，杰茜还是选择了开枪自杀。这里我们将通过对杰茜的困境进行较为深入的分析来挖掘其悲剧的根源。

1. 杰茜的三重困境

(1) 无法掌控自己的生活

这一困境的产生要追究到杰茜生活、成长的家庭环境。在杰茜的成长过程中，母亲一直充当了一个全能的母亲的角色，甚至包办了女儿的婚姻。而哥哥多森则在生活中对其生活处处进行监视和干涉，为此杰茜曾控诉他"总琢磨着我每天都在干什么""他们总知道你的事情，在你有机会决定是否让他们知道之前他们就已经知道了"。而杰茜邮购的包裹甚至被哥哥以亲人之名打开，发现是内衣并看到了上面的小玫瑰花蕾，而这是女性隐私的象征。可见面对以多森为代表的父权法律的干涉，杰茜甚至连保护自己隐私的力量都没有。可见，杰茜在这个家庭中亲人的干涉下，根本无法做自己生活的主人，独立掌控自己的生活。

(2) 自身的价值得不到他人的认同

妈妈告诉杰茜在她出生时，父亲就因为她不是一个男孩而表示她不会有什么机会了。可见在一个男权主导的社会体系中，父亲的男权意识不仅不会对女儿的生理价值给予认同，反而因她的生理特性从出生那一刻就对她的价值下了否定的判决书。

成年后，杰茜曾尝试外出工作。但是第一份销售电话的工作人不敷出，然后在医院礼品店工作时又被人指责她笑的方式让别人感到不舒服。

无奈之下,杰茜只好和对她关心备至的母亲一起待在家里,忙于家庭琐事,照料母亲和儿子。但儿子里基又让她伤透脑筋,偷、抢、吸毒什么都干。作为一个母亲,杰茜对儿子的教育明显是失败的,于是杰茜又变成了一个失败的母亲。此外,即使是深爱着杰茜的全能的母亲,也更多地把杰茜看作是个孩子,而没有肯定她作为一个成年人的价值。如在杰茜告诉她打算自杀时,母亲却以去逛街、去吃好吃的、买新的碟子,甚至是重新摆放家具等幼稚的理由劝阻她,像是在安抚无理取闹的儿童,而非面对一个心智成熟的成年人。可见,在一个男权社会中,杰茜既没有从家庭中得到对自己价值的肯定,也没有从社会工作中得到社会的认同。

(3) 缺乏一个独立、强大的自我

母亲塞尔玛对女儿的过度保护和母亲的过度认同一直是杰茜没有处理的问题,而杰茜独立自我的缺失正源于此。

因从小有病,妈妈"从不让杰茜离开自己的视线"[①]。母亲过度保护杰茜,甚至帮她安排婚姻。在杰茜婚姻失败后,她又担心她一个人不能照顾好自己而把杰茜接回自己家。为免杰茜无所事事而空虚,母亲装作什么都不懂,让女儿来照顾自己,这样杰茜就"有事可做"。可以说,在这样一个全能母亲的保护下,杰茜并没有真正独立过。不仅如此,母亲还对杰茜产生过度的身份认同,即认为女儿是自己的一部分或延伸。美国学者南希·乔德罗(Nancy Chodorow)指出,在这种身份过度认同的情况下,女儿通常成为母亲在"生理和心理两个层面上的自恋性存在",母亲也"认为女儿有着和自己一样的身体感受"。

母亲强调杰茜的丈夫塞西尔是自己为杰茜精心挑选的对象,而杰茜则敏锐地指出:"你比我更喜欢他。如果不是你挑逗他过来给你建门廊,我是不可能遇见他的","天知道你是怎么想的。你那会儿还特地去卷发"。从杰茜的话语中可以看出妈妈对塞西尔的喜爱,而妈妈最后让女儿杰茜嫁给他,其实是为了满足自己的情感需求。

可见,母亲的过度认同不仅使得母女之间的自我界限变得模糊了,而且使得女儿随后把自己认同为世界其他事物的延续或延伸,即与其他人或事物的界限也变得模糊不清。

除了母亲之外,杰茜身边亲近的人便是丈夫和儿子,而杰茜对他们都产生了过度的身份认同。在与丈夫的关系方面,杰茜曾代替丈夫写过一张便条给自己,上面写着"对不起,杰茜,我没能帮你把事情都解决好",

---

[①] Marsha Norman. Night, Mother. New York: Dramatists Play service, 1983. 下文所引该剧均出自此处,以下只在正文标明页码。

然后署名塞西尔。虽然不是塞西尔写的，但是杰茜认为"他就是这样想的"，把自己的感受混同于丈夫的感受。与儿子之间，杰茜认为"里基跟我不能再像了。我们甚至穿同样大小的裤子"，"我们睁眼看这个世界，看到的东西也是一样的"。在杰茜眼里，她与儿子几乎成了同一个人。因此，杰茜的自我界限非常模糊，她缺乏一个足够强大、独立的自我，容易与身边亲近的人产生过度的身份认同。

2. 杰茜的悲剧

困境是有可能解决的，但是，悲剧却是主人公的遭遇与现实之间不可调和的冲突并最终落得悲惨结局。杰茜的悲剧在于，她无论如何挣扎，都无法走出困境，建立自己独立的女性身份。

杰茜虽已步入中年，但母亲对其过度的保护和身份认同使她仍未走出与母亲的前俄狄浦斯联系。在前俄狄浦斯阶段，母亲通常充当婴儿的"外界自我"，在各方面保护孩子，帮助她适应外界环境。但是，这一阶段必须在适当的时候逐渐淡去，以便让孩子发展"完整自我"，拥有独立健全的人格。按正常的发展轨迹，前俄狄浦斯阶段通常在孩子经历俄狄浦斯情结后结束，孩子脱离母亲而独立。但如果母亲充当"外界自我"的时间过长，那么孩子处理外界环境的能力将难以得到发展，并且不易区分其与母亲之间的自我身份界限，即产生过度的身份认同，而孩子也因此保留着与母亲的延长的前俄狄浦斯联系。杰茜与母亲正是保留了延长的前俄狄浦斯联系，无法清晰地区分自我身份界限。当她终于"把所有事情都想清楚"并宣称"我将决定它（我的生活）会是怎样的"的时候，杰茜决意挣脱与母亲的前俄狄浦斯联系，步入俄狄浦斯阶段，建立独立自我身份。

西格蒙德·弗洛伊德（Sigmund Freud）在《女性气质》（*Femininity*）一文中提到，小女孩在经历俄狄浦斯情结时，其精神发展有三种可能的轨迹："第一种可能是演变为性抑制或神经官能症，第二种可能是性格发生改变并发展为男性气质，第三种可能才是正常的女性气质"[1]。在法国女性主义理论家露丝·伊利格瑞看来，"弗洛伊德描述了事实的现状"[2]，揭示了当今社会为女性精神发展所提供的所有可能的选择。杰茜也未能逃脱这道选择题的选项范围。第一种轨迹明显不能让她建立独立身份，而对于第三种大部分女性会选择的成长轨迹，杰茜也清楚地意识到这条道路对她

---

[1] Sigmund Freud, Femininity. The Standard Ediyion of the Complete Psychological Works of Sigmund Freud, vol. xxii, trans. Iames Strachey. London: The Hogarth Press, 1964.

[2] Ruth Irigaray, This Sex Which is not One, trans. Catherine Porter and Carolyn Buke. Ithaca, NY: Cornell University Press, 1985.

来说是行不通的，母亲塞尔玛的生活已经给她提供了警示。

显然塞尔玛选择的是第三种成长轨迹——发展正常的女性气质：她是个全职母亲，在家相夫教子，整天关注的就是一日三餐和家长里短。但是，父权社会标准下的女性气质却禁锢了塞尔玛，使她处于家庭这一"孤岛"上，没有自我可言。在家庭里，作为母亲，她成了全职保姆，牺牲个人欲望以满足孩子需求；作为妻子，她的价值由丈夫评定，而塞尔玛从未达到丈夫期望的"标准"。丈夫惩罚她，不再和她说话，即使是他临终之时。可以说，塞尔玛的生活是空虚的，这也是为什么此剧第一幕便出现她伸手想够着橱柜里的蛋糕的场面，剧本中描述说"这也许是妈妈曾做过的最严肃的运动了"，因为她需要用甜食来填满内心的空虚。当她发现蛋糕上的椰果掉了时，她立即变得很生气："我最恨掉椰果了。为什么椰果会掉了？"她拒绝去和儿子多森一起住的原因是"他们那儿只有桑卡"，这"让我们意识到她从食物中获得兴奋感和满足感，而非从人身上"。除了食物，塞尔玛还喋喋不休地说话以麻木自己。诺曼把她描述为"说得很快，而且乐于交谈……喋喋不休且聒噪"。这种快语速可以让塞尔玛逃避思考，她不愿意思考事实真相，"相信事情的真相就像她说的一样"。这显示出她在麻木度日，沉浸于语言编织的自我世界中。

目睹了母亲受困于父权标准下的女性气质后，杰茜明白女性气质无法让自己获得独立身份，因此毅然转而追随父亲脚步，以父亲为精神榜样，发展男性气质。文本中的诸多细节表明了她的这一选择。首先，一出场杰茜的着装就显得和普通女性不一样，她穿着黑色长款毛衣和长裤，一个上衣口袋里装着一个便条本，耳朵后面和上衣口袋别着钢笔。不难看出杰西的装扮极其男性化，这也从侧面反映出她想摆脱自己女性的身份，而对男性身份有着极大的渴望。其次，与丈夫婚姻的破裂也反映出杰西对男性身份的一种隐秘的渴望。丈夫因无法忍受杰西吸烟而让她在吸烟和婚姻之间做出选择，而杰茜最终选择了更具有男性气质的吸烟行为而放弃了迎合丈夫的期待，而抛弃了婚姻也意味着抛弃了自己传统婚姻中的女性身份。

最后，再来看杰茜与父母的关系。与母亲比起来，她与父亲更加相像，比如她同父亲一样不大爱说话。而妈妈则对杰茜与父亲的关系表示嫉妒，对杰茜说："你对他的爱抵得上我们两个加起来的分量了。你围着他转，就像是个……"，"我嫉妒是因为你宁肯跟他说话，也不做任何其他事情"。而杰茜自己也说："我想要在脖子上挂个大牌子，上面写着'钓鱼去了'，就像爸爸挂在仓房前的那个。"这个牌子是父亲当初用来逃避妈妈的工具，杰茜在这里表明自己想要借用父亲的方式来摆脱全能母亲的影响，她更愿意跟随父亲的脚步。伊利格瑞也注意到女儿面临的艰难抉择，并以女儿的口吻告诉母亲:"我的目光会追随父亲的背影,我的耳朵会倾听父亲的话语,我会尝试跟随他的脚步。"① 杰茜自杀时用的枪也是父亲的,并且她直接表明自己"更愿意用爸爸的(枪)"。杰茜"选择用父亲的枪来自杀便明显地表现出她想要从父亲身上找到力量"②。

虽然杰茜决意跟随父亲脚步发展男性气质,但是却以失败告终,未能获得独立女性身份。原因在于,虽然杰茜处处模仿父亲,包括其思维逻辑,但是她并不能真正理解男性的思想。对于父亲的思想,杰茜也只能通过猜测的方式,觉得他成天在想的也许是"他的生活,……他的玉米,他的长靴,我们以及其他事情"。也就是说,杰茜对男性思考逻辑的追求,终究只是流于表面,就像她妈妈一样,完全不了解父亲在想什么。即使杰茜跟随父亲,内化男性价值观,也无法像父亲一样思考,不能真正地融入父亲所代表的"象征秩序"中。

杰茜的悲剧便在于,面对三重困境,她意欲突破,却陷于父权社会摆出的选择题中,三个选项中无论哪一个都无法让她建立独立的女性身份。这种矛盾是父权社会的产物,是女性必然面对的冲突,无法调和和解决。

3. 悲剧根源分析

杰茜悲剧的根源并非母亲的过度保护和身份认同,也非丈夫塞西尔的外遇和抛弃,更非哥哥多森对其生活的监视和干涉。其悲剧根源并非个人化而是社会化的,有其深层次的社会原因,即父权社会的运行机制。

父权社会的潜意识以男性一元论为基础,即"只认可一种性别(阳具)、一种力比多(男性力比多)、一种思维模式(菲勒斯)"③。它构成了父权社会整体的潜意识,甚至幼小的女孩在看到男孩阳具的时候,也能下意识地判断其优越于自身。弗洛伊德对女性精神发展的三种可能轨迹的分析,便是顺应这种潜意识的产物。伊利格瑞一方面承认其分析的现实性,另一方面谴责其"不对现象背后的社会和文化状况……加以质疑"④,反映出她的理论本身也带有男性一元论潜意识的色彩。弗洛伊德声称"男性"是性别的参照物,任何欲望的再现都不得不以它为标准、臣服于它。伊利格瑞认为,弗洛伊德在性征方面的理论反映了隐藏在所有科学真理、

---

① Ruth Irigaray, And the One doesn't Stir without the Other. Signs: Journal of Women in Culture and Society, 1981.
② 刘岩:《西方现代戏剧中的母亲身份研究》,北京:中国书籍出版社,2004年。
③ Joanne Morra, Julia Kristeva. Oxford: Taylor&Francis, 1998.
④ Ruth Irigaray, This Sex Which is not One, trans. Catherine Porter and Carolyn Burke. Ithaca, NY: Cornell University Press, 1985.

所有话语逻辑后面的对性别差异的漠视。伊利格瑞在著作《性别差异的道德学》（An Ethics of Sexual Difference）中阐释了性别差异对社会平等、男女和谐的重要性。弗洛伊德也承认性别差异，但是他所认为的差异和伊利格瑞所说的差异并不相同。弗洛伊德认为差异的两者必有一者为优，而另一者次之，优者是真理、是标准。伊利格瑞所提倡的性别差异则是两者各有其独特性，不分优劣，不以哪一方为参照标准，即提倡多元化而非一元化。然而，在父权社会，所有人处于男性一元论潜意识的统治之下，男性所具备的特征成为标准，女性的特征则是次等的。因此，女孩在步入俄狄浦斯阶段之时，要么选择甘于位居次等，发展"正常"的女性气质，牺牲自我欲望，服务于家庭与儿女；要么选择以男性特征为目标，发展男性气质，放弃女性身份，以"男性"身份试图在父权的"象征秩序"中获得一席之地。而父权社会标准下的女性气质和男性气质，无论哪一种，都不符合女性真实的欲望，无法给予女性形态以积极的再现模式。

在父权社会中，女性气质的正常性表现为与母亲的对等。凯瑟琳·基特里奇（Katherine Kittredge）在其探索女性气质的书中说道："如果一个女人不是一位母亲，或不仅限于母亲身份，她就挑战了女性的标准"[①]。母性成了判断女性的标准。伊利格瑞敏锐地指出："所谓的女性气质是根据男性标准来判断的，丝毫没有反映出女性的欲望。而女性在面对自己隐藏起来的真实欲望时，却通常满怀焦虑感和罪恶感"[②]。女性如果发展这种女性气质，便常受困于母职。《晚安，妈妈》一剧中的妈妈塞尔玛之所以受到丈夫的冷淡对待，正是因为她没有履行好父权标准下的母职。虽然塞尔玛是个全职母亲，但是她的第二个孩子，即杰茜是个女孩，这让塞尔玛的丈夫很失望，在杰茜出生时便认定她"没有机会了"。而塞尔玛却表明自己"不想再生更多孩子了"，这意味着其丈夫只有独子多森。拒绝生育是一大罪名，丈夫因此拒绝交谈以惩罚塞尔玛，她为此抱怨说："在我这后半辈子他都和我对着干，好像我非得改变自己、让他惊喜一样。"在对女性的价值进行评判时，是否履行好母亲这一职责成为一个重要标准，而女性其他的个人价值则常常得不到应有的重视。伊利格瑞因此批判父权标准下的女性气质是一种"伪装物"，一种"掩盖物"，一个"角色"，一个"假面"，被男性的再现体系套在女性身上，女性因此丧失自我，不再了解自己的真正需求和欲望。看到母亲受困于母职，意欲建立独立女性身

[①] Katherine Kittredge, Lewd&Notorios: Female Transgression in the Eighteenth Century. Ann arbor, MI: University of Michign Press, 2003.

[②] Ruth Irigaray, This Sex Which is not One, trans. Catherine Porter and Carolyn Burke. Ithaca, NY: Cornell University Press, 1985.

份的杰茜明白女性气质的道路走不通,因此转而发展男性气质。然而她却没有意识到,男性气质的道路一样步履维艰。

伊利格瑞认为,"弑母"在某种意义上成为父权社会得以建立的基础。作为一种"他者",母亲支撑了男性的在场,却隐蔽了自身,得不到积极的再现。以此为基础,克里斯蒂娜·维兰德(Christina Wieland)对女性气质、男性气质和"弑母"三者间的关系展开了探讨,她在书中指出:"身份认同的父女之爱……注定要失败。……最主要的障碍在于男性的'弑母'心理恐惧任何女性权力或自由"[1]。这里的身份认同,指女儿以父亲为榜样发展男性气质。维兰德把男性的这种心理称为男性防卫(masculine defense),来源于男性"弑母"的原罪。出于男性防卫心理,"父亲不会允许女儿拥有像儿子一般的自由度、进取性和竞争性"。剧中杰茜一出生就因为其性别而被父亲贬低,在杰茜成长过程中,父亲并不以培养女儿独立自主能力为目标,却一直在考虑帮她"从管子工里挑个男朋友",并认为这将是个极大的成就。父亲去世后,他留在杂货店的账户名是哥哥多森的名字,意味着多森成为一家之主,取代了家中"父亲"的角色。他同样限制杰茜的自主性,杰茜控诉说:"多森总琢磨着我每天都在干什么"。父亲和多森的男性防卫心理成为杰茜跟随"父亲"发展男性气质的极大障碍。杰茜在剧中明显表现出对男性逻辑思维的追求,强调事实和真理。对于母亲的各种幻想,杰茜不是对其进行否定就是不予置评,直到母亲准确、直接地回答提问时,她才高兴地对母亲予以肯定。杰茜对男性智慧的追求却并未成功,她最终未能了解父亲的想法,就像她对母亲说的:"我比你更喜欢他,但我并不比你更了解他。"杰茜自身的女性生理和心理特征在追求男性智慧方面成了"缺陷",成为她发展男性气质的阻碍。

对女孩来说,这两种选择无论哪种都是极其痛苦的。然而父权社会却没有提供第三条正常的道路,由此女性独立身份的构建意愿与父权社会的不允许(为保证父权社会继续运行的需要)之间便形成了无法调和的矛盾。于是便产生了杰茜的悲剧,剧尾的枪声宣告了她最终的失败。

《晚安,妈妈》一剧中母亲和杰茜都是父权社会的受害者,被禁锢于家庭之内。但很难说剧中谁是施害人,即使是杰茜的父亲和哥哥,他们也只是顺从了菲勒斯中心主义的潜意识去思考和行动。杰茜的父亲在惩罚妻子塞尔玛时,也惩罚了自己:半辈子没有和妻子好好交谈,孤独地躲藏起来打发时间,他也是这种社会潜意识的受害者。而杰茜的哥哥多森虽然对

---

[1] Christina Wieland, The Undead Mother: Psychoanalytic Explorations of Masculinity, Feminity, and Matricide. London: Rebus Press, 2000.

女性很无知，所有送给杰茜的拖鞋都跟他妻子的鞋是一个尺码；并百般干涉杰茜的生活，彰显一家之主的权威，但他仍渴望与杰茜交流。杰茜向他提起对盗贼的担心时，多森就这个话题给出不少建议，高兴地认为杰茜终于"有些感兴趣的事情了"，并提议以后"应该像这样多聊聊"，甚至主动帮杰茜订购子弹（多森误以为杰茜买来防身）。这其中包含了多森彰显男性权威的虚荣心态，但不可否认他对妹妹杰茜的亲情。也许男性中心的潜意识让他认为监视和干涉也是兄长表现亲情的方式之一，殊不知这却让杰茜与他的心理距离越来越远。

在《晚安，妈妈》一剧中，诺曼展现了这些常见的小人物的无奈人生。这里我们应当明确，女性如果在菲勒斯中心主义的潜意识控制之下，也许会受到更大的伤害，当然男性也不一定会从中受益。由此，男女双方只有在面对彼此的差异时相互尊重，不以一方的标准去要求另一方，尊重多元化的价值观，才能建构一种和谐相处的两性文化。

参考文献

[1] 科恩. 文学理论的未来 [M]. 程锡麟, 等, 译. 北京: 中国社会科学出版社, 1993.

[2] 穆勒. 妇女的屈从地位 [M]. 汪溪, 译. 北京: 商务印书馆, 1995.

[3] 伊格尔顿. 女权主义文学理论 [M]. 胡敏, 等, 译. 长沙: 湖南文艺出版社, 1989.

[4] 伍尔夫. 一间自己的屋子 [M]. 王还, 译. 北京: 生活·读书·新知三联书店, 1989.

[5] 伍尔夫. 伍尔夫随笔全集 [M]. 王斌, 等, 译. 北京: 中国社会科学出版社, 2001.

[6] 康正果. 女性主义与文学 [M]. 北京: 中国社会科学出版社, 1990.

[7] 张京媛. 当代女性主义文学批评 [M]. 北京: 北京大学出版社, 1992.

[8] 莫依. 性与文本的政治——女权主义文学理论 [M]. 林建法, 赵拓, 译. 长春: 时代文艺出版社, 1992.

[9] 李赋宁. 欧洲文学史 (三卷本) [M]. 北京: 商务印书馆, 1999.

[10] 侯维瑞. 英国文学通史 [M]. 上海: 上海外语教育出版社, 1999.

[11] 侯维瑞, 李维屏. 英国小说史 [M]. 南京: 译林出版社, 2003.

[12] 莱恩. 勃朗特一家的故事 [M]. 杨静远, 顾耕, 译. 上海: 上海译文出版社, 1990.

[13] 兰瑟. 虚构的权威——女性作家与叙述声音 [M]. 黄必康, 译. 北京: 北京大学出版社, 2002.

[14] 李维屏. 英国小说人物史 [M]. 上海: 上海外语教育出版社, 2008.

[15] 刘象愚. 外国文论简史 [M]. 北京: 北京大学出版社, 2005.

[16] 马建军. 乔治·爱略特研究 [M]. 武汉：武汉大学出版社, 2007.

[17] 朱利特. 性的政治 [M]. 宋文伟, 译. 南京：江苏人民出版社, 2000.

[18] 桑德斯. 牛津简明英国文学史 [M]. 谷启楠, 等, 译. 北京：人民文学出版社, 2000.

[19] 杜隽. 乔治·爱略特小说的伦理批评 [M]. 上海：学林出版社, 2006.

[20] 巴丹特尔. 男女论 [M]. 陈伏保, 等, 译. 长沙：湖南文艺出版社, 1988.

[21] 沃伦. 文学理论 [M]. 刘象愚, 等, 译. 北京：生活·读书·新知三联书店, 1984.

[22] 高宣扬. 后现代论 [M]. 北京：中国人民大学出版社, 2005.

[23] 福柯. 性经验史（增订本）[M]. 佘碧平, 译. 上海：上海人民出版社, 2002.

[24] 黄华. 权力、身体与自我——福柯与女性主义文学批判 [M]. 北京：北京大学出版社, 2005.

[25] 苏红军, 柏棣. 西方后学语境中的女权主义 [M]. 桂林：广西师范大学出版社, 2006.

[26] 张广利, 杨明光. 后现代女权理论与女性发展 [M]. 天津：天津人民出版社, 2005.

[27] 罗钢, 刘象愚. 后殖民主义文化理论 [M]. 北京：中国社会科学出版社, 1999.

[28] 范存忠. 英国文学论集 [C]. 北京：外国文学出版社, 1981.